用经典滋养灵魂

龚鹏程

每个民族都有它自己的经典。经,指其所载之内容足以做为后世的纲维;典,谓其可为典范。因此它常被视为一切知识、价值观、世界观的依据或来源。早期只典守在神巫和大僚手上,后来则成为该民族累世传习、讽诵不辍的基本典籍。或称核心典籍,甚至是"圣书"。

佛经、圣经、古兰经等都是如此,中国也不例外。文化总体上的经典是六经:《诗》《书》《礼》《乐》《易》《春秋》。依此而发展出来的各个学门或学派,另有其专业上的经典,如墨家有其《墨经》。老子后学也将其书视为经,战国时便开始有人替它作传、作解。兵家则有其《武经七书》。算家亦有《周髀算经》等所谓《算经十书》。流衍所及,竟至喝酒有《酒经》,饮茶有《茶经》,下棋有《弈经》,相鹤相马相牛亦皆有经。此类支流稗末,固然不能与六经相比肩,但它各自代表了在它那一个领域中的核心知识地位,却是很显然的。

我国历代教育和社会文化，就是以六经为基础来发展的。直到清末废科举、立学堂以后才产生剧变。但当时新设的学堂虽仿洋制，却仍保留了读经课程，以示根本未隳。辛亥革命后，蔡元培担任教育总长才开始废除读经。接着，他主持北京大学时出现的"新文化运动"更进一步发起对传统文化的攻击。趋势竟由废弃文言，提倡白话文学，一直走到深入的反传统中去。论调越来越激烈，行动越来越鲁莽。

台湾的教育、政治发展和社会文化意识，其实也一直以延续五四精神自居，以自由、民主、科学为号召。故其反传统气氛，及其体现于教育结构中者，与当时大陆不过程度略异而已，仅是社会中还遗存着若干传统社会的礼俗及观念罢了。后来，台湾朝野才惕然憬醒，开始提倡"文化复兴运动"，在学校课程中增加了经典的内容。但不叫读经，乃是摘选《四书》为《中国文化基本教材》，以为补充。另成立文化复兴委员会，开始做经典的白话注释，向社会推广。

文化复兴运动之功过，诚乎难言，此处也不必细说，总之是虽调整了西化的方向及反传统的势能，但对社会普遍民众的文化意识，还没能起到警醒的作用；了解传统、阅读经典，也还没成为风气或行动。

二十世纪七十年代后期，高信疆、柯元馨夫妇接掌了当时台湾第一大报中国时报的副刊与出版社编务，针对这个现象，遂策划了《中国历代经典宝库》这一大套书。精选影响国人最为深远的典籍，包括了六经及诸子、文艺各领域的经典，遍邀名家为之疏解，并附录原文以供参照，一时朝野震动，风气丕变。

其所以震动社会，原因一是典籍选得精切。不蔓不枝，能体现传统文化的基本匡廓。二是体例确实。经典篇幅广狭不一、深浅悬隔，如《资治通鉴》那么庞大，《尚书》那么深奥，它们跟小说戏曲是截然不同的。如何在一套书里，用类似的体例来处理，很可以看出编辑人的功力。三是作者群涵盖了几乎全台湾的学术菁英，群策群力，全面动员。这也是过去所没有的。四、编审严格。大部丛书，作者庞杂，集稿统稿就十分重要，否则便会出现良莠不齐之现象。这套书虽广征名家撰作，但在审定正讹、统一文字风格方面，确乎花了极大气力。再加上撰稿人都把这套书当成是写给自己子弟看的传家宝，写得特别矜慎，成绩当然非其他的书所能比。五、当时高信疆夫妇利用报社传播之便，将出版与报纸媒体做了最好、最彻底的结合，使得这套书成了家喻户晓、众所翘盼的文化甘霖，人人都想一沾法雨。六、当时出版采用豪华的小牛皮烫金装帧，精美大方，辅以雕花木柜。虽所费不赀，却是经济刚刚腾飞时一个中产家庭最好的文化陈设，书香家庭的想象，由此开始落实。许多家庭乃因买进这套书，而仿佛种下了诗礼传家的根。

高先生综理编务，辅佐实际的是周安托兄。两君都是诗人，且侠情肝胆照人。中华文化复起、国魂再振、民气方舒，则是他们的理想，因此编这套书，似乎就是一场织梦之旅，号称传承经典，实则意拟宏开未来。

我很幸运，也曾参与到这一场歌唱青春的行列中，去贡献微末。先是与林明峪共同参与黄庆萱老师改写《西游记》的工作，继而再协助安托统稿，推敲是非、斟酌文辞。对整套书说不上有什么助益，自己倒是收获良多。

书成之后，好评如潮，数十年来一再改版翻印，直到现在。经典常读常新，当时对经典的现代解读目前也仍未过时，依旧在散光发热，滋养民族新一代的灵魂。只不过光阴毕竟可畏，安托与信疆俱已逝去，来不及看到他们播下的种子继续发芽生长了。

当年参与这套书的人很多，我仅是其中一员小将。聊述战场，回思天宝，所见不过如此，其实说不清楚它的实况。但这个小侧写，或许有助于今日阅读这套书的大陆青年理解该书的价值与出版经纬，是为序。

英雄好汉上梁山

傅锡壬

阅读《水浒传》和研究《水浒传》是两种不同的途径。但必须先对《水浒传》的故事产生兴趣，则是两者都不可或缺的先决条件。我之所以改写《水浒传》，让它变成《梁山英雄榜》这本小书，就是想让第一次接触《水浒传》的读者，引发兴趣。

一般《水浒传》的通行本是明末清初的时候，金圣叹推出的，并自称为古本的七十回《水浒传》，他自己评点，也称"第五才子书"。其实，它已经把《水浒传》中最精彩的故事都保存了，从此七十回本就成为《水浒传》的定本。后来胡适的朋友汪原放用新式标点符号把《水浒传》标示一遍，由上海亚东图书馆排印出版，因为有了标点，就更便于阅读。

一、拟话本的小疵

不过这部书保持不少话本的面目，话本是说话人赖以谋生的工具，所以就必须具备若干说书的技巧，毕竟与小说的写作技巧不尽相同。它的瑕疵是：

（一）重要情节与对话的一再重复：例如王婆设计潘金莲的杀亲夫武大郎。先用王婆的口气叙述，再以潘金莲的行动描写，在小说处理上，破坏了悬疑的气氛。这种描述的方法，对说书人来说，自有其临场的需要，但对成功的小说而言，则是败笔、赘笔。

（二）人物刻画的分散和多歧，这种情形有二：一是故事情节中几个性格较为突出的人物，如鲁智深、李逵、武松、宋江、林冲……几乎在许多章回中都出现，使读者在阅读中，必须不断重组对他们的描述印象。二是人物太多，自然描写上不能周到。胡适说：

倘使施耐庵当时能把那历史的梁山泊故事，完全丢在脑后；倘使他能忘了那"三十六大伙，七十二小伙"的故事；倘使他用全副精神来单写鲁智深、林冲、武松、宋江、李逵、石秀等七、八个人，这部书一定格外有价值。

但是，毕竟《水浒传》是长篇拟话本小说，有它的时代性。

如今既要缩减又改写长篇拟话本为中篇小说，胡适的意见是可以尝试让它实现的。所以我把七十回本，约五六十万言的《水浒传》改编成十五万字左右的今本，确实是一种野人献曝的大胆尝试。

二、《梁山英雄榜》的改编重点

我首先拆散了原书章回的划分，纯以故事的情节、人物做整体的考量。但为保持原书的精神和菁华，仍旧利用《水浒传》中原有文字所表现的神韵和气势，故事的情节只作若干轻微的变更。每篇新的章节，都另拟新的题目，以点化出若干新的主题与新的涵义。

第一章"心魔"：也就是原书的楔子。所谓"魔由心生"，洪信到龙虎山求张天师时，所遇到的龙（蛇）、虎种种幻象，都是由于洪信的内心不诚敬所引起。而且从镇魔殿中，由于洪信的内心不诚敬而放出去的魔君，虽然杀人不眨眼，却在全书中没有杀过一个善人，所以这些魔君，是恶人心目中的强盗，却是善人心目中的英雄。所以"魔"之是否被视为"魔"，也因心之所向而定。

第二章"祸根"：也就是原书高俅发迹的部分。高俅是东京开封府汴梁宣武军中的一个浮浪破落户子弟，自小不守家业，结果因为踢球踢得好被端王看中而发迹。端王就是宋徽宗，徽宗朝宣和末年，各地人民困于苛政，时有暴动。所以高俅的发迹，显然是暗示"乱由上生"。自高俅引出王进，从王进引出史进，再写一百零八人，如果说梁山泊一百零八人是祸，那么高俅的发迹就是"祸根"。

第三章"缘"：也就是原书中有关鲁智深几个章回的总和。从鲁达打死镇关西、出家为僧、大闹五台山、怒打小霸王到火烧瓦官寺等。鲁达出家时，长老就说"智深与我佛有缘"，后来智深离开文殊院，长老送他四句偈子是："遇林而起，遇山而富，遇水而兴，遇江而止。"不也正暗示他与梁山泊也有"缘"吗？而且鲁智深打小霸王也是以"说因缘"为借口，所以鲁智深的故事脱不了一个"缘"字。

第四章"逼上梁山"：也就是原书中有关林冲的几个章回。林冲是八十万禁军教头，只因妻子漂亮，被高俅的螟蛉子高衙内看上，而无端敕配沧州。高俅父子仍不放过，派人尾随，要置他于死地，于是林冲被逼杀人，最后投奔梁山。这是《水浒传》主题——官逼民反——的典型例子。

第五章"宝刀、市虎、功名"：也就是原书中杨志卖刀、比武等情节。杨志一心想求取功名，金银花罄时，只得卖刀凑集盘缠，结果偏偏遇上无赖的市虎牛二，被逼杀人。但杨志对求取功名的欲望未减，遂为梁中书所用，表现得更为积极。卖宝刀、杀市虎皆因热衷功名而引起，所以命篇为"宝刀、市虎、功名"。

第六章"生辰纲"：这是《水浒传》中一场计划周密的好戏，

表示梁山英雄已经不是乌合之众，也是军师吴用第一次显露才华。"纲"是古人担纲运送货物之意。"生辰纲"是梁中书送给岳父蔡京的生日礼物。杨志的功名美梦，就在这一役中破灭。杨志的命运好像跟"纲"结了缘，先是失了"花石纲"，再是失了"生辰纲"。

第七章"紧急追缉令"：这一章是上一章故事的延续。"生辰纲"被劫是一件大事，所以告示的"追缉令"一道接着一道，先是大名府梁中书的书札，再是东京太师府的专差，逼着何涛循线索追查，也是梁山泊英雄第一次与官兵的正式接触。石碣（jié）村中的一役，使梁山威名远播，奠定了它的霸业基础。故事中何涛的侦查方法有一点像刑警的查案。

第八章"招文袋"：也就是原书中宋江杀阎婆惜的故事。宋江所以要上梁山也植因于此。宋江先是把晁盖的书信和金子放在袋里，后来却又把这么重要的袋子遗忘在阎婆惜家中，所以这招文袋是造成小说步入高潮的关键。"招文袋"之对阎婆惜而言，竟成了"招魂袋"。

第九章"景阳冈"：是原书武松打虎的部分。《水浒传》中不包括"市虎"在内，就出现过许多次打虎的故事，有李逵杀四虎、解珍猎虎、武松打虎。其中以李逵杀四虎最为感人，而武松景阳冈打虎最为脍炙人口。

第十章"人头祭"：也就是原书中武松杀了西门庆、潘金莲，取了人头祭祀武大郎的情节，是武松投奔梁山的远因，也是《水浒传》中最精彩的部分。因为"枭首"是我国古老的刑法，而"馘（guó）耳"更是充满血腥与神秘的祭典。武松这种原始性的复仇心态，震撼人心，也具有小说惊悚的效果。

第十一章"黑牛与白鲨"：也就是原书中李逵斗"浪里白条"张顺的情节。李逵长得黝黑，又是牛脾气，且力大如牛，所以称它为黑牛。张顺皮肤白皙，又精于水性，活像海里的大白鲨。当二人在浔阳江中缠斗在一起时，《水浒传》的描写是"一个显浑身黑肉，一个露遍体霜肤；两个打做一团，绞作一块"，黑白分明，煞是好看。

第十二章"劫法场"：也就是原书中浔阳楼宋江写反诗、戴宗送假信、梁山好汉劫法场等几个章回的组合，其中劫法场是整个故事的高潮。宋江从此就上了梁山，在《水浒传》中，这是一场大戏，气势磅礴。

第十三章"天性"：也就是原书中假李逵剪径和黑玄风李逵沂岭杀虎两段情节的组合。李逵虽然是《水浒传》中杀人最多的魔君，但他孝心未泯。当他看到宋江接父亲来奉养，公孙胜又去探望母亲，不禁想起了自己还有老母在家乡受苦，也要去接到梁山来快活。后来李鬼却用奉养九十老母为借口骗了李逵，以及李逵的母亲被大虫吃了时的激情、悲愤，凡此种种都发之于李逵的至孝天性。

第十四章"刽子手"：也就是原书杨雄杀潘巧云的故事。这个故事中主角的身份有个共同处，杨雄是个专业杀人的刽子手，他的岳丈潘公是退休的屠夫，他的义弟石秀是家学渊源的现职屠夫，都是杀猪的刽子手。这些刽子手聚在一起，终于把"放下屠刀，立地成佛"的裴如海和头陀都杀了；把偷汉的潘巧云并丫鬟迎儿也像猪一般地杀了。

第十五章"尾声"：作为改写本的总结。原书七十回"忠义堂石碣天文"，已经把梁山泊一百零八人的名字都刻在石碣上，和楔子中挖开石碣放走魔君的情节正好前后呼应。也借石碣的两侧，揭示了《水浒传》的主题——"忠义双全，替天行道"。

结语

总结我改写《水浒传》的企图有三：（一）能否有一本文字比七十回本更简洁，而又能引起读者对全书的兴趣？（二）能否赋予该书新的主题与新的评价？（三）能否借此与电影艺术结合，以吸引更多的爱好者？

目　　录

第一章　心魔

宋仁宗嘉祐三年的春天，江南流行着一种怪病，罹患的病人，先是恶寒，全身战栗，随之又发烧而全身冷汗直冒，发病时间有周期的间歇性。经过长时期安居乐业的百姓，都像失去了抵抗力似的，纷纷病倒。蔓延的速度像一阵春风，从江南直吹到了河南的开封、洛阳一带。各州县由于医疗条件所限，都纷纷地向朝廷请求救援。

在开封府衙门的廊庑下，屋檐旁，已都躺满了呻吟哀号的病患。空气中弥漫着一股浓烈的汤药味。包拯——这开封府的青天大老爷，亲自坐镇，用尽了自己的俸禄，不断地添购药材，可是怪病的传染似已不可遏止，开封城里城外的军民已死亡大半。

嘉祐三年三月的清晨，天刚破晓，待漏院[①]前车水马龙，冠盖相属，但文武百官面部上的表情都十分严肃而凝重，气氛也显得格外阴霾而沉重。五更三时，天子痴肥的身躯刚出现在紫宸殿上，阶下的人丛中已响起一阵骚动。宰相赵哲、参政文彦博都已双双并肩跪在阶下，口中齐声奏道："目前天下瘟疫盛行，军民病

17

死大半。请陛下急颁大赦令，减轻赋税，禳除天灾，救济苍生百姓。"

天子听后，大为震惊，立刻下令翰林院起草诏书，一面大赦天下，一面免除赋税，并且指示在京师的所有宫观寺院中修设禳事，禳除天灾。不料，瘟疫反而流行得更为猖獗。

仁宗皇帝眼看百姓的痛苦哀号，心如刀割，终日忧郁，几番卧病，一再地召集百官议事。一日，正在和百官计议时，班列中走出了一员大臣，天子看时，原来是参知政事范仲淹。他奏道："依臣子愚见，恐怕只有宣召张天师到京师，修设三千六百份罗天大醮，奏闻上帝，或能解救天下百姓的灾难。"

天子应允点头，立刻叫翰林院起诏，天子御笔亲书，并附了御香一炷，命令殿前太尉洪信，星夜前往江西信州的龙虎山，请张天师来朝廷禳除瘟疫。

洪太尉领了圣敕，背了诏书，盛了御香，带了随从数十人，离开了京师的南门，马不停蹄地奔向信州的贵溪县。整整走了三天两夜，才到了信州。当地的大小官员听说了，都到城郭外列队迎接，并且急忙派人通知龙虎山上的上清宫主持道人，准备接诏。

第二天，洪太尉和相随的大小官员，在许多上清宫道众的鸣钟击鼓、香花灯烛、幢幡宝盖的迎接下，直到了宫门前才下马。而上清宫中的住持②更亲率着道童、侍从，前迎后引，把诏书接到了三清殿的中堂供奉着。洪太尉高声朗道："请天师接诏。"

"禀知太尉。天师此时不在本宫。"住持真人一边答话，一边却想道："天师果然料事如神。我就照着他的吩咐办事，也好大大折磨你一番。"

"但是今天有诏书在此，一定要见到天师才行。"太尉已经显得有些焦虑。

"太尉不知，这代祖师号叫'虚靖天师'，性情清高，不喜欢迎接之事。独自在龙虎山顶盖了一座茅庵，在上面修真养性。"住持真人看到太尉心焦，却暗自好笑。

"既然天师在山顶的庵中，又如何不请来相见，也好开宣诏书呀！"太尉说。

"这代祖师虽然住在山上，但是他的道行很高，能腾云驾雾，踪迹不定。就是贫道也难得一见，又如何派人去请呢？"住持真人刚说罢，太尉已急得跺脚，心想："皇帝圣旨在此，如果不能请到天师，那么前途岂不都完了。"嘴上却说："这可怎么办呢？如今京师瘟疫流行，如果天师不能即时前往禳除天灾，恐怕天下百姓就受苦了。"

"天子既是要救万民百姓，我想只有一个办法或许可行。"住持真人说。

"请你快说，无妨！"太尉说。

"为表示诚意，请太尉立刻斋戒沐浴，更换布衣，不可以带随从，必须独自一人，背着诏书，点燃御香，步行上山，礼拜叩首，或许可能见到天师。不过，万一诚心不够，还是徒劳。"真人心想："你若依着，便有好戏可见。"

太尉听了就待发作，大怒说："我从京师一路素食到此，怎能说心不诚呢？唉！罢了，罢了，现在一切都依你，明日及早登山便是。"当晚太尉遣走了大小官员回县，留下几个随从，只得在三清殿旁，觅了个干净的斋房睡了。

翌日破晓时分，道童已经准备了香汤，请太尉起来沐浴。换了一身干净的衣服，脚下穿了一双麻鞋草履，吃了素斋，取过丹诏③，用黄罗包袱包好背在脊梁上，手里提着银手炉，里面燃着御香。住持真人和道童送太尉来到了后山。真人指着满布丛棘、乱石交错的崎岖山径，说："请太尉就从此处开始登山。为拯救万民百姓，一路上千万不能心生后悔退缩之意，只顾志诚地爬上去。"

太尉别了众人，嘴里念着天尊宝号，独自一人，迈开大步，挺起胸膛，往山上走去，走了一会儿，盘旋了几座山坡，眼看山径越来越狭，坡度也越来越陡，只得攀援着路旁的葛藤往上爬。约莫又走了几个山头，二三里多路，发觉手已酸了，腿也软了，实在已经走不动了，太尉嘴里虽没说话，心中却想着："我是朝廷贵官，在京师时，睡的是裀褥，吃的是美味，还觉得厌倦，何曾穿草鞋走过这种山路，受过这种折磨。如果不是皇帝的诏书在此，又关系到自己的仕宦前途，我管他什么张天师在哪里！"

太尉随即在路旁一块大青石上坐下，脱下草鞋，用手捏着脚指头，一阵阵的酸痛，从脚底直透进心扉，舒了一口气，人都觉得有些懒了。这时突然看见山凹里刮起一阵强风，吹得青绿的树叶纷纷落下，风没停，那松树背后，奔雷似的大吼一声，扑地跳出一只吊睛白额的锦毛大虫来。洪太尉大吃一惊，叫了声"啊呀！"人往后栽了一筋斗。说也奇怪，那只大虫只在洪太尉的身边左盘右旋，也不咬人，咆哮了一会儿，就往草丛里一钻，不见了。洪太尉倒在大树根旁，吓得面如土灰，三十六个牙齿，捉对儿厮打，心头一似十五个吊桶，七上八下地响，浑身像中风般麻木，两腿一似斗败的公鸡，口里连声叫苦。大虫走后，大约一盏茶时，才勉强站了起来，捡起地上的香炉，重新燃了龙香，定了定神，心想："此回如果见不到天师，回去也没好受。"于是叹了口气，拍去了身上的枯枝败叶，只得继续上路。

大约又走了二三里路，看看烈日正顶着树梢，肚子不觉已经有些饿了，就在树荫下坐下，取出干粮，正待要吃时，只觉得迎面吹来一阵腥风，奇臭无比，冲得太尉只想吐，定眼看时，山边竹藤里，簌簌地响，抢出一条吊桶般粗的，满身雪花似的蛇来。太尉见了，撇下手中干粮，叫了声"休矣！"拔腿想跑，可是两条腿上像被钉了钉子，想移动个半步也困难，眼睁睁地看着大蛇爬过来，把自己缠作一堆，大蛇昂着头，两只眼里闪着金光，张开巨口，吐出红信，不停地把毒雾往太尉脸上喷。太尉紧闭着嘴，屏止住呼吸，都快被自己憋死了。那大蛇看了洪太尉一会儿，往山下一溜，也就不见了。

太尉此时才吸了口气，苏醒过来，打了个寒栗，伸手一摸，一身的鸡皮疙瘩还没有消退，裤下已自湿了一片。嘴里叫声"惭愧！"心想："这分明是牛鼻子道人有意地戏弄我。如今为了皇帝诏书，我都忍了，等我办完差事，再与你计较。"从草堆里寻回了包袱、银炉。重新整饬了一下衣服、巾帽，准备继续上路。这时忽然听到松树背后，隐隐约约地传来几声清脆悦耳的笛声，太尉心想："莫非又是什么作怪？"顺手就地上抓起了一根碗口般粗的木棒，瞪着两眼一眨也不眨地往松树后看，只见一个道童，倒骑着一头黄牛，横吹着一管铁笛，笑嘻嘻地从松树后绕过来。太尉见了，犹不放心。指着道童大声说："喂！你是谁？"

道童却不理不睬，只顾吹着横笛。太尉一连叫了几声，道童才呵呵一笑，拿铁笛指着洪太尉说："这位可是洪太尉？想必来见天师？"

太尉一听，又是一惊。说道："你是什么人？居然知道得如此清楚！"

道童笑着说："我清晨在草庵中服侍天师时，听天师说：'当今天子派了个洪太尉，带着丹诏御书到山中来，宣我去开封做三千六百份罗天大醮，祈求上苍禳除瘟疫。我如今就骑着仙鹤去了。'这时恐怕天师已经不在庵中。你千万别再上去，山中毒蛇猛兽甚多，会伤了你性命。"

"你不要说谎！"太尉怕又是在戏弄他，追问不休。而道童笑了笑，也不回答，又自顾吹着铁笛，转过山坡去了。太尉追赶不上，想到刚才所受毒蛇猛兽之苦，也就只得再寻到旧路，急急忙忙地奔下山去。

三清殿的方丈①坐下，洪太尉滔滔不绝地说得起劲，随从们都听得目瞪口呆，把太尉看成了英雄。只有住持真人心里暗笑，"太尉竟是隐瞒了这许多事实。"而嘴上却说："可惜太尉错过。这个道童正是天师。"

"他若是天师，怎会如此年轻？"太尉似是不信。

"这代天师，非同小可，虽然看起来年幼，其实道行很高。他是得道的人，四方显化，极是灵验。所以世人都称他为道通祖师。"真人解释着。

"唉！我竟如此有眼不识真师，当面错过。"太尉的声音很低沉，有些怅怅然。

"太尉且请放心。既然祖师已经去了开封。等你回去时，恐怕这场醮事，都已经办完了。"真人看太尉似已放心。就恭恭敬敬地将丹诏收藏在御书匣内，留在上清宫中，把龙香就三清殿上烧了。当晚在方丈内大摆斋供，设宴饮酌，好好地款待太尉。

次日早膳刚用罢，住持真人已率着提点执事和道众，来请太尉游山。太尉大喜，步出方丈，后面跟着许多随从，前面有两个道童引路，在宫前宫后，赏玩了许多景致。原来三清宫的建筑雄伟极了，左边廊下有九天殿、紫微殿、北极殿，右边廊下有太乙殿、三官殿、驱邪殿。太尉把诸殿都一一地参观了。走到了右廊的尽头，突然发现了一座殿宇，建造得十分奇特。四周都是捣椒红泥墙，正面的两扇朱红色大门上，挂着一道胳膊般粗的锁，门缝上交叉地贴着十数道封皮，封皮上都是重重叠叠的朱印。檐前悬着一面朱红漆金字的牌额，上书"伏魔之殿"四个金字。太尉好奇，指着门问："这是什么殿？"

"这是前代老祖天师镇锁魔王之殿。"真人答。

"那上面为什么贴了这么多封皮。"太尉又问。

"喔！据说从老祖大唐洞玄国师封锁魔王在此开始，以后每传一代天师，都亲手添上一道封皮，使子子孙孙不得妄开，否则走了魔王，听说十分厉害。到现在已经传了八九代，没一个敢开，于是就用铜汁灌到锁里，把它铸死了。如今，谁也不知道里面的情形。小道来这里主持，已经三十多年，也只是听闻而已。"真人答。

洪太尉听了，反而觉得更为好奇，加上受了山上的几番折磨，胆子反而壮了，就斥令随从说："你们替我快把门打开，我倒看看魔王是什么模样！"真人一听，不觉慌了，"扑通"一声，跪在地上，说："大人千万开不得！先祖天师一再叮咛，今后任何人不得擅开。"

太尉笑着说："又是一派胡言，分明是你们想故弄玄虚，煽惑百姓，故意安排这种地方，假称锁着魔王，来显耀你们的道术。我就是不信，快快替我打开。"

"这个殿门开不得呀！开不得呀！否则让魔王伤害了百姓，后果不堪设想。"真人挡住了殿门，不停地叫着。这时太尉像着了魔似的，突然大怒，指着真人大骂："你们若不打开给我看，回到朝廷，先奏你们阻挡宣诏，违抗圣旨，故意不让我会面天师。

再奏你们私设魔殿，蛊惑军民，看你们谁担当得起。"

住持真人畏于太尉的权势，只得叫来几个工匠，用铁锤把锁打烂，但却没有一个人敢伸手去撕那殿门上贴着的封皮。太尉飞起一脚，踢在门上，"嘣"的一声，殿门开时落下一阵尘土。

大家一起走进门里，黑漆漆不见一物。太尉叫随从拿了十几个火把点燃，四处一照，竟空无一物，只看见在屋子中央竖着一个石碣，大约有五六尺高，下面是一只石龟趺坐，大半已经陷在泥里。太尉用火把一照，看到前面都是龙章凤篆、天书符箓，没人认得。照到那背后时，却看到凿着四个真书大字——"遇洪而开"。

洪太尉看到这四个大字时，不禁大喜，就说："你们前时一再阻挡我打开门，而数百年前就已经把我的姓铸在这里。所谓'遇洪而开'，分明是叫我来开么！还不快快替我把石碣掘起，好见魔王！"

十几个从人，高举起锄头、铁锹，就待要掘，住持真人发了疯似的奔到前面，把石碣抱住，嘴上叫着说："掘不得！掘不得！万一走了魔王，恐会伤人。"

太尉这时哪里肯听，大叫一声"滚开！"十几个随从拿着锄头、铁锹一齐上，先把石碣放倒，再掘石龟，大约花了一盏茶时间，才把石龟掘出，再掘下去，不到三四尺深，见到了一片大青石板，有一丈见方。众人合力把石板扛起，看那石板底下，竟是一个万丈深穴。当众人都伸长脖子，探头往下望时，突然听到由穴内传来"刮喇喇"一阵巨响，只见一团黑烟从穴里翻滚上来，掀塌了半座殿角。那股黑气直冲到半天高，散成百十道金光，往四面八方射去。

大家一时都放声大叫，丢了锄头、铁锹，争往殿外跑，翻的翻，滚的滚，都挤作一堆。洪太尉更是吓得面如死灰，正要往廊阶下跑时，一回头和住持真人撞个满怀，跌作一团。太尉伸手一把抓住真人衣襟，颤抖地说："这跑的是什么妖魔？"

真人叹口气说："唉！天数啊！天数！太尉有所不知，当初老祖天师，在此镇住了三十六员天罡星和七十二座地煞星，共是一百零八个魔王。如今跑了，必会扰乱凡间生灵，伤害百姓，真不知如何是好？"

太尉听罢，浑身冒了一阵冷汗，一句话也不说，急急收拾行李，星夜赶回京城去了。

【注释】

①待漏院：宋朝官员朝见皇帝的朝房。皇帝五更临朝，官员半夜就要进宫，在朝房里等候。古人的计时都用铜壶滴漏。待漏就是等待的意思。

②住持：是僧院道观中的负责人。

③丹诏：诏，皇帝发出的文书，丹诏指皇帝用朱砂亲笔写的诏书。

④方丈：僧寺、道院住持人住用的房间。也可以用作对僧寺、道院住持人的称呼。

第二章　祸根

东京开封府的殿帅衙门里，到处张灯结彩，气象一新，非常热闹。上上下下都为着新的太尉到府视事而忙碌不休。新太尉斜倚在大厅的太师椅上，接受属僚的一一参拜。

"八十万禁军教头王进何在？"唱名刚毕，太尉已睁大了眼睛暴怒。

"王教头半个月前已因病请假，于今尚未痊愈，在家休养中。"阶下有人忙着答话。

"胡说！今天是什么日子，竟敢不来接受点校。这分明是藐视上官。来人啊！快替我拿来！"太尉暴叫如雷，拍得桌子格格作响。牌头①一看情况不妙，领了命令匆匆赶赴王教头家。刚到达门前，已闻到阵阵的汤药味，推开房门，只见王进脸色憔悴，躺在床上，旁边是他六十多岁的母亲在亲侍汤药。门开时一阵微风吹动着她满头的白发。牌头不待王进母子开口，已自动把来意说了。王进心想："我卧病在床也不是假，太尉怎能如此不近情理。但是如果不去，又怕连累了牌头。"于是勉强支撑坐起，穿了衣服，临出门时，身后还听到母亲不住地叮咛。

牌头把王进搀扶着走进了殿帅府前的大门，依例向新任的太尉拜了四拜，打了拱揖，王进就低着头站在一边。殿内顿时鸦雀无声。新任太尉重重地干咳了两声，往地上吐了一口浓痰。说："你可是都军教头王升的儿子？"

"小人便是。"王进答。

"那你爹只不过是街上使花棒卖膏药的人，又能教你什么武艺。一定是前任官不长眼睛，才给了你教头。今日竟敢大胆装病，躲在家里快活，不来参拜。王进！你可知罪？"新太尉斥责着。

"小人害病乃千真万确。不然，你可问……"王进答。

"放屁！既是生病，如何来得？"新太尉骂了起来。

"太尉呼唤，不敢不来。"王进忍耐着。

太尉突然大怒说："来人啊！拿下这家伙，给我重重地打！"

众人平日和王进都是相处得不错的同事，看到王进如此无缘无故就遭挨骂，心中都不免同情，于是相互使了眼色，异口同声说："今天是太尉第一天上任的大日子。权且免他一次吧！"

"今天且看众人央求饶了你，改天再跟你理会！"太尉狠狠地说。

这时王进赶快谢罪，抬起头来，一看，差点惊叫出声来。方才认出这新任太尉，原来曾经是被父亲一棒打翻，卧床三个月的高俅。心想："他今天发迹，一定是为报仇来的。俗语说：'不怕官，只怕管'，他这种得势小人，岂会就此轻易把我放过。"不觉思潮起伏，想到——

　　高俅原是东京开封府汴梁宣武军中的一个浮浪破落户子弟，自小不成家业，只爱刺枪使棒。但他踢得一脚好球②，于是京师里的人就顺口叫他高球，这人终日游手好闲，正经事一样不会，吃喝嫖赌件件精通。有一回他骗了京师首富王员外的儿子钱财，又带他去赌钱宿妓，被王员外告到官里，打了二十脊杖，被东京城里父老赶出县界。高俅无奈，就往淮西临淮州，投奔一个开赌场的闲汉柳大郎，柳大郎也是个平生专好接济地痞流氓，窝藏罪犯的老大。于是高俅就在柳大郎的赌场中帮闲，一住住了三年。后来哲宗皇帝大赦天下，高俅也被赦罪。思量要回东京。这柳大郎有个亲戚在东京城金梁桥下开生药铺，叫做董将仕。于是柳大郎写了一封书札，备了些盘缠，赍发高俅去投奔董将仕过活。董将仕一见是高俅，心里厌恶极了。心中寻思："他是犯过罪的破落户，收留在家中，怕孩子们都学坏了。但又得罪不起柳大郎，药铺里的许多名贵药材，还多亏柳大郎托人从远地带来。"当时只得装着笑脸权且把高俅留在家里，每日酒食款待。住了十几日，董将仕发现药铺的生意，一日比一日差，心想：一定是顾客厌弃高俅，为避着高俅，而有意疏远。急得董将仕愁眉苦脸，忧郁万分。一日正逢学士府里差人来抓药，董将仕忽然心生一计，何不把高俅转荐给小苏学士，于是当晚设了酒食，送了一套整齐的衣服，让高俅换了，拿出一封书简，交给高俅。说："前日小苏学士管家提起，学士府内缺了一名差人。我想把你介绍给小苏学士，久后也好得个出身。不知意下如何？"高俅一听大喜，拜谢了董将仕。翌日一早，就径投学士府。门吏收了书札，不一会儿来人把高俅引进，拜见小苏学士。小苏学士看了来信，知道高俅原是个帮闲浮浪的人，心里想道："这种人我如何安置着他。不如做个人情，荐他去驸马王晋卿府里做个亲随。他最喜爱这样的人。"于是就把高俅留宿一夜，次日写了一封书呈，派个干人把高俅送到了王驸马处。

王晋卿是哲宗皇帝的妹夫，神宗皇帝的驸马，人都称他作小王都太尉。他喜爱风流人物，正用得着这种人，所以与高俅一见如故，从此收留在府内做个亲随，出入如同家人一般。

一日，是小王都太尉的生辰，府中大排宴席，专请小舅端王。这端王乃是神宗天子的第十一子，哲宗皇帝的弟弟，是个聪明俊俏人物。凡是浮浪子弟们喜爱的事，他样样会，即是琴棋书画，踢球打弹，品竹调丝，吹弹歌舞，没一项不精通。

端王酒后兴起，召唤三五个小黄门③相伴，到院子里踢气球。高俅看得技痒，但又不敢过去冲撞，站在从人背后侍候。也许是高俅命当发迹，时运到来：那个气球腾地跳起，端王接个不着，向人丛里直滚到高俅的身边。那高俅看气球过来，不由自主地使个"鸳鸯拐"把球踢还端王。围观的人个个叫好。端王见了大喜，便问说："你是什么人？"

"小的是王都尉亲随，奉命在此侍候。"高俅说着马上跪下。

"你原来会踢气球。你唤着什么？"端王问。

"小的叫高俅，胡乱踢得几脚。"高俅跪着说。

"好！你便下来踢一回！"端王说。

"小的是何等人，怎敢与恩王下脚。"高俅依旧跪着。

"这是'齐云社'④名叫'天下圆'，但踢何伤？"端王说。

"怎敢？"高俅嘴里回话，心中却想，若是再不下场恐怕恼了端王，反而不妙，只得叩头谢罪，将前襟提起塞进腰带，走下场去。才踢几脚，端王已喝彩不已，高俅只得把平生本事都使出来奉承端王。那身份、模样，这气球就像胶黏在身上。端王大喜，就对王都尉说："这高俅踢得两脚好气球，孤欲索此人做亲随，如何？"

"殿下既用此人，就送给殿下。"王都尉不假思索地回答。

端王心中欢喜，当面谢了王都尉。就带着高俅自回王府去了。

高俅从此每天跟着王爷，寸步不离。不到两个月，哲宗皇帝晏驾，没有太子，文武百官商议，册立端王为天子，是为徽宗，便是玉清教主微妙道君皇帝⑤，登基之后，一向无事，忽然有一天，对高俅说："朕想要抬举你，但必须有边功方能升迁，先让你在枢密院挂个名，但仍留在身边侍候。"

高俅听了高兴，跪在地上久久不起，连叩响头，后来不到半年之间，直抬举高俅做到了殿帅府太尉职事，于是把原来的名字的球，改成俅。

王进寻思着，不觉已经走到家门，经高俅这一折磨，不觉疾病也痊愈了一大半。看见母亲已在餐桌上搁着一碗热腾腾的鸡汤，王进只是闷闷不已，心里一直盘旋着，是否该把这件事告诉年迈的母亲。偷偷地看了几眼正在厨房里忙着炒菜的母亲背影，不觉"唉"一声，叹了一口长气。

"喔！我儿回来了。"母亲似被王进的一声长叹惊动，双手擦着围裙，用一种惊喜的眼神看着王进。王进当眼神接触到母亲苍苍的白发时，内心不禁一股辛酸，双腿跪了下去，母子二人抱头大哭。王进忍不住把高俅的事全盘地说了。

室内顿时一片沉静……

"儿啊！依娘之见，三十六着，走为上着。……只是没处去呀！"王进的母亲说。

"孩儿也是这般计议。如今只有延安府老种经略相公⑥镇守边庭。他手下军官又多曾与儿相识；他目前也急于用人，并且赏识儿的枪棒武艺。或许只有这一条路可走。"王进答。

"计议既定，立刻行事。不过……门前两位牌军，是殿帅府拨来'服侍'你的。如何才走得脱？"母亲有些迟疑。

"不妨！母亲放心，孩儿自会措置他们。"王进说完，就走进卧房，自做准备。

当日傍晚，落日的余晖，映着空阶，远处传来几声鸦叫……王进先把张牌叫进屋里。说："你先吃了晚饭，我让你一处去办事。"

"教头要我去哪里？"张牌答。

"我因前日患病，在酸枣门外的岳庙里许了香愿，如今病愈，想明天早早去还了心愿。你可先去通知庙祝，叫他明日早些开门。你就留在庙里歇了罢。"

张牌答应，先吃了晚饭，就往岳庙里去了。

当晚王进母子二人，静悄悄地在屋里收拾了行李衣服、细软银两。大约到了五更时分，天色还未明，王进把李牌叫醒。说："昨晚一时大意，忘了。你先把这银两送去岳庙里的张牌，叫他买个三牲煮熟在那里等我，我买些纸烛，随后就来。"

李牌接了银两，揉了揉惺忪睡眼，脸也没洗就出门去了。王进等李牌走后，到马槽里牵出了马，拴上了车，把母亲请上车，把两个行李包袱往车上一抛。一声马嘶，乘势出了西华门，直取延安府驰去。

经过了一个多月的奔波，王进母子为了避免高俅的追捕，都是夜住晓行，一路上免不了饱经风霜饥寒之苦。一日，王进挑着担儿跟在母亲的马后，看到母亲佝偻的背影，一头被夕阳映照着的银发，不觉心中酸楚，想着："母亲这般高龄，早该在家含饴弄孙，坐享清福了，就为了这小人得势的高俅……"恨得王进咬得牙咯咯作响。嘴上却说："天可怜见！此去延安府已经不远。高俅便是差人来拿也拿不着了。我母子俩终于脱了这天罗地网之厄。"母子二人一时高兴，在路上不觉多走了些，错过了宿头，抬头一望，前面是一片茂密的竹林，王进不觉唤了声"糟"，心想："我自己露宿林中一两宿也无妨，可是年迈的母亲，怎禁得起夜晚的风寒。"心中焦急，正觉得失望时，看到竹林深处闪烁着一道灯光，王进叫了声"好！"牵着马，急促往亮处跑过去。穿过了林子，果然发现有一所大庄院。周遭都是土墙，墙外有二三百株大柳树。王进来到庄前，敲门多时，才见一个庄客出来应门。王进放下了肩上的担子，向他施礼。

"来俺庄上有什么事？"庄客问。

"实不相瞒，小人母子二人，因为贪行了些路程，错过宿店，想投贵庄，暂借宿一宵，明日早早便走，依例拜纳房金，万望周全方便！"王进答。

"既是如此，且等一等，待我去问庄主太公，肯时但歇不妨。"庄客说完，门也没掩，就走回屋里。

不一会儿，庄客出来说道："庄主太公请二位进来。"

王进扶娘下了马，挑着担子，牵着马缰，随庄客走到了里面的打麦场上，歇下了担子，把马拴在柳树上，扶着母亲直走到草堂上来见太公。那太公年龄在七旬以上，须发皆白，头戴遮尘暖帽，身穿直缝宽衫，腰上系着皂丝绦，足上穿着熟皮靴。王进见了跪下便拜。太公连忙说："客人休拜！你们是行路的人，辛苦风霜，且坐一坐。"等王进母子叙礼罢，坐定。又说："不知二位是从哪里来？如何昏晚到此？"

"小人姓张，原是京师人，因为做生意赔了本钱，只得带着母亲往延安府投奔亲眷，不想路上贪行了路途，错过宿店，特来叨扰。"王进撒了个谎，瞒过太公。

"不妨。如今世上哪个人顶着房子走哩！你母子二人恐怕还没吃饭吧！"太公亲切地招呼着，并且叫庄客安排饭菜。没多时，就在厅上放了张桌子，庄客托出一桶饭，四样菜蔬，一盘牛肉，还烫了一壶酒。太公微笑着说："村落中无甚相待，休得见怪。"

王进听了感动得不觉流下泪来。起身谢道："小人母子二人无故相扰，此恩难报。"

"休这般说，且请吃酒。"太公劝了五七杯酒。王进母子吃罢了饭，自有庄客前来收拾碗碟。太公起身把王进二人引到客房里安歇。

次日，阳光已照进了窗棂，却不见王进母子二人起来，太公觉得奇怪，就不觉走到了客房的门前。只听得房里传来一声声痛苦的呻吟。太公轻敲房门，嘴中说着："客官失晓，好起来了！"

王进听得是太公的声音，慌忙把门打开，见太公施礼，说道："小人已起来多时，只是老母鞍马劳累，昨夜心疼病发，呻吟了一夜，今天恐怕动身不得……"王进话还没说完，太公已经说道："既然如此，客人休要烦恼，叫你老母且在老夫庄上多住几天。我正有个医心疼的药方，叫庄客到县里去撮帖药来与你老母亲吃，叫她放心慢慢地养病。"

王进觉得太公的仁慈，真是活菩萨降世，激动地跪在地上久久不起，嘴里不停地说："谢谢！谢谢！……"

时间又过去了五七日，觉得母亲的病患也痊愈了，王进收拾了衣物，把客房打扫干净，心里想着要走，于是踱到了后槽马房去看马，只见空地上一个后生，赤膊的上身，身上刺着一身青龙，银盘似的面庞，约莫十八九岁，拿了条棍棒在使弄。王进在旁边看了半晌，不觉失口说："这棒使得好，只是有破绽，赢不了真好汉。"后生一听似是大怒，把棒一收，指着王进大叫道："你是什么人！敢来笑话我的本事。俺曾经拜了七八个有名的师父，我不信功夫不如你！既敢如此大言不惭，何不来比试一下？"

话还没完，已听到太公的喝止声："不得无礼！"那后生回头说："这厮⑦无端笑话我的棒法。"

太公也不答腔，只微笑地对着王进问："客人莫不也会使枪棒？"

"颇晓得些。敢问长上，这位小兄弟是宅上何人？"王进向太公施礼而问。

"是老汉的儿子。"太公答。

"既然是宅内的小官人，若爱学时，小人指点他，如何？"王进答。

"老汉正是此意。"太公接着又说："还不快过来拜见师父。"这后生听父亲对王进如此好感，就愈觉得怒气不平。说："阿爹！不要听这厮胡说！他若赢得了我手中这条棒时，再拜不迟……"话刚停，这后生已把一条棒使得风车儿似的转。嘴中叫着："你来，你来！怕的不算好汉！"而王进却只是站着微笑，不肯动手。太公看了心里明白，就对王进说："客官，你尽管放心，替我去教训教训这小犬，杀杀他的浮躁，若是打折了手脚，亦是他自作自受。"

王进心想这时若再不出手，恐怕人家会以为我诳言，说声：

"恕无礼了！"话声刚落，那后生只见眼前人影一闪，王进已经到了他身后，后生转过身举棒乱打，早乱了章法。王进不退反进，用左手往后生握棒的右手肘上一托，喊一声"放！"那一根棍棒已经到了王进的右手上。后生只觉得整条右手臂都麻，人却扑地往后倒了。王进连忙撒了棒，向前扶住说："得罪！得罪！"那后生爬将起来，便去枪架旁拿了条凳子请王进坐下，自己跪下来就拜。说："我枉自经了许多师家指点，原来不值分文！师父，没奈何，请收留徒弟吧！"

太公站在一旁看了大喜，捋着胡须不停地赞"好"。

当晚，太公叫庄客杀了一头羊，安排了酒食果品之类，就请王进同母亲一起赴席。叫儿子正式行了拜师大礼。太公起身劝了王进一杯酒。才徐徐说道："师父武功如此高强，必是个教头；小儿'有眼不识泰山'。"

"真人面前不说假话。小人不姓张，俺是东京八十万禁军教头王进的便是……"随后把如何被高太尉逼迫，所以才带着年迈老母，准备逃往延安府去投奔老种经略相公的事，都全盘地说了。太公听了连连叹息，道："老汉也尝听人说过，这高俅，小人得势，仗势凌人，贪赃枉法，无恶不作。百姓对他恨之入骨。奈何朝廷重用，人人敢怒不敢言，真是祸根！师父既然在此，但请安居无妨。我这儿是在华阴县界，唤作史家村，村中住户三四百家都姓史。前面不远就是少华山，是个三不管地带。老汉这儿子从小不肯务农，只爱使枪玩棒。自从母亲死后，更是管教不得。老汉只得随他性子。他请了高手匠人刺了一身花绣，肩膊胸膛上，总共有九条龙，所以县里人都叫他'九纹龙'史进。教头今日既到这里，自是缘分，一发成全了他也好，老汉自当重重酬谢。"

王进听了"哈哈"大笑。说："太公放心。既是如此，小人一定把全身武艺都教给令郎，略示报答庄主接济我王进母子二人之大恩。"

从此王进母子二人就住在庄上，每天教史进勤练十八般武艺——矛、锤、弓、弩、铳、鞭、锏、剑、链、挝、斧、钺以及戈、戟、牌、棒和枪、扒，一一学得精熟。

时间不觉已过了三个多月。一日傍晚，夕阳映红了半边天，庄院土墙外的古柳，只剩下几株桠杈的枯枝，在西风中摇曳。王进和徒弟史进，正在打麦场上练着枪棒。突然自庄门外，气呼呼地奔来一个庄客。他喘着气，结结巴巴地说："少庄……主！不得了……县城城里，已经经有东京来的……捕头，在……在打听王师师……父的下落。"

"果然寻到此处来啦！"王进似是早在意料之中，收了兵器，径往屋里走去。史进赤膊着上身，把衣服披在肩上，紧跟着师父上了石阶，嘴上叫着："师父放心，如果高太尉的人敢到这里捕人，我就杀了他。"

"如此反倒连累了你们。我原来一心要去延安府投奔老种经略处，那里是边庭，用人之际，足可安身立命。"王进一边说一边走进了内房，请出了母亲，同往厅堂向太公告辞。太公也不敢多留，吩咐下人为王进母子备了干粮及一百两花银，王进请母亲乘了马，自己担着包袱，牵了缰绳，走在前面。离开了史家庄，只见两人的背影渐渐地消失在苍茫的夜色之中。

古柳树下，伫立着一个赤膊的汉子，凝视着孤寂的夜空。

【注释】

①牌头：保甲制中的十户之长，也称组头。

②球：古时踢的球，外面是皮，里面是羽毛。到宋朝时盛行气球，踢球的动作和现在踢毽子相似。

③黄门：就是太监。

④齐云社：宋朝时踢球的团体组织。

⑤玉清教主微妙道君皇帝：赵佶（宋徽宗）酷信道教，道士们恭维他，送给他这个尊号。也省称"道君皇帝"或"道君"。

⑥老种经略相公：北宋时，种世衡和他的子孙，先后在西北一带任边防要职。其中种谔、种师道、种师中战绩最著：谔任军职时间久；师道老年时威望甚高，百姓把他当作抗金的主要旗帜，称他作"老种"；师中是在抗金战役中牺牲的。本书的"老种经略"当是指种谔，"小种经略"是指种师道。

⑦厮：对男子的贱称。犹如说家伙、小子。

第三章　缘

离甘肃渭州府经略衙门不远处，有座小小的酒店，腊月清晨的寒风，吹得酒旗沙沙的响。虚掩的大门不时发出单调的碰击声，显得格外孤寂。酒保睡眼惺忪，刚把桌椅整理了一半。突然"砰"的一声，大门被踢开了。走进来一个彪形大汉，生得面圆耳大，鼻直口方，颊边长了一团乌黑蜷虬的络腮胡须，身长八尺，腰阔十围，腰边系了一条文武双股鸦青绦，足穿一双鹰爪皮四缝干黄靴，头上裹着芝麻罗万字顶头巾，脑后两个太原府扭丝金环，上穿一领鹦哥绿纻丝战袍，分明是个军官模样。酒保吃了一惊，抬头看时，原来是经略府提辖[①]鲁达，鲁大官人，随即露出笑脸，忙用衣袖轻拂了两下桌面。说："提辖官人，多日不见，今天可来得特别早，莫非府中又有急事要办？"

鲁达也不答腔，直接上了二楼，就墙角边觅了个位子坐了。酒保马上打了七角[②]酒，切了一盘牛肉，两盘小菜。这是提辖老规矩，不必吩咐。酒保一面摆下酒食，一边顺手拿了张椅子坐下，陪着鲁达闲聊。酒保叹了口气说："唉！入冬以后，生意一日不如一日，如今图个温饱也不容易……"

鲁达还是一语不发，只顾大口喝着酒，大块吃着肉。酒保自觉没趣，正要起身。突然听到隔壁传来女人的哭声。而鲁达猛然站起身来，把桌子一掀，"哗啦啦"把碟儿、盏儿都撒在楼板上。酒保吓得呆了。鲁达破口骂道："俺今天心情已经不好，却怎地叫什么人躲在隔壁吱吱喳喳地哭。俺也不曾欠你酒钱。你是有意触俺霉头！"

"官人息怒。小人怎敢叫人啼哭，打扰官人吃酒。这哭的是巡回卖唱的父女两人，不知官人在此喝酒，一时自叹命苦也就哭了，这对父女的际遇真是可怜！"酒保慌忙解释。

"可是作怪！你把他们叫来！"鲁达说。

不多时，酒保带来了两个人，前面一个是十八九岁的妇人，虽然没有十分的容貌，也有些楚楚动人的颜色，却不断地用衣袖拭着泪眼。背后是一个五六十岁的老头，枯瘦干瘪，手里拿着串拍板，都走到了鲁提辖的面前。鲁达问说："你们是哪里人？为什么啼哭？"

那妇人看鲁达一副凶煞相，心中害怕，发着颤抖的声音说："官人不知，容奴禀告：奴家是东京人氏，原是随同父母来渭州投奔亲戚的，不想他们已搬去了南京。一时盘缠用尽，母亲又染病死了，没银钱料理葬事。不料此间有个大财主，叫做'镇关西'郑大官人，就用三千贯钱把奴买去为妾。不到三个月，他家大娘子好生厉害，将奴赶了出来，还时时来追讨典身钱。我父亲懦弱，和他争执不得，他又有钱有势。父亲自小曾教得奴家一些小曲儿，所以只得来这酒楼上卖唱糊口，可是每日得些钱来，大半都让郑大官人差人来要走了。这两日，酒客稀少，违了他的钱限，怕他来讨时，受他羞辱。父女们想起这些苦楚，无处告诉，因此啼哭，没想到触犯了官人酒兴，望乞恕罪，高抬贵手！"

鲁达心想："天下竟有这种事。今天既然给我碰上了，我就非管它不可。"把语气变得较缓和地说："你姓什么？在哪个店里歇息？那个镇关西郑大官人住在哪里？"

"老汉姓金，小女叫翠莲。就住在前面东门旁鲁家客店。郑大官人便是此间状元桥下卖肉的郑屠，绰号'镇关西'。"

鲁达听到是郑屠时，不觉"扑哧！"一声笑了出来。说道："呸！俺只道是哪个郑大官人，却原来是杀猪的郑屠！这肮脏无赖，却原来这等欺负人！"

伸手望怀里掏出了二十两银子。说："老儿，你来！洒家与你这些盘缠，实时便回东京去，如何？"

"若是能够回乡去时，便是我重生父母，再长爹娘。只是郑大官人如何肯放！"老汉答。

"无妨！你父女俩，此时离城就走，宿店里的破烂衣物也不必要了。郑屠处自由我来料理。"鲁达说。

金老汉父女二人收了银子跪下来，请教了恩人名姓，说了千谢万谢的话，就离开了酒店，畏缩着脖子，在寒风吹拂下，朝西门外走了。

状元桥下好不热闹，叫卖声不绝于耳。从老远就可以看到"郑氏肉铺"四个金色大字的招牌，在阳光照耀下闪闪生辉。占着两间门面，摆着两副肉案，悬着十数条猪肉，案上还搁着半头刚剖开的肥猪。一个脑满肠肥的胖子，正在门前柜台内坐着，看那十来个刀手卖肉。

鲁达走到门前，叫声"郑屠！"胖子见是鲁提辖，慌忙走出柜台，便叫副手拿条凳子来，说："提辖请坐！"

鲁达不客气地坐了下来说："奉经略相公钧旨：要十斤精肉，都切作碎臊子③，不要有半点肥的在上面。"

"使得！你们快选上肉切十斤去。"郑屠吩咐刀手。

"不要那等肮脏厮们动手，你自与我去切。"鲁达说。

"说得是！小人自切便了。"郑屠自去肉案上拣了十斤上等精肉，细细地切作碎臊子，整整地切了半个时辰，再用荷叶仔细地包了。说："提辖！我叫人送去。"

"送什么，且住。再要十斤肥的，不要有半点精的在上面，也要切做碎臊子。"鲁达说。

"刚才切精的，我怕府里要裹馄饨，肥的臊子何用？"郑屠有些不解。

"相公钧旨吩咐洒家，谁敢问他。"鲁达双眼圆睁似要发作。

"只要是合用的东西，小人切便了。"郑屠又在半头刚剖开的肥猪上切下了十斤肥肉，也细细地切成碎臊子，用荷叶包好。整整切了一个上午，眼看太阳都已爬到了中天。郑屠挪动了一下痴骇的身躯，说："来人呀！替提辖拿了，送到府里去！"

"且慢！再要十斤寸金软骨，也要细细地剁成臊子，不要见些肉在上面。"鲁达说。

"却不是特来消遣我吧！"郑屠笑了起来。

鲁达一听，跳起身来，顺手拿起两包碎臊子，圆睁着眼，瞪着郑屠说："怎么！洒家特地就是来消遣你。"

话刚说完，两包臊子肉已劈面打将下去，却似下了一阵"肉雨"。黏了郑屠眼睛、鼻孔、嘴巴里都是碎肉。郑屠一时大怒，两条忿气从脚底下直冲到顶门；心头上一把无名业火焰腾腾地按捺不住，从肉案上抢起一把剔骨尖刀，托地跳将下来。鲁提辖早已拔步在当街上等着，模样虎虎生威。众邻舍以及十来个伙计，没一人敢上前来劝，两边过路的人也都立住了脚，躲得远远地看。郑屠右手拿刀，左手便要来揪鲁达。鲁达不退反进，就势按住左手，赶将上去，郑屠右手的刀还来不及举起，已感觉到小腹上一阵疼痛，被鲁达飞起一脚，踢倒在大街上。鲁达再抢入一步，踏在郑屠胸脯上，举起那醋钵儿大小拳头，像雨点般落在郑屠的脸上、身上，嘴上却嚷着："洒家始投老种经略相公，做到关西五路廉访使，才不枉叫做'镇关西'！你是个卖肉操刀的屠户，狗一般的人，也配叫'镇关西'！你是如何强骗了金翠莲的？"

只一拳，正打在鼻子上，打得鲜血迸流，鼻子已歪在半边，却似开了油酱铺：咸的、酸的、辣的，一发都滚出来。郑屠挣不起来，那把尖刀也丢在一边，口里只叫着："打得好！打得

44

好！……"

"直娘贼！还敢应口！"鲁达提起拳头来往郑屠眼眶际眉梢间只一拳，打得眼棱缝裂，乌珠迸出，也似开了个彩帛铺：红的、黑的、绛的，都绽将出来。两边看的人，有些胆小的，都偷偷地跑了。郑屠挡不住，只得讨饶。

"咄！你是个破落户！若只和俺硬到底，洒家就饶了你！你如今对俺讨饶，俺偏偏不饶。"鲁达又是一拳，正打在太阳穴上，却似做了一个全堂水陆的道场：磬儿、钹儿、铙儿，一齐响。鲁达看时，只见郑屠挺在地上，口里只有出的气，没了入的气，动弹不得，面色也渐渐地变了。鲁达寻思道："不好！俺只想教训这厮一顿，没想到三拳就把他打死了，洒家须吃了官司，又没人送饭，不如及早溜了。"拔腿便走，还时时回头指着郑屠的尸体骂道："妈的！你诈死，洒家和你慢慢理会！"

鲁达自从打死了郑屠以后，慌忙中离开了渭州，东奔西逃，正不知投到哪里去才好。一连地走了半个多月，却来到了山西的雁门县。入得城来，见这市井十分闹热，人烟辏集，车马骈驰，一百二十行经商买卖的行货都有，十分齐备，虽然是个县治，胜如州府。鲁达正行走间，看见一簇人围住了十字街头看榜。鲁达也钻进了人丛里，但他并不识字，踮着脚，伸长脖子在凑热闹，只觉得榜上画着人像，跟自己倒有几分相似。这时只听背后有个人大声叫道："张大哥！你如何在这里？"把鲁达拦腰抱住，扯离了十字路口，鲁达正要发作，一看却是渭州城酒店上救了的金老。

那老儿把鲁达拖到了僻静处，才低声说："恩人，你好大胆！那榜文写着出一千贯赏钱捉你，还写着你的年甲、相貌、籍贯。若不是老汉遇见时，却不被做公的拿了？"

"怪不得我觉得那榜文上的人像，好像在哪里见过。"鲁达用手摸了一下后脑，若有所悟地说："咦！你缘何不回东京去，也来到这里？"

"恩人在上。自从恩人救了老汉，寻得了一辆车子，本想回东京去；又怕郑屠这厮追来，亦无恩人在彼搭救，因此不上东京，随路往北来。路上碰巧撞见一位京师老邻居来此地做买卖，就带老汉父女两口儿到这里。还亏了他替老汉女儿做媒，结交了此间一位大财主赵员外做小妾，如今丰衣足食，皆出于恩人。我女儿常常对他孤老④提起提辖的大恩。那个赵员外也是个爱使枪玩棒的人，听老汉时常提起恩人武艺，也时常盼着能跟恩人见面，且请恩人到家住几日，却再商议。"金老把离开渭州后的经过都详细地说了。此时鲁达已经心中没了主意，心想："也好。且去了再作打算。"就跟着金老，走了约莫半里路，来到一家门前，只见金老揭起帘子叫道："我儿！快出来见过恩人。"

金翠莲浓妆艳饰，从里面出来，一看是鲁达，连忙跪下来拜了六拜。说："若非恩人垂救，怎能够有今日。"拜罢请鲁达上楼去坐了，自己又忙着到楼下厨房里去准备酒菜。

"不要忙了，洒家坐坐便走。"鲁达有些忸怩。

"恩人既到这里，如何肯放你走！"金老语气坚定。

不到一盏茶工夫，翠莲带着一个丫鬟用方案盛着几道酒菜端上楼来。摆了一桌的鲜鱼、嫩鸡、酿鹅、肥鲊，还有两碟水果，一壶烫酒。三人刚刚分宾主位坐定。只听得楼下人声嘈杂，鲁达开窗看时，只见楼下围了二三十人，各执白木棍棒，口里都叫着："拿他下来！"人丛里一个官人骑在马上，口里大喝道："休叫走了这贼！"鲁达心想："糟！敢是官府来捉我的。"顺手拿起板凳，正准备从楼上打杀出去。

"都不要动手。"金老连忙制止。抢下楼去，直到那骑马官人的身边说了几句话。那官人却笑了起来，便喝散了那二三十人。那官人急忙下了马，跟在金老身后，直奔上楼来，见了鲁达，扑翻身便拜道："闻名不如见面，见面胜似闻名。义士提辖，请受小人参拜。"

鲁达被这官人一拜，不觉呆在当地，忙着对金老说："这官人是谁？素不相识，为何一见洒家就拜？"

"他便是我女儿的官人赵员外。"金老慌忙解释。

"义士，适才全是一场误会。有人误报以为金老引了什么郎君子弟在楼上吃酒，因此引了庄客来厮打，金老既已说知，方才已把人喝散了，多有失礼之处。"赵员外也忙着道歉。

"原来如此，怪员外不得。"鲁达不觉笑了。

赵员外再请鲁达上坐首位。金老重整杯盘，再备酒食相待，谈了些枪法棍棒之事，十分投机。酒过三巡，赵员外说："此处恐不稳便，想请提辖到敝庄住几时。"

"贵庄在何处？"鲁达问。

"离此间十多里路，地名七宝村便是。"赵员外答。

"最好。"鲁达答得干脆。

于是鲁达相辞了金老父女二人，和赵员外相偕，骑着马，投七宝村去了。

鲁达在赵员外庄上不觉已住了五七日。忽一日，两人正在书院里闲聊，只见金老急急忙忙奔来庄上，径到书院见了赵员外和提辖。看看四处也没下人，便对鲁达说："恩人，只因前日在老汉处一场误会，闹了街坊，人都疑心，传了开去。昨日已有三四个公差来邻舍街坊打听得紧，只怕要来村里缉捕恩人。倘若有些疏失，如之奈何？"

"既然如此，洒家自去便是。"鲁达马上站了起来，意欲要走。此时赵员外忐忑不安，反觉为难，却说："提辖！若是留你在此，诚恐有些山高水低，叫提辖怨怅；若不留提辖时，许多面皮都不好看。赵某却有个道理，包叫提辖万无一失，足可安身避难；只怕提辖不肯。"

"洒家是个该死的人，但得一处安身便了，做什么不肯！"鲁达说话时，显得有些英雄气短。

"若是如此，最好。离此间三十余里，有座五台山，山上有个文殊院，原是文殊菩萨道场。寺里有五七百个僧人，为头的智真长老，是我兄弟。我祖上曾舍钱在这里，是本寺的施主檀越。我曾许愿剃度一僧在寺里，已买下一道五花度牒⑤在此，只不曾有个心腹之人了这条心愿。如是提辖肯时，一应费用都由赵某备办。"赵员外看鲁达面有难色，再补了一句："提辖！委实肯落发做和尚么？"此时鲁达只低着头寻思："如今我便算离去，又能投奔何处？罢！罢！罢！没想到我鲁达只有这一条路可走。"叹了一口气，说："既蒙员外做主，洒家情愿做和尚了。"

当时话已说完。连夜吩咐收拾了衣服、盘缠、缎匹礼物。次日一大清早，叫庄客挑了，鲁达骑着马，垂着头，跟在赵员外的马后，一语不发，默默朝着云深不知处的五台山而去。

五台山文殊院里传开了一阵阵鸣钟击鼓声，节奏低沉洪亮，余音在寂静的山野中回荡。法堂内众僧云集，约有五六百人，尽披袈裟，整整齐齐，鱼贯般步入法座下合掌作礼，分作两班。气氛庄严肃穆。赵员外取出了银锭、衣料、信香，向法座前礼拜毕，表白宣疏已罢。行童引鲁达到了法座下，盘腿而坐，除下了巾帻，把头发分成九路绺了，净发人先把一周遭都剃了，正要剃髭须时，鲁达却一脸惋惜的表情说："留下这些儿还洒家也好。"

众僧一时忍俊不禁。真长老在法座上高喝一声："大家听偈！"随即朗声念道："寸草不留，六根清净；

与汝剃除，免得争竞。"

长老念罢偈言，喝一声："咄！尽皆剃去。"净发人只一刀，都已剃得干净。此时首座呈上度牒，请长老赐法名。长老拿着空头度牒又唱偈说：

"灵光一点，价值千金；

佛法广大，赐名智深。"

长老赐名已罢，把度牒传将下来。书记僧把它都填写了，就交给鲁智深收受。长老又赐法衣、袈裟，叫智深穿了。监寺引上法座前，长老又给他摩顶受记，说："一要皈依佛性，二要皈奉正法，三要皈敬师父：此是'三皈'。'五戒'者：一不要杀生，二不要偷盗，三不要邪淫，四不要贪酒，五不要妄语。"

智深不晓得在戒坛答应用"能"、"否"二字，却说："洒家记得。"引得众僧又都笑了。

智深受记已罢，赵员外请众僧到云堂里坐下，焚香设斋供献，向大小职事僧人，各上了贺礼。都寺也引智深参拜了众师兄，又引去僧堂背后丛林里选了佛场坐着。赵员外看大体已安顿妥善，就对长老合掌告辞。说："长老在上，众师父在此：凡事慈悲！小弟智深是个愚卤直人，早晚礼数不到，言语冒渎，误犯清规，万望觑赵某薄面，恕免恕免！"

"员外放心！老僧自会慢慢地教他念经诵咒，辨道参禅。"长老答。

"日后自得报答。"赵员外说罢，自人丛里把鲁智深叫到了松树下，低声吩咐道："贤弟，从今日起不比寻常。凡事自宜省戒，切不可托大。倘有不然，难以相见。保重保重！"

鲁智深只是点头不语，目送着赵员外上了轿，引了庄客，下山走了。

长老送走了赵员外，也就引了众僧回寺。而鲁智深回到了丛林选佛场中禅床上，倒头便睡。上下肩的两个师兄，要推鲁智深起来，说："使不得，既要出家，如何能不学坐禅！"

"洒家自睡，干你甚事？"鲁智深翻了个身依然睡。

"善哉！"两个师兄只得合掌宣了声佛号。

"团鱼洒家也吃，什么'鳝'哉？"

"却是苦也！"

"团鱼大腹，又肥又甜，哪得苦也？"

上下肩的两个师兄，都不再理睬他，只得由他睡了，次日要去对长老诉说智深的无礼。首座劝说："长老说他后来正果非凡，我等都不及他。既是长老护短，你们说了也是没奈何，休跟他一般见识。"

两个师兄只得忍了。没料到鲁智深见没人说他，每到晚上都摊开双臂，像个十字般地大睡，又是鼾声如雷，吵得其他僧人无法坐禅。每逢起来小便时，更是大吵大闹，在佛殿后面撒得遍地是屎和尿。侍者忍无可忍，就去告诉长老。说："智深一点也不懂规矩，丝毫不像出家人。寺院里怎能容纳这种人呢？"

"胡说！智深与我佛有缘，他日必得正果，你等都不及他。"长老依然是护着智深。

从此以后也就没有人再敢说话了。

鲁智深在五台山寺院中不觉已经待了七八个月，又到了初冬天气，难得是个清朗好天，智深静极思动，穿了皂布直裰，系了鸦青绦，穿了僧鞋，大踏步走出山门来，信步到半山腰的亭子里，坐在石凳上寻思道："俺往常每日好酒好肉不离口；如今做了和尚，饿得肚子都快干瘪了。此时若能拿酒来沾沾嘴唇也是痛快。"他正想得出神，突然听见山下传来歌声，唱的是：

"九里山前作战场，牧童拾得旧刀枪。

顺风吹动乌江水，好似虞姬别霸王。"

鲁智深定眼一看，只见远处有一个汉子，挑了一副担桶，手上拿着一个旋子，摇摇摆摆地往山上走来，不一会儿这汉子也进了亭子。鲁智深用手一指桶盖说："你那桶里是什么东西？"

"好酒。"那汉子答。

鲁智深听说是"好酒"，嘴里都快要爬出酒虫来，问道："你的酒一桶卖多少钱？"

说罢就要伸手去揭桶盖。那汉子手快，一把拦住，说："和尚！你是跟我开玩笑！"

"谁跟你开玩笑了！"智深答得正经。

"我这酒是卖给寺院里的杂工们吃的。而且本寺长老曾有法旨：如果把酒卖给和尚吃了，就要惩罚，不但要追了本钱，还要赶出屋去。我们住的是本寺的房子，拿的本钱也是本寺借的，我怎敢把酒卖给你吃！"汉子说。

"你是真的不卖！"智深两眼圆睁。

"杀了我也不卖！"那汉子嘴上答得硬，可是挑了担子脚下像抹了油，一溜便走。而智深的动作更快，一个箭步已纵到汉子身边，双手拿住扁担，只一脚，踢得那大汉掩着小腹，半天站不起来。智深把两个酒桶提到亭子上，开了桶盖，只顾舀冷酒吃，不多时，把一桶酒吃光了，才吩咐汉子说："明日到寺里拿酒钱，我加倍给你。"

那汉子方才疼止了，又怕寺里长老知道，坏了衣饭，只得忍气吞声，哪里还敢要钱，把酒分作两半桶挑了，飞也似的下山去了。

鲁智深在亭子上坐了半天，酒已涌了上来，就把皂直裰脱了，把两只袖子缠在腰上，露着脊背，往山门上，踉踉跄跄地走去。两个看门和尚远远看见，拿了竹棍，来到山门下，拦住智深，喝道："你是佛家弟子，如何吃得烂醉。你可知道和尚破戒吃酒，要打四十竹棍，赶出寺去；如果我让你进到寺里，也要吃十棍。你快滚下山去，免得挨打。"

鲁智深酒后露了旧性，睁起双眼，大骂道："直娘贼！你们要打洒家，俺便和你厮打。"

和尚一看形势不妙，一个飞也似的入报监寺，一个只虚用竹棍拦他。智深以为真打，用左手一隔，右手揸开五指，往那和尚脸上只一掌，把他打到了山门下。

"洒家饶你这厮！"智深也不追。踉踉跄跄地走进寺里来。

这时监寺已聚集了火工、轿夫等二三十人，各拿着白木棍棒蜂拥而出，正好迎着鲁智深。鲁智深大吼一声，好像响起一声雷，吓得众人赶快躲进殿里去，急急把门关上，智深一跃上阶，只一拳，一脚，门就开了，夺了一条木棒打得二三十人皮破血流，无处可逃。突然智深背后，响起一声巨喝："智深！不得无礼。"智深虽然酒醉，却听得是长老的声音，立刻撇了竹棍，跪在地上，说："智深只是吃了两碗酒，又不曾撩拨他们，他们竟引人来打酒家。"智深指着廊下一群跌得七零八落的人说。

"你看我面，快去睡了！"长老叫侍者扶智深到禅床上，倒下就呼呼大睡。

鲁智深自从吃酒闹事，被长老训斥了一顿以后，一连有三四个月不敢出寺门去。如今已是二月时令，天气暴暖，智深离了僧房，信步踱出山门外，站着欣赏五台山的胜景，见近处林木苍翠，远方群峦起伏，不禁喝起彩来。突然听到一阵叮叮当当的响声顺风吹上山来，智深一时好奇，循着响声，走到了"五台福地"⑥的牌楼来看时，原来竟是一个市井，约有五七百户人家。走近一看，有卖肉的、卖菜的，也有酒店、面店。智深心想："早知有此所在，也不夺那桶酒吃了，自己来买不是更好！"再走两步，看到一家打铁店，原来叮叮当当的声音就是从这里传来。店里正有三个人在打铁，熊熊燃烧的火炉中，插着几根乌黑发亮的生铁。智深看了喜欢，就问："这里可有好钢铁？"

那打铁的抬头看见眼前是一个身躯魁梧，满脸络腮短须的和尚，心里已有几分害怕，就小心地说："师父请坐！要打什么铁器？"

"洒家要打条禅杖，一口戒刀。不知是否有上等好铁？"智深一双眼睛在屋子的四处乱扫。

"小人这里正有好铁。不知师父要打多重的禅杖和戒刀？"打铁的汉子问。

"洒家要一条一百斤重的。"智深把手比了一比。

"哈！重了，师父。这种禅杖打成了，也恐怕不好使用呀！便是关刀，也只有八十一斤。"汉子不觉笑了起来。

"关王也是个人啊！俺难道比不上他？"智深有些焦躁。

"常人打一条四五十斤的，已十分重了。"汉子解释。

"那就打条和关刀一样的吧！"智深说。

"师父！肥了，不好看，又不中使。依小人看，打一条六十二斤的水磨禅杖与师父。"

二人终于商量定了，智深付了五两银子，言明必须用好铁打造，三天后取货，也就离开了铁店。

走不到二三十步，看见一块"酒"字招牌插在房檐上，智深掀起帘子，找了个桌子坐下，叫拿酒来。可是此地铺户的房子，也都是文殊院的产业，必须遵守长老法旨，不能将酒卖给寺里的和尚。鲁智深无可奈何，一连走了几家，说了许多好话，一滴酒也没沾着，不觉心里益发的慌，心想："再不想个办法，如何能够有酒吃……"突然瞄见远处一幅酒旗儿在迎风招展，智深走近一看，是家傍村的小酒店。智深走进屋里，靠窗坐下，便叫道："主人家！过往僧人买碗酒吃。"

"和尚！你打哪里来？"店家问。

"俺是行脚僧，游方到此经过。"智深答。

"和尚！若是五台山的师父，我却不敢卖与你吃。"店家又补充了一句。

"洒家不是，你快拿酒来。"智深有些不耐。

店家看鲁智深的相貌，从没见过，说话声音也不像本地人，也就相信了，就说："你要打多少酒？"

"休问多少，只顾大碗地筛来。"鲁智深已有些等不及了，一口气吃了十几碗，又说："有什么肉？来一盘下酒。"

"早些时还有牛肉，现在都卖光了。"店家说。

这时忽然飘来一阵肉香。鲁智深走到空地上看时，只见墙角砂锅里煮着一只狗，就回头对店家说："俺看锅里正煮着狗肉，为什么不卖些给洒家吃？"

"师父！我怕你是出家人，不吃狗肉，因此不来问你。"店家答。

"你且卖半只与俺。"智深从怀里摸出了一把碎银递给店家。那店家看了白花花的银子，连忙去取了半只熟狗肉，捣些蒜泥，拿来放在智深面前。智深大喜，用手扯了狗肉，蘸着蒜泥吃；一连又吃了十几碗酒，吃得嘴滑，只顾讨，哪里肯停住。店家看得都呆了，叫道："师父！停停吧！"

"洒家又不白吃你的！再拿酒来。"智深瞪起双眼。

店家只得又舀了一桶酒来。不多时，酒又喝光了。智深打了个酒嗝，摸摸嘴，把剩下的一只狗腿揣在怀里，临出门时掏了把银子交给店家，说："多的银子，明日再来吃。"

店家看他摇摇摆摆地往五台山走去，不觉吓得目瞪口呆，不知所措。

鲁智深走到半山的亭子上，坐了一会儿，酒却涌了上来。他跳起身来说："俺有好久没使过拳脚了，觉得身体都困倦了，洒家来使几路看看。"说着就走下亭子，卷起袖子，上下左右使了一会儿，不觉力气越来越大，一拳打在亭子的柱上，只听得"刮喇喇"一声巨响，把柱子打断了，坍下半边亭子。

寺门外看守的和尚，突然听到半山腰一声巨响，就探头往山下看，只见鲁智深一步一颠地走上来。两个和尚叫道："苦也！这畜生这回又醉得厉害！"

慌忙躲进屋里，把山门关上，用闩拴住，在门缝里张望。鲁智深走到门前，一看山门关了，气得用拳头像摇鼓似的敲着。两个守门和尚吓得连门也不敢挨近。鲁智深又敲了一会儿，扭过头来，正看到一尊金刚，却吓了一跳，就大声喝道："你这个家伙，不替俺敲门，却拿着拳头吓洒家！俺可不怕你。"说着就跳上台基，把栅栏只一扳就断了；拿起一根木头，往金刚的腿上便打，簌簌地，泥土和颜色都脱了下来。守门和尚看了，急忙跑去禀知长老。

鲁智深又转过身来，看见右边的一尊金刚，又大喝一声跳上台基，骂道："你这厮也敢张着大嘴笑俺！"

又是一阵乱打。只听得"哗啦啦！"一阵震天响声，那尊金刚已从台基上倒了下来。鲁智深看了拍着手哈哈大笑。看门的和尚又是连忙去报告长老。

"你们不要去惹他！自古'天子尚且避醉汉'，若是打坏了金刚，请他的施主赵员外来塑新的；倒了亭子，也要他修盖。"长老还是护着智深。

"金刚是山门之主，怎么可以塑新的呢？"其他的和尚，已有些按捺不住。

"不要说打坏了金刚，就是打坏了殿上的三世佛，也没奈何，只好避着他。"长老这番话一出口，其他的和尚也都只好沉默了。

鲁智深看寺门依旧不开，就破口大骂道："他妈的秃驴们！再不放俺入来时，洒家放把火烧了这破寺！"

众僧听了，连声叫苦，心想："如果不开时，这畜生真的会做出来。"只得把门打开了。这时正巧智深使劲在推山门，门开时，劲道用空，一个筋斗跌进门里，爬将起来，把头摸一摸，就直奔僧堂而去。揭开帘子，看见众师兄弟们各个低着头在打坐。智深刚到禅床边，喉咙里咯咯地响，吐了遍地。

"善哉！"众僧受不了那臭气，都掩住了口鼻，对智深只是不理不睬。

智深吐了一会儿，爬上禅床，解下绦，把直裰、带子都哗哗剥剥扯断了，一只狗腿就从怀里脱了下来。

"好！好！正肚饥哩！"智深捡起狗腿便吃。

众僧看见，把袖子遮了脸。智深旁边的两个和尚更是躲得远远的。智深看他们躲开，便故意扯下一块狗肉往上首的和尚的嘴里塞，那和尚把两只袖子死掩着脸。下首的和尚看了，心想"躲过一厄"，嘴上不觉说了声："善哉！"口还没闭上，突觉嘴上已被塞进一物，他连忙往外吐，却被鲁智深把耳朵一把揪住，硬将狗肉塞下肚去。对床的四五个和尚看了，都跳过来劝。

"好啊！你们也都想吃呀！"智深说着，提起狗腿就往那光秃秃的脑袋上敲。顿时满堂僧人都大喊起来，取了衣钵，四处乱窜。

"智深不得无礼！"长老大喝一声。

经此一闹，智深酒已醒了七八分，一看是长老来了，撇了狗腿，连忙跪下，说："长老与酒家做主！"

"智深！你连番累杀老僧！前番醉了，老僧看赵施主颜面饶了你。此番又醉了，不但乱了清规，还打坍了亭子，打坏了金刚，又搅得众僧卷堂而走，这个罪业非小！我这五台山文殊院，千百年清净香火所在，如何容得你这等秽污？"长老训斥完，转头便走。众僧人也都散了。一个偌大的佛堂，顿时显得异常寂静，在微明的烛火照映下，智深低着头，孤独一人跪在佛堂的供桌前，正在沉思。

翌日，庙院中传出了清脆平和的钟声。佛堂前，长老脸上绽露出仁慈的微笑，把一封书信交给智深，用叮咛的语气说：

"智深！修行的历程本极艰难，所谓：'苦海无边，回头是岸。'你此间绝不可住了。我有一个师弟，现在东京大相国寺住持，唤作智清禅师。我与你这封书去投他处讨个职事僧做。我昨夜看了你命数，赠汝四句偈子，你可终身受用……"

"洒家敬听偈子！"智深跪在地上，面色肃穆。

长老徐徐说出了四句偈子："遇林而起，遇山而富，遇水而兴，遇江而止。"

鲁智深听罢偈子，拜了长老九拜，背了包裹、腰包、肚包，藏了书信，辞了长老与众僧人，离开了五台山，到得山下，智深回头望时，只见文殊院的宝殿背面，正升起了一轮旭日，万道霞光四射，心中不觉怅然。

鲁智深背着包裹，挎了戒刀，提着禅杖，一路上往东京而去。不觉已经行了半个多月，在路上从来不投寺院去歇，只在客店内打火安身，白日间则在酒肆里买吃。一日，正行之间，贪看了山明水秀的景色，不觉天色已晚，赶不上宿头，路中又没人做伴，不知往哪里投宿。又赶了二三十里路，过了一条板桥，远远地望见一簇红霞，树木丛中闪着一所庄院，庄后重重叠叠都是乱山。智深心想："今晚只得投庄上去歇了。"于是放快脚步，走到庄前，看到数十个庄家，在急急忙忙地搬东搬西。鲁智深倚了禅杖，正要询问。

"和尚！日晚来我庄上做甚的？"一个庄客已先发问。

"洒家赶不上宿头，欲借贵庄投宿一宵，明早就走。"智深答。

"我庄上今宵有事，歇不得。"庄客说。

"胡乱借洒家歇一夜，明日早早就走。"智深说。

"和尚快走，休在这里讨死！"庄客已是不耐。

"怪哉！歇一夜有什么不可，怎地便是讨死？"智深偏偏不走。

"快走！快走！如果再不走，就把你捉来缚在这里！"庄客的语气已显得有些暴躁。

"呸！你们好没道理，俺又不曾说甚的，便要绑缚洒家！"智深已然大怒。

"绑了！绑！"庄客中有的喊着，也有的劝着，闹哄哄噪杂起来。智深本要发作，却又耳边响起了长老临行时的叮咛，一再强忍下怒火。猛听得有人说："你们闹什么！"鲁智深睁开眼睛往发话的人看去，原来是一个年近六旬的老者，拿着一根扶老杖，正走过来。

"这和尚赖着不肯走，分明是找麻烦的。"庄客们说。

"洒家是五台山来的僧人，要上东京去干事，只因今晚赶不上宿头，借贵庄投宿一宵，哪里是赖着不走！庄家那厮无礼，即要绑缚洒家。"鲁智深说罢，对老者施了一礼。

"既是五台山来的师父，请随我进来。"智深跟那老者直走到了正堂上，分宾主坐下。

"师父休要见怪，庄家们不知道师父是从活佛处来的，故有得罪。老汉从来敬信佛天三宝^⑦。虽是我庄上今夜有事，权且留师父歇一宵了去。"老汉说话时眉宇总是不展，似是心事重重。智深也没注意，将禅杖倚了，起身谢道："感承施主。洒家不敢动问贵庄高姓？"

"老汉姓刘。此间唤作桃花村。乡人都称老汉为桃花庄刘太公。敢问师父法名，唤作什么讳字？"老者说。

"俺的师父是智真长老，与俺取了个讳字，因洒家姓鲁，唤作鲁智深。"智深答得恭敬。

"师父想必尚未用餐，不知肯吃荤腥也不？"老者问。

"洒家不忌荤酒，什么都吃。"智深觉得肚子确已饿得厉害，所以答得爽快。于是太公吩咐庄客端上了酒肉来款待他。鲁智深也不客气，狼吞虎咽地把酒肉吃得一点也不剩。而刘太公却对坐着陪他，也不言语。看智深吃完了，才说："今晚请师父在外面耳房中暂歇一宵。夜间如果外面热闹，不可出来窥望。"

"敢问贵庄今夜有甚事？"话声一出，智深自觉唐突。

"唉！非是你出家人管的闲事。"太公叹了口气，只是摇头。这时智深才发现太公似有心事，就说："太公，缘何不甚喜欢？莫不是怪洒家来搅扰你么？明日洒家算还你房钱便了。"

"师父误会了。我家时常斋僧布施，哪里会计较这些。只是我家今夜小女招夫，以此烦恼。"太公说罢眉锁得更紧。智深反觉不解，哈哈大笑道："男大当婚，女大必嫁，这是人伦大事，五常之礼，何故如此烦恼？"

"师父不知，这门婚事不是情愿的。"太公说。

"太公，你真是个痴汉！既然不情愿，又如何招赘做个女婿？"智深又是哈哈大笑，似乎不太相信太公的话。此时太公心想："如果再不说出实情，还真被误为痴汉了。"只得说道："老汉只有这个女儿，今年十九岁。不料近日桃花山来了两个大王，聚集了五七百人，打家劫舍。青州官兵也禁他们不得。一日来老汉庄上借粮，见了老汉女儿，撇下二十两金子，一匹红锦为定礼，选定今晚来入赘老汉庄上。我反抗不得，只能答应，因此烦恼，师父不可误会。"

"原来如此！"智深恍然大悟，笑着说："洒家有个道理叫他回心转意，不要娶你女儿，如何？"

"他是个杀人不眨眼的魔君，你如何能够使他回心转意？"太公有些疑惑地说。

"放心！洒家在五台山真长老处，学得'说因缘'，便是铁石心肠，也能劝他回转。今晚可叫你女儿别处藏了。俺就在你女儿房内说因缘劝他回心转意。"智深说得十分把握，不得不使太公相信，喜上眉梢，就说："好是甚好，只是不要捋虎须，自讨苦吃！"

"放心！你只依着俺的话去做。"智深说。

"却是好也！我家有福，遇到这位活佛下降。"太公听得高兴，叫庄客再备了酒菜，请鲁智深大吃大喝一顿。智深又吃了一只大肥鹅，二三十碗酒，看得太公和庄客都目瞪口呆。

鲁智深吃喝完了，拿起禅杖、戒刀，随着太公到了新房。叫太公自去外面安排酒席，他却把房里的桌椅等物，都移在一边，将戒刀放在床头，把禅杖倚在床边，放下了销金帐，吹熄了灯，脱得赤条条的，跳上床去坐了。

天色渐渐暗了，刘太公叫庄客点起了红烛，在打麦场上放了一张桌子，上面摆着香花灯烛，备好了酒肉。到了初更时分，只听得山边传来阵阵锣鼓声，因为刘太公怀着鬼胎，有些胆小的庄客已吓得两手心冒汗，都赶紧跑到庄外来看，只见远远地举着四五十把火炬，照耀得如同白昼，一簇人马往庄上飞奔而来。刘太公忙叫庄客打开庄门，上前迎接。只见前前后后都是明晃晃的器械旗枪，尽用红绿绢帛缚着。小喽啰的头上也乱插着野花。前面提着四五对红纱灯笼，照着骑在马上的大王。他头戴红色的凹面巾，鬓旁插着一朵花，上穿一件金绣绿罗袍，腰上系了一条红搭膊，穿着一双牛皮靴，骑着一匹高头卷毛大白马。那大王来到庄前，刚下马。只见众小喽啰齐声贺道：

"帽儿光光，今夜做个新郎；

衣衫窄窄，今夜做个娇客。"

刘太公慌忙亲自捧了台盏，斟下一杯好酒，跪在地上，众庄客也跟着跪在后面。

"使不得，你是我的丈人，如何向我下跪？"那大王说着马上用手去扶太公。

"休这么说，老汉是大王治下管的人户。"太公道。

"有理！有理！我这女婿绝不会亏待你。"大王恐怕已有了七八分醉意，呵呵大笑起来。刘太公接了下马杯，引大王来到了打麦场上，大王看见了香花灯烛，又是饮了三杯，说道："泰山，何须如此迎接？"随即下马，叫小喽啰把马系在绿杨树上，此时锣鼓之声大作，大王走上厅堂，不待坐下已然叫道："丈人！我的夫人在哪里？”

“便是怕羞不敢出来。”太公答。

“且拿酒来，我要敬丈人。”大王举起酒杯要敬太公。

“老汉且引大王去见了夫人，再回来吃酒不迟。”太公一心只想让和尚劝他，也顾不得仪节，拿了烛台，引了大王，转入屏风后，直到新房前站住。太公用手一指道：“此间便是，请大王自入。”太公说罢，拿了烛台，急忙地走了。

那大王推开房门，见里面黑洞洞的，就说：“我那丈人真是个节俭的人，房里灯也不点，由那夫人黑地里坐着，明日叫小喽啰去山寨里扛桶好油来与他点。”

鲁智深坐在帐子里听了，强忍住笑，一声不响。那大王摸进房中，叫道：“娘子！你如何不出来接我？你休害羞，明日就已是压寨夫人。”

一头叫着娘子，一面摸来摸去，一摸摸着了销金帐，便揭起来，探着一只手进去摸，一下摸着了鲁智深的大肚皮，被鲁智深就势劈头把巾带角儿揪住，一按按下床来。那大王大吃一惊，叫道：“娘子好大的气力！”

却待挣扎，鲁智深右手捏紧拳头，连耳根带脖子只一拳，打得大王眼冒金星，嘴中却叫着：“做什么打老公！”

“叫你认得老娘！”鲁智深大喝一声，把大王拖倒在床边，拳头脚尖一齐上，打得大王大喊：“救命！”刘太公在屋外惊得呆了；以为这和尚正在说因缘劝大王，却只听见里面喊“救人”。

太公慌忙把着灯烛，引了小喽啰，一齐抢入进去。众人在灯下一看，只见一个胖大和尚，赤条条一丝不挂，骑在大王身上猛打。为头的小喽啰，大叫一声，一齐晃着枪棒，蜂拥而上，去救大王。鲁智深撇了大王，顺手拿起禅杖，舞得密不通风，只听几声惨叫，已有多人倒在地上，其他人拔腿就跑。刘太公看了心中不停叫苦。打闹中大王乘机爬了起来，奔到门前，摸到空马，树上折枝柳条，托地跳上马背，把柳条猛打着马屁股，马儿只是嘶叫却怎么也不肯跑。大王心想："苦也！这马也来欺负我！"再看马前，原来心慌，不曾解开缰绳，连忙把它扯断，双腿一夹，飞奔出了庄门，口中还骂道："老驴记住，不怕你飞了去！"

这一边刘太公扯着鲁智深，忧戚地说："师父！你苦了老汉一家人了！"

"休怪无礼，且取了衣服和直裰来穿上再说话。"鲁智深说时，已有庄客把衣物拿来。

"我当初只指望你说因缘，劝他回心转意；谁想你这一顿打，定是去山寨里领了大批人马来杀我家！"太公急得直跺脚。

"太公休慌！俺原是延安府老种经略相公的提辖，只因杀了人，才出家做和尚。休说两个强盗，就是一两千军马来了，洒家也不怕他。你们众人不信时，且来提提禅杖看。"说着把禅杖往地上一插。

庄客们哪里提得动，不觉面面相觑。只见智深轻轻拔起，一似捻灯草一般舞动起来，庄客个个看得傻了。

"师父休要走了。快想个办法救我们一家！"太公说。

"太公放心，俺死也不走。"智深说，"不过洒家一分酒力一分本事，十分酒力十分本事。"

"快快拿上等好酒来！"太公吩咐庄客备酒。

桃花山上的大头领，正坐在寨里为二头领即将娶个压寨夫人回来而高兴，却听得寨门外一片噪杂。大头领连忙走到寨门一看，只见二头领的红巾也没了，身上绿袍扯得粉碎，下得马，倒在厅前，喘了半天才舒了口气说道："哥哥救我！"

"怎么了？"大头领问。

"兄弟下得山，到他庄上，入进新房里去，没想到老驴已把女儿藏了，却叫一个胖大和尚躲在他女儿床上。我却不提防，才被打成这个样子。哥哥替我复仇。"二头领说。

"原来如此，你且去休息，我替你去拿了这贼秃！"说完就率了大批人马，呐喊着下山，再去桃花村为二头领报仇。

这时鲁智深正在庄上喝酒，忽听庄客来报道："桃花山的大头领已率着喽啰杀来了！"

"你等莫慌。洒家只要打了一个，你们就把他缚了，解去官衙领赏。快拿俺的戒刀来！"鲁智深把直裰脱了缠在腰上，提了禅杖，挎了戒刀，大踏步来到了打麦场上，只见大头领骑着马站在火把丛中，看见智深，便挺着长枪，高声喝道："秃驴！还不过来受缚？"

"肮脏浑蛋家伙！叫你认得洒家厉害。"智深大怒，抢起禅杖，着地卷将过去。那大头领连忙用枪逼住，大叫道："和尚！休要动手，你的声音好熟，可否通个姓名？"

"俺姓鲁名达，原是老种经略帐前提辖，如今做了和尚，叫做智深。"

智深刚说完，那大头领哈哈大笑，跳下马来，撇了枪，跪倒便拜，说道："哥哥别来无恙。"

智深怕他使诈，立刻后退了几步，收住禅杖，借着火光，定眼看去，原来竟是旧相识，江湖上使枪棒卖药的李忠。刘太公一看鲁智深与大头领竟是同伙，吓得脸色苍白，站着动弹不得。鲁智深看了连忙说："太公别怕。这是我旧时兄弟。"

太公这才战战兢兢地走过来，打了招呼，把鲁智深、李忠都请进屋里。鲁智深问李忠说："刚才被俺打的汉子不知是谁？"

"哈哈！他是人称'小霸王'的周通。"李忠说时不觉笑了起来。这一场闹剧就此收场。

鲁智深离开了桃花村后，不觉已走过了数个山坡，眼前展现着一片广大的松林，智深沿着山路，走不到半里，抬头一看，矗立着一所败落的寺院，山风吹得铃铎发出单调的声音。山门上有面剥蚀的牌额，隐约还可看见四个暗灰的金字，写着"瓦官之寺"。鲁智深又行不到四五十步，经过了一座石桥，走进寺里，就往知客寮走去。只见大门也没了，景象荒芜。智深心想："偌大的寺院，怎么如此败落？"不觉已到了方丈前，看见满地的燕子粪，门上挂了一把锈蚀的锁，上面密布着蜘蛛网。智深又走到了香积厨一看，锅也没了，灶头都塌了。再转到厨房后面的一间小屋里，却看到了几个面黄肌瘦的老和尚，蜷曲地畏缩在墙角边。鲁智深先是一惊，随即施礼道："俺是过往僧人，特来讨顿饭吃。"

几个和尚，面露惊惧之色，慌忙用手连连摇动，叫他不要高声说话。其中一人，倚着墙角慢慢支撑起身体说："我们已三日不曾有饭落肚，哪里有饭给你吃呢！"

"这寺院可是发生了什么怪异？"智深觉得老和尚不像撒谎。于是老和尚又说："原来瓦官寺里有众多和尚，十方来的香火。只因后来，来了一个云游和尚引着一个道士，把寺院霸占了，横行霸道，胡作非为，吓走了香客。年轻的和尚都跑了，只留得我们几个老弱的和尚走不动，才留在寺里挨饿。"

"为何不去官府告他？"智深有些激动。

"唉！师父不知。这里离衙门又远，便是官军也禁不得他。他这和尚、道士好生了得，都是杀人放火的强盗。和尚姓崔，法号道成，绰号'生铁佛'。道士姓邱，排行小乙，绰号'飞天夜叉'⑧。师父还是快快地离去！等他们回来时，就有性命之忧！"老和尚叹气着说。正在这时，突然由风中传来了一阵香味。智深嗅着鼻子，寻到了后面，看见一个土灶，上面盖着一个草盖，热腾腾的香气就从这里透出来，揭开盖子一看，竟煮着一锅粟米粥，智深大声骂道："你们这些和尚真没道理！只说三天没吃饭，如今却煮了一锅粥，出家人怎能说谎！"

几个老和尚一看智深寻到了粥，心中暗暗叫苦，却不约而同地分手把碗碟、钵头、勺子、水桶都抢在手里。鲁智深肚子饿得发慌，急中生智，一眼瞄见灶旁有个破漆盆，立刻用双手捧起锅子往漆盆中一倒。那几个和尚一齐蜂拥而上，都来抢粥吃，却被鲁智深推倒在地。端起破盆才吃了几口，只听得老和尚们说道："苦也！我等恐怕要在黄泉道上做饿鬼了！"说完，都抱头哭了起来。

鲁智深看到这种景象，还哪里咽得下，把破漆盆轻轻放下，几个和尚一拥而上，抢作一团。正在这时，听到外面传来了沙哑的歌声。鲁智深连忙出来，躲在破墙角后，看见一个道士；头戴皂巾，身穿布衫，腰系杂色绦，脚穿麻鞋，挑着一副担子，一边装着鱼和肉，一边搁着一瓶酒，口里唱着：

你在东时我在西，

你无男子我无妻。

我无妻时犹闲可，

你无夫时好孤凄。

智深料想这必定是那个"飞天夜叉"邱小乙了，就提着禅杖，蹑手蹑脚地跟在后面，道士不知后面有人，只顾走入方丈后墙里去。智深跟进一看，却见在绿槐树下放着一张桌子，桌上铺着盘馔，三个酒盏，三双筷子。当中坐着一个胖和尚，生得眉如漆刷，脸似墨装，一身横肉，胸脯下露出个黑茸茸的肚皮。旁边坐着一个年轻妇人，那道士放下了担子，也就一旁坐下，对那妇人毛手毛脚起来。

鲁智深气得两眼圆睁，暴喝一声："狗男女！光天化日之下，干得好事！"

把禅杖点地一按。人已飞了出去，身形刚落地，脚下已觉一阵疾风卷来。只见和尚、道士两人手上各拿着朴刀，舞得水泄不通，贴地翻滚。鲁智深叫声："来得好！"腰身一挺，禅杖落下，人却倒立了起来。只听得一阵金铁交鸣之声，把和尚、道士握刀的虎口，震得发麻。鲁智深禅杖再起再落，却正好落在邱小乙的脑袋上，鲜血四迸，倒地死了。胖和尚一看不妙，拔腿就跑，刚跑在桥上，已被鲁智深飞起一杖，翻落桥下。

翌日，鲁智深把崔道成和邱小乙的尸体，抬到松林后挖个坑埋了，回到寺院里四处里寻找了一会儿，却在佛龛后面找到了大批崔道成和邱小乙抢夺来的金银财物。智深教训了妇女几句，也不杀她，给了些银子，放她自去，把其余的钱财都交给了几个老和尚，要他们重新修盖庙寺，重整山门，自己提了禅杖，背了包袱，往东京大相国寺而去。当智深踏着从松叶间透下的丝丝阳光时，心情觉得格外轻松、舒畅，这是鲁智深从来未曾有过的感觉。

【注释】

①提辖：军官名。宋时在各州郡设置，负责统治军旅，训练，校阅，督捕盗贼，肃清治境。

②角：盛酒的器具。古时用兽角做成，可以盛一定的分量的器具。

③臊子：碎肉。

④孤老：娼妓对长期固定的客人，非正式夫妻关系中妇人对男人的称呼。

⑤度牒：宋朝时政府出卖空头僧、道度牒。买了度牒通过了寺、观，在度牒上填了名字，凭它做执照，才算正式出家的僧、道。免地税、免兵役。有钱有势的人，可以买度牒送给别人，让别人去做僧、道；他认为这是替他出家，是自己修行的好事。这个出家的僧、道，在寺观中的一切费用，在某段时期内，由他负担。

⑥福地：谓神仙居住的地方。

⑦佛天三宝：佛教中指佛、佛法经典、僧人为三宝。

⑧飞天夜叉：佛教的神话，夜叉是天神的名称，有两种，一种住在地上的叫"地夜叉"，一种能在空中飞的叫"天夜叉"。

第四章　逼上梁山

东京大相国寺的庙产，酸枣门外的菜园内，一个长着满脸络腮短胡的胖和尚，正舞动着一把浑铁禅杖，头尾长五尺，重六十二斤，呼呼风生，没半点儿破绽。四周围着二三十个破落户的泼皮，大家一齐喝彩。忽然墙外传来一声喝赞："端的使得好！"胖和尚听得，连忙收住了手，看时，只见墙缺角边立着一个官人，头戴一顶青纱抓角儿头巾，脑后两个白玉圈连珠鬓环，身穿一领单绿罗团花战袍，腰系一条双獭尾龟背银带，脚穿一对磕爪头朝样皂靴，手中执一把折叠纸西川扇子，生的豹头环眼，燕颔虎须，八尺长短身材，三十四五年纪。胖和尚抱拳施礼道："不知军官是谁？何不请来相见？"

那官人，微微一笑，双足点地，人已跳过墙来，也拱手作礼道："在下八十万禁军枪棒教头，人称'豹子头'林冲便是。不知师兄何处人氏？法讳唤作什么？"

"洒家是关西鲁达，只因误杀了人，情愿为僧。年幼时也曾来过东京，认得令尊林提辖。"答话的胖和尚原来就是鲁智深。

二人就在槐树底下坐了，谈得十分投机，就此结拜为兄弟。

"教头今日，缘何到此？"鲁智深问。

"恰才与拙荆一同来隔壁岳庙里烧香还愿。林冲听得使棒声，寻来看得了迷，已叫使女锦儿自和拙荆去庙里烧香，林冲就在此间相等，不料遇得师兄。"林冲说。

"洒家初到这里，正没相识，得这几位大哥每日相伴；如今又蒙教头不弃，结为兄弟，十分好了。"智深说完，便叫人再添酒来相待。恰才饮得三杯，只见使女锦儿慌慌张张，红了脸，在墙缺角叫道："官人！休要坐了！娘子在庙中和人口角！"

"在哪里？"林冲急忙站起。

"正在五岳楼下来，撞见个诈奸的人把娘子拦住了，不肯放！"锦儿用手往五岳楼一指。

"师兄！暂时失陪，休怪！休怪！"林冲说了一句，人已跳过墙上缺角，和锦儿径奔岳庙里来，抢到五岳楼看时，看见好几个人，拿着弹弓、吹筒、黏竿，都立在栏杆边。扶梯上一个年少的后生独自背立着，把林冲的娘子拦着。说："你且上楼去，和你说话。"

"清平世界，是甚道理，把良人调戏！"林冲的娘子红着脸，异常激动地说。

林冲赶到跟前，把那后生肩胛只一扳过来。喝道："调戏良人妻子，当得何罪！"恰待下拳打时，认得他是高太尉的螟蛉子高衙内。——原来那高俅新发迹，不曾有亲儿，因此把阿叔高三郎的儿子过继为子，本是叔伯兄弟，却与他做了干儿子，因此高太尉十分爱惜他。——那厮在东京倚势豪强，专做淫垢人家妻女的事。京师人惧怕他的权势，谁敢与他争吵？都叫他"花花太岁"。林冲一看，把手软了下来。而高衙内却不晓得她就是林冲的娘子，反而骂林冲说："林冲，干你甚事，你来多管！"

林冲一听，气得两眼圆睁，就要发作。众多闲汉，恐怕事情闹大，一齐拢过来七嘴八舌地把林冲劝住，把高衙内哄出庙上马走了。

林冲带着妻子和使女刚转出庑廊下，只见鲁智深提着禅杖引着二三十个破落户，大踏步抢进庙来。

"师兄，哪里去！"林冲一声叫住。

"我来帮你厮打！"智深睁大着眼四处寻找。

"罢了！他是本管高太尉的衙内，不认得荆妇，一时无礼。自古道'不怕官，只怕管'，权且让他这一次。"林冲怕智深闹开事来，只得用话阻止他。

"你怕他，洒家可不怕他，俺若再撞见他时，少不得三百禅杖。"智深说话时显得已是醉了。林冲叫众泼皮把智深扶了回去，自己也领娘子和锦儿回家，心中只是郁郁不乐。

高衙内自从在庙里见过林冲的妻子以后，就像着迷似的，每日念念不忘，郁悒不乐。过了两三日，衙内有个帮闲的名叫富安，见衙内终日在书房中闲坐，心中早已猜着了他的心事，就走近衙内的身边说："衙内近日面色清减，心中不乐，必然有件不悦的事。"

"你如何省得？"衙内略觉惊讶。

"小子一猜便着。"富安摇晃着脑袋，很有把握地说。

"你猜我心中是什么事？"衙内面露喜色。

"衙内可是思想那'双木'的，这猜得如何？"富安故作神秘地说。

"你猜得是，只是没个办法得到她？"衙内说完不觉面露笑容。

"有何难哉！衙内怕林冲是个好汉，不敢欺他，这个无妨。他现在帐下听使唤，怎敢恶了太尉？小子自有妙计，使衙内能够完成心愿。"富安说。

"我也见过不少女子，不知怎的只爱她。能得她时，我自重重赏你。"衙内说出了心事。

富安听得衙内说"必有重赏"，方才献上一计说："门下的心腹陆虞候①陆谦，和林冲最好。明日衙内躲在虞候楼上深阁，摆下些酒食，叫陆谦假意去请林冲吃酒，到时却把他直接请到'樊楼'②酒铺去吃。小子便去对林冲娘子说：'你丈夫和陆谦吃酒，一时重气，闷倒在楼上，叫娘子快去看哩。'诱她来到楼上，妇人家水性，见了衙内这般风流人物，再着些甜话儿调和她，不由她不肯。小子这一计如何？"

"好计！好计！就今晚着人去唤陆谦来吩咐。"衙内不禁喜上眉梢，喝彩起来。

当晚衙内就叫人去隔壁把陆谦请来，陆谦无可奈何，只得答应，为了讨衙内欢心，却也顾不得朋友交情了。

翌日，巳时左右，林冲心中纳闷，懒得上街。突然听到门外有人叫道："教头在家么？"

林冲出来看时，原来是陆虞候，慌忙应道："陆兄何来？"

"特来探望，兄长何以连日街上不见？"陆谦说。

"心里闷，不曾出去。"林冲愁眉深锁。

"我同兄长去吃三杯解解闷！"陆谦说时，已自拉着林冲衣襟往外走。此时林冲的娘子赶到布帘下说："大哥！少饮早归！"

林冲与陆谦出得门来，街上闲逛了一回，就来到了一家叫"樊楼"的酒铺，叫了几道酒菜，吃喝起来。陆谦故意和林冲说些闲话，拖延时间。林冲喝了八九杯酒，觉得肚子胀，就站起来径自下楼去小解，一看茅厕上有人先占了，而内中又急得慌，就出了店门，投东小巷内寻个僻静处去净了手，回转身，刚走出巷口，只见使女锦儿叫道："官人！寻得好苦！没想到你在这里！"

"什么事？"林冲急着问。

"官人和陆虞候走了不到半个时辰，只见一个汉子慌慌忙忙奔来，对娘子说：'我是陆虞候邻舍，你家教头与虞候吃酒时，只见教头一口气不来，便撞倒了，叫娘子快去看视。'娘子心急，叫隔壁王婆看了家，和我跟着汉子去，直到太尉府前巷内一户人家上至楼上，只见桌子上摆着酒菜，不见官人。恰待下楼，只见前日在岳庙里胡闹的那个后生出来道：'娘子少坐，你丈夫来也。'

锦儿慌忙下得楼时，只听得娘子在楼上叫'救人！'因此我到处寻找官人不见，正撞着卖药的张先生道：'我在樊楼前，见过教头和一个人进去吃酒。'因此奔到这里。官人快去！"锦儿一口气把经过说了。

林冲一听，大吃一惊，也不顾使女锦儿，三步做一步，跑到陆虞候家，抢到胡梯上，却关着楼门。只听得娘子叫道："清平世界，如何把我良人妻子关在这里！"又听得高衙内道："娘子，可怜见俺！便是铁石人，也告得回转！"林冲怒火中烧，在胡梯上，大叫道："大嫂开门！"

那妇人听得是丈夫声音，拼命冲过去开门，高衙内乘机开了窗，跳墙走了。林冲上得楼上，却已不见了高衙内，连忙问娘子说："可曾被玷污了？"

"不曾！"娘子答时，眼中不禁流下泪来。

林冲心中恼怒，把陆虞候家打得粉碎，把娘子与使女送回家中，拿了一把解腕尖刀，直奔到樊楼前去寻陆谦，也不见了，又回到陆谦家中守了一夜，也不见回来，林冲只好回家。如此过了十几天，林冲把这件事已淡忘了。

一天，林冲从府里回来，经过阅武坊巷口，见一条大汉，手里拿着一口宝刀，立在街上，口里自言自语地说："不遇识者，屈沉了我这口宝刀！"

林冲也不理会，只是低着头走。那大汉又跟在背后说："好口宝刀，可惜不遇识者！"

林冲心里虽有些疑惑，但仍是自顾走着路。这时又听得大汉在背后说道："偌大一个东京，没一个识得军器的！"

林冲这才回过头来，那大汉突然"嗖"的一声把那口刀掣将出来，明晃晃的夺人眼目。

"拿将来看！"林冲不觉脱口而出。

"好刀！你要卖几钱？"林冲看罢大吃一惊道。

"索价三千贯，实价二千贯。"大汉说。

"价是值二千贯，只是没个识主。你若一千贯肯时，我买你的。"林冲还了个价。

"唉！金子做生铁卖了！罢，罢！"大汉叹口气说。

"可跟我来家中取钱给你？"林冲说着，自引了大汉回家将银子折算还他。顺口问大汉道："你这口刀哪里得来？"

"小人祖上留下，只因家中败落，没奈何，拿出来卖。"大汉说。

当林冲再要询问些问题时，这大汉无论如何也不肯说，只推说说了辱没先人。林冲怕伤人自尊，也就不再问。等大汉走后，林冲还把着那刀口细细欣赏，口中不绝赞道："端的好把刀！只听得高太尉府中也有一口宝刀，不知比起我这口宝刀来如何？"

次日，巳牌时分，来了两个自称是高太尉府中的家人，见了林冲就说："林教头！太尉知道你买了一口好刀，叫你拿去和他府里的比一比，看哪口好？"

林冲心想："又是什么多口的报知了！"心中甚是不愿，但又怕得罪了太尉，只得拿了宝刀，跟着二位走。路上林冲却问二人道：“我在府中不认得你们？”

“喔！小人是新近参随。”二人答。

不知不觉间已经到了高太尉府前，进了府，林冲立住了脚。只听二人说：“太尉在后堂内坐等。”

林冲又转入屏风，来到后堂，又不见太尉，林冲又站住了脚，两个又说：“太尉就在里面等你。”

林冲又跟着转入了两三重门，一看周遭全是绿栏杆；两人又引林冲到了堂前，说道：“教头！你在此稍等，等我进去禀告太尉。”

说毕，两人就转进后堂。林冲拿着刀，立在帘前，等了约一盏茶时，仍不见人出来，心里有些疑惑。探头入帘看时，只见帘前额上有四个青字，写着“白虎节堂”，林冲一看大惊，心想：“糟了！这白虎节堂是商议军机大事处，如何敢无故擅入！”急待回身，只听得急促的靴履声、脚步声，有一个人从外面进来。林冲一看，正是高太尉，赶忙执刀向前施礼，却被高太尉大声喝道：“林冲！你私闯节堂，可知朝廷法度？而且手拿凶器，莫非是来行刺大臣？”

林冲正待躬前分辩，两厢房里已走出二十余人把林冲捆绑起来。林冲嘴里不断喊冤，可是太尉哪里肯听，被解送到了开封府细细拷问。虽然林冲把经过的详情都说了，可是还是被加了刑具，推入牢里监下。不到三天，林冲的罪已定谳，被断了二十脊杖，刺了面颊，远配沧州牢城。

开封府前，两个防送公人——董超、薛霸，押着林冲缓缓地走着，林冲的项下锁了一副七斤半重团头铁叶的护身枷，刚走不远，只见众邻舍和林冲的丈人张教头都过来接着，把林冲和两个公人，都请到了州桥下酒店里坐着。张教头叫了酒席款待两个公人，又赏发了不少银两。这才说："请二位官人一路上多照顾着小婿！"

林冲听到这话，激动地站了起来，执手对丈人说道："泰山在上，年灾月厄，撞了高衙内，吃了一场屈官司。今日有句话，上禀泰山：自蒙泰山错爱，将令爱嫁事小人，已经三载，不曾有半些儿差池，虽不曾生半个儿女，也未曾面红耳赤，半点相争。今日小人遭这场横祸，配去沧州，生死存亡未保。娘子在家，小人心去不稳，诚恐高衙内威逼这头亲事；况兼青春年少，休为林冲误了前程。却是林冲自行主张，非他人逼迫，小人今日就高邻在此，明白立纸休书，任从改嫁，并无争执。如此去得心稳，免得高衙内陷害。"

"贤婿，什么言语！你是天年不济，遭了横祸。今日且去沧州躲灾避难，早晚天可怜见，放你回来时，依旧夫妻完聚。老汉家中也颇有些积蓄过活，便带到我女家去，三年五载，还养赡得她。又不叫她出入，高衙内便要见也不能够。休要忧心，都在老汉身上。你在沧州牢城，我自频频寄书信和衣服给你。休要胡思乱想，只顾放心去吧！"张教头以长者之语气劝说林冲。

"感谢丈人厚意，只是林冲放心不下，枉自两相耽误。泰山可怜林冲，依允小人，便死也瞑目！"林冲说时两眼已有些湿润。

张教头看林冲说得固执，只得表面上暂时答应，心想："权且由你写下，我只不把女儿嫁人便了。"就叫酒保寻个写文书的人来，把一纸休书立了。林冲执笔在年月下刚押个花字，打过手模。只见得娘子哭哭啼啼地跑进酒店，锦儿拿着一包衣服紧跟在后面。林冲的娘子刚接过锦儿手中的包袱要交给林冲，却一眼先看到了这状休书，于是便大哭起来，嘴中才说了："丈夫！我不曾有半些儿点污，如何把我休……""休"字刚出口，人已晕倒。众人赶忙施救，过了许久才悠悠然苏醒过来，张教头请邻舍帮忙，先把她搀扶了回去。对林冲说：

"只顾前去，早早回来相见。你的老小，我明日都去取来养在家里，待你回来完聚。你但安心，不要挂念。"

林冲起身谢了，拜辞泰山并众邻舍，背了包裹，随着公人走了。

董超和薛霸二人，把林冲带到使臣房里寄了监，正准备回家去各自收拾行李。忽见巷口酒店里的酒保，走来说："董、薛二公！一位官人在小人店中请说话。"

"是谁？"董超问。

"小人不认得，只请二位去了便知。"酒保答。

董超、薛霸二人便和酒保径到酒店内阁儿上看时，见坐着一人，头戴顶万字头巾，身穿领皂纱背子，下面皂靴净袜，见了二人，慌忙作揖道："二位请坐！"

"小人自来不识尊颜，不知呼唤有何使令？"董、薛异口同声而问。

"请坐！少间便知。"这人说完话就从怀里掏出了十两金子，放在桌上，说道："我是高太尉府心腹陆谦。请二位先各收五两，有些小事相烦。"

董、薛二人一听是高太尉心腹陆谦，慌忙连声答应。陆谦才徐徐说道："你们二人也知林冲和太尉是对头。今奉太尉钧旨，叫将这十两金子送给二位，吩咐二位不必远去，只就在前面僻静处把林冲结果了，就彼处讨纸回状回来便了。若开封府但有话说，太尉自行吩咐，并不妨事。"

董、超二人既慑于太尉的威势，又贪于十两金子，也都昧着良心答应了。

翌日，天刚破晓，董、薛二人押着林冲，投沧州路上而来。时遇六月天气，炎暑正热。林冲初吃棒时，倒也无事，经过这两三日的走动，棒伤发作，痛苦难当，路上一步挨一步，已经走不动了。薛霸骂道："好不晓事！此去沧州二千里有余的路，你这般走，几时才能到！"

"小人前日方才吃棒，如今伤发，实在是走不动了。"林冲只得低声哀求。董超看了心中有些同情，就说："你自慢慢地走，休听嘀咕！"

薛霸一路上还是口中喃喃地骂个不停。走了一阵，看看天色已晚，三个人找了一家村店投宿，到得房内，林冲不等公人开口，已去包裹里取了些碎银，央店小二买些酒肉，请二人吃酒。董、薛二人把林冲灌得大醉，和枷倒在一边。薛霸去烧了一锅百沸滚汤，提过来，倾在脚盆内，叫道："林教头，你也洗了脚好睡。"

林冲挣了起来，却被枷碍住了，曲身不得。薛霸便道："我替你洗。"

"使不得！"林冲不知是计，嘴上推辞，却把脚伸了出去，被薛霸只一按，按在滚汤里。林冲叫了声"哎呀！"急缩得起时，烫得脚面都红肿了。

薛霸露着一脸奸笑说："只见罪人服侍公人，那曾有公人服侍罪人！好意叫他洗脚，却嫌冷嫌热，可不是'好心不得好报'！"

林冲只是咬着牙关忍着，哪里敢回话，自去倒在一边。

睡到四更，同店里的人都未起来，董、薛二人便催林冲上路。林冲刚坐起来，又晕了过去，吃不下，也走不动。薛霸拿了棒棍，死命地催促。董超却去腰里解下一双新草鞋，耳朵和索儿都是麻编的，叫林冲穿。林冲看着自己脚上满是燎浆泡，就去寻觅旧鞋，却哪里去找，没奈何，只得把新草鞋穿上。出门走不到二三里，脚上的泡都被新草鞋擦破了，鲜血淋漓，不停地叫痛。薛霸就拿起棍子搠着林冲走路。林冲脚上实在痛得厉害，额角上冷汗直冒，几次翻倒在地上。董超便上去搀扶着，继续又走了四五里路，林冲实在走不动了。看见前面是一座烟笼雾锁的林子，叫做"野猪林"，是东京到沧州路上最险恶的地方。当时押解罪犯的公人，在此不知杀害了多少好汉。薛、董二人把林冲带进了林子，解下了行李包裹，都搬在树根旁。林冲叫声哎呀，靠着一棵大树便倒了，正待闭眼，却看见薛霸、董超拿了根绳子要把自己绑了。林冲惊叫道："二位官人，做什么？"

"俺两个正要睡一睡，这里又无关锁，只怕你走了，放心不下，故此把你绑了。"薛霸说。

"小人是好汉，官司既已吃了，一世也不走！"林冲答。

薛霸也不理会，把林冲连手带脚紧紧地绑在树上，转过身去，拿起棍棒，看着林冲说道："不是我们要害你，只是前日来时，陆虞候奉了太尉钧旨，叫我俩到这里结果你，立等金印回去回话，便多走几日，也是死数。"

薛霸说完，举起木棍照着林冲脑门要打。林冲泪如雨下，心想："不意我林冲屈死在此！"说时迟，那时快，薛霸的木棍正要落下，只见松树背后发出一声雷鸣般的巨吼，飞出一条禅杖，把棒棍只一隔，却飞到了九霄云外，霎时一个胖大和尚跳了出来，喝道："洒家在林子里已听你多时！"提起禅杖，就要打两个公人。林冲听出声音熟悉，睁开眼来一看，正是鲁智深，连忙叫道："师兄！不可下手，我有话说。"

智深听得，收住禅杖，定眼看两个公人时，都已经吓得软在地上。

"师兄！不干他两个的事，都是高太尉和陆谦的毒计，你若是打杀了他们，也是冤屈！"林冲说。

鲁智深扯出戒刀，把林冲绑着的绳索都割断了，便去把他搀扶起来，然后把自己如何一路跟随到此地的经过情形，都详细地说了。

"林教头救俺两个！"薛、董二人，这时才如梦初醒，跪在林冲面前求饶。

"既然师兄救了我，你休害他们两个性命！"林冲对鲁智深说。

"你这两个浑蛋东西！洒家不看兄弟面时，把你这两个都剁成肉酱！今日且看兄弟面皮，饶你们性命！"就地上插了戒刀，喝道："还不快搀兄弟，都跟洒家来！"

鲁智深提了禅杖先走，两个公人，哪里还敢回话，扶着林冲，又替他背了包裹，一同跟出林子来，行得三四里路程，见一座小小酒店在村口，便进去坐了，唤酒保买了五七斤肉，打了两角酒来吃，又买些面来打饼。林冲方才问道："师兄今投哪里去？"

"'杀人须见血，救人须救彻'，洒家放你不下，直送兄弟到沧州！"鲁智深说。

两个公人听了，只得心中暗暗地叫苦。各自盘算着，回去时将如何向高太尉交代。从此鲁智深一步不离护送林冲，走了约十七八天，离沧州已经只有七十里路。而且此去一路上都有人家，再无僻静处了，鲁智深就对林冲说："兄弟，此去沧州不远，洒家已打听实了，此去必一路安全。俺如今和你分手，异日再得相见。"

"师兄回去，泰山处可说知。防护之恩，不死当以厚报！"林冲脸上不觉流露出伤别之情。

鲁智深又取出一二十两银子给林冲，二三两银子给两个公人，突然举起手中禅杖，往路旁一株碗口大的松树砸去，只听"哗啦"一声，把树齐腰折断，指着两个公人喝道："你俩但有歹心，叫你头也与这树一般！"

鲁智深向林冲说了声："兄弟保重！"独自走了，只吓得董超、薛霸二人把吐出的舌头，半晌缩不回去。

林冲被送到了牢城营内，发在单身房里听候点视。一般的罪人，听说新进的犯人是东京八十万禁军枪棒教头，所以都来看觑他，对林冲说："此间管营、差拨，十分害人，只是要诈人钱物。若有人情钱物送给他时，便待你好；若是无钱，将你撇在土牢里，求生不生，求死不死。若得了人情，入门便不打你一百杀威棒，只说有病，把来寄下；若不得人情时，这一百棒打得人七死八活。"

"多谢众兄长指教，如要使钱时，要拿多少给他？"林冲问。

"若要使得好时，管营五两，差拨也五两，十分好了。"众人正说话间，只见差拨过来问道："哪个是新来配军？"

"小人便是。"林冲答话时并无动静。

那差拨不见他把钱拿出来，变了脸色，指着林冲骂道："你这个贼配军，见我如何不下拜，你这厮可知在东京做出事来！见我还要摆架子！我看这贼配军满脸都是饿纹，一世也不发迹！打不死，拷不杀的顽囚！你这把贼骨头好歹落在我手里！叫你粉骨碎身！少间叫你便见功效！"

把林冲骂得"一佛出世"③，哪里敢抬头应答！众人见林冲挨骂，也各自散了。林冲等他发作过了，去取了五两银子，陪着笑脸，说："差拨哥哥，些小薄礼，休言轻微。"

"你叫我送给管营……和俺的都在里面。"差拨只是望着林冲也不伸手去接。

"只是送给差拨哥哥的，另有十两银子，就烦差拨哥哥送给管营。"林冲又拿十两银子递过去。

"林教头，我也闻得你的大名，果然是个好男子！想是高太尉陷害你了。虽然目下暂时受苦，久后必能发迹，据你的大名，这表人物，必不是等闲之辈，久后必做大官！"差拨看着林冲笑了起来。

"多赖照顾。"林冲也笑了。

"你只管放心。"差拨拍拍林冲的肩膀说。

"林教头，少间管营来点你，要打一百杀威棒时，你便只说一路有病，未曾痊可，我会来替你支吾，要瞒生人的眼目。"差拨嘱咐林冲。

"多谢指教！"林冲说。

差拨走后，林冲叹了口气道："'有钱可以通神'此话不差！真的有这般的苦处。"原来差拨离了单身旁，把十两银子藏进怀里，只拿了五两去给管营，在管营面前，替林冲说了许多好话。

林冲正在单身房里闷坐，只见牌头叫道："管营在厅上叫唤新到罪人林冲来点名！"

林冲听到呼唤，答应一声，跟着到了厅前站着。

"你是新到犯人。太祖武德皇帝留下旧制'新入配军须吃一百杀威棒'，左右！给我架起来！"管营指着林冲喝道。

"小人于路上感冒风寒，未曾痊可，请求寄打。"林冲申说。

"这人真是有病，乞赐怜恕。"牌头也帮腔。

"果是这人有症候在身，权且寄下，待病痊后再打。"管营也顺势饶了林冲。

"现今天王堂看守的多时满了，可叫林冲去替换他。"差拨说完，就厅下押了帖文，领了林冲，往单身房里取了行李，径往天王堂交替。差拨对林冲说："林教头，我十分周全你，叫你看天王堂。这是营中第一样省气力的勾当，早晚只烧香扫地便了。你看别的因犯，从早起直做到晚，尚不饶他。还有一等无人情的，拨他在土牢里，求生不生，求死不死！"

"多谢照顾。"林冲又取出二三两银子，给差拨道："烦望哥哥一发周全，开了项枷更好！"

差拨接了钱，拍着胸脯道："都包在我身上。"连忙禀告了管营，把林冲的枷也开了。林冲从此在天王堂内安排宿食处，每日只是烧香扫地。管营和差拨都得了他的银子，日久情熟，由他自在，也不来拘束。

转眼间已是隆冬天气，林冲的棉衣裙袄等物，都是托酒店里李小二的浑家缝补，经常给些小钱，所以李小二对林冲甚是感激。

忽一日，李小二正在店中安排菜蔬下饭，只见一个人闪将进来，酒店里坐下，随后又有一人闪入来。前面一人是军官打扮，后面一人是走卒模样，跟着也坐了下来。李小二忙上前招呼道："客官可要吃酒？"

只见那军官掏出一两银子与李小二道："且收放在柜上，取三四瓶好酒来。客到时果品酒馔，只顾端上，不必多问。"又掏出一两银子塞在小二手中说："烦你只去把营里的管营与差拨请来。"

隔不多久，李小二已把管营和差拨请到。他们看来并不认识。只见军官从怀里拿出一封书函交给二人。李小二摆好酒食，一旁服侍，那军官看了四周一眼对小二说："我自有伴当烫酒，不叫你休来。我等自要说话。"

李小二看他们行动诡秘，心中好奇。到了外面对他老婆道："大姐，这两个人行动鬼祟，语言声音又是东京人，初来时又不认得管营、差拨，后来我送酒进去时，只听得差拨口里说出'高太尉'三个字来，这人莫不与林教头有些关系？我自在门前照顾，你且躲到后面合子里中偷听……"

"你何不去营中寻林教头来认一认？"小二的老婆说。

"你不省得，林教头是个性急的人，如果见是自己仇人，他哪肯便罢？做出事来怕连累你我。"李小二不断摇头。

他的老婆来到阁子后面，把耳朵贴在板壁中听了一个时辰，出来对小二轻声说道："他们四个交头接耳说话，只听差拨说了一句'都在我身上，好歹要结果他性命'……"

正说话间，阁子里叫声"端汤来！"李小二急着进去换汤时，看见军官从怀里取出一个帕子包着的东西，递给管营和差拨。看管营接在手上，十分沉重。吃不多时，管营和差拨先自走了，军官算了酒钱，低着头也去了。

过不多时，只见林冲也走进店来，李小二慌忙把他拉到屋角，把刚才看到的情形，都详细地告诉了林冲，林冲听了大惊，忙问那军官打扮，原来正是陆谦。林冲无心喝酒，离了酒店，先去街上买把解腕尖刀，带在身上，到前街后巷去寻。这样一连寻了几天，看看牢城营里，又没半点动静，林冲心里也就松懈下来。

到了第六日，管营把林冲叫到点视厅上，说："你到这里已经多时，我对你也不差。离东门外十五里处有座大军草料场，每月有人来纳草料，有些常例钱觅取。原是一个老军看管，如今抬举你去那里寻几贯盘缠。你可和差拨便去那里交割。"

林冲当时答应。离了营中，径至李小二家中，对他夫妻说了，而且心中仍是怀疑地说："如果其中布了奸计，却如何？"

"这个草料场时常有些例钱，寻常不使钱时，不能够得此差使。"李小二说。

"这就是了！却不害我，倒给我好差使，正不知是何用意？……"林冲低头寻思。

李小二心知去与不去也由不得林冲，只得安慰林冲说："林教头，休要疑心，只要没事便好。以后还是小心为要。"

林冲心中有事，胡乱地吃了几壶酒，回到天王堂，取了行李，带了尖刀，拿了条花枪，与差拨一同辞了管营。两个取路投草料场来。正是严冬天气，彤云密布，朔风渐起，却早纷纷扬扬，卷下满天大雪来。林冲和差拨两个来到草料场外，只见四周是几道黄土墙，中间两扇大门，推开大门，里面是七八间草屋做的仓库，四下里都是马草堆。中间两座草厅。只见一个老军坐在厅里烤火取暖。差拨大声说道："管营差这个林冲来换你回天王堂，实时交割！"

老军缓缓地站起身来，拿了挂在墙上的钥匙，引着林冲到各处清点草堆和账目。清交完毕，老军回到厅上背了行李，跟着差拨正待跨出门时，却回头指着屋子里说："火盆、锅子、碗、碟都借给你……"又伸手指着墙上挂着的一只大葫芦说："你若买酒吃时，只要出草场投东大路去二三里便有市井。"

林冲就床上放下包裹，到屋后拿了几块柴炭，生在地炉里。借着炉火，仰面看那草屋时，四处都崩坏了，又被朔风吹撼，摇动不已。林冲心想："这屋如何过冬，待雪晴了，到城中唤个泥水匠来修理。"烤了一会儿火，觉得身上还是寒冷，寻思起老军所言，"二里路外有个市井，何不去沽些酒来吃？"就去包裹里取了些碎银，把花枪挑了酒葫芦，将火炭盖了，取毡笠子戴上，拿了钥匙出来，把草厅门拽上；出到大门前，把两扇草场门反拽上锁了；带了钥匙，信步投东，雪地里踏着碎琼乱玉，迤逦背着北风而行。那雪正下得紧。行不上半里多路，看见一座古庙，林冲顶礼膜拜道："神明庇佑，改日来烧纸钱。"又走了一会儿，望见一簇人家。林冲停住脚看时，见篱笆中，挑着一个草帚儿④在露天里。林冲走进店里，把葫芦往柜台上一放，店主已趋前招呼道："既是草料场看守大哥，且请少坐，天气寒冷，且酌三杯，权当接风。"

店家又切了一盘牛肉，烫了一壶酒，请林冲吃。林冲心中想着："没想到这葫芦竟有如此功效！"又自买了些牛肉，盛了满葫芦酒，用花枪挑着，叫声"相扰"，便出篱笆门，仍旧逆着朔风回去。那天上的雪下得比刚才还紧了。林冲只得压低着毡笠子，飞奔地跑到草场门口，开了锁，入内看时，不禁吓了一跳，那两间草厅已被大雪压倒了。林冲放下花枪，恐怕火盆内有火炭延烧起来，急忙搬开破壁子，探半身进去摸，确定火种已经被雪水浸灭了。林冲再伸手往床上去摸，只拽出了一条被絮，林冲钻出来，见天色黑了，正不知今夜何处住宿，突然想起离此半里的古庙可以安身，心想："我且去那里宿一夜，等到天明，再想办法。"心思既定，把被絮卷了，花枪挑起酒葫芦，依旧把门拽上，逆着朔风，往古庙寻去，黑暗中只听得两扇大门被风吹得"啪！啪！"作响，林冲寻声摸索进了大门，顺手在门旁拽了一块大石顶住。借着雪光，看见殿上塑了一尊金甲山神，两边一个判官，一个小鬼。他四周寻了一遍，这山神庙中既无庙主，又无邻舍，已是破败不堪。林冲只得将酒葫芦往神案下一放，拍去身上雪花，铺了被絮，盖了半截下身，提了葫芦中冷酒，就着怀中牛肉下酒吃了起来。

正吃时，只听得外面一阵"哔哔剥剥"的爆响。林冲跳起来，就壁缝里看，只见整个草料场已陷入熊熊烈火之中。林冲拿起花枪，正要开门去救火，却听到外面有人说话，林冲就伏在门边听，是三个人的脚步声，往庙里行来，用手推门，却被大石挡住，三人就立在庙门口看火。其中一人说："这条计策好么？"

"真亏管营、差拨用心！回到京师，禀过太尉，都保二位做大官。这番张教头没得推托了！"

林冲听出这后者的声音就是陆谦，一时怒发冲冠，轻轻搬开大石，右手提着花枪，左手一掌把门推开，大声喝道："泼贼哪里去！"

三人一时都惊得呆住了，再也走不动。林冲先提起花枪，"咔嚓！"一声，搠倒了差拨，血光四溅，在烈火照映下，格外分明。那管营逃不到十步，被林冲赶上，后心上只一枪，又搠倒了。陆谦一看心中益慌，脚也麻了。林冲一个箭步，大喝一声："奸贼，哪里逃？"

一把抓住了陆谦的背领，只一按，陆谦已摔跌在雪地上，林冲插了花枪，一脚踩住，一手自腰上抽出钢刀，抵住陆谦的脸说："泼贼！我从来和你无怨无仇，如何这等害我！"陆谦这时已吓得软了，只会苦苦哀求道："……太尉差遣，不敢不来……"话还没说完，林冲已一刀把他杀了，回过头看时，草料场旁已经来了许多乡人救火。林冲说道："你们赶快救火，我去报官！"却提着花枪往东方逃了。

林冲走了大约两个时辰，天上雪越下越大，身上衣服单薄，冷得受不了，回头看看草料场，已经远了。只见前面是一片疏林，远远有几间草屋，被雪盖着，破缝壁里透出一些微光。林冲急忙走到门前，推开了门，只见中间坐了一个老庄客，四围坐着五六个小庄客，烤火取暖。

　　"众位拜揖！小人是牢城营里差使，被雪打湿了衣裳，想借火烘一烘。乞望方便。"林冲对众人施礼说。

　　"你自烘便了，何妨得。"老庄客看了林冲一眼。

　　林冲烘得衣服略有些干了，只见火炭边煨着一个瓮儿，里面透出酒香。林冲不觉嘴馋，想买些来吃，就说："小人身边有些碎银，可否卖些酒吃？"

　　"我们自己吃尚不够，哪能卖给你！"众人七嘴八舌地说。

　　林冲闻着酒香，哪能不吃，又说："胡乱卖个二三碗给小人吃了御寒！"

　　"休缠！休缠！"老庄客一把推开了林冲。

　　林冲心中恼怒，把手中枪往火柴头上一挑，一块赤焰焰的火炭飞了起来，正落在老庄客的脸上，只听呼痛连声，老庄客的胡须已烧去大半。众庄客都跳起来喊"打！"林冲把枪贴地横扫，庄客们都拔腿跑了。

　　"都走了！老爷快活吃酒！"林冲在土炕上拿了一个椰瓢，把瓮里的酒，独自吃了一半，提了枪，出门便走，一步高，一步低，踉踉跄跄，走不到一里路，被朔风一吹，倒在山涧边，再也爬不起来。

这时众庄客引来了二十余人，拖枪拽棒，奔到草屋，一看却不见了林冲；就寻着雪地上踪迹，赶过来，正好看见林冲烂醉在地上，胆子大的就拿了绳子把林冲绑缚了。解送到一个庄院，把他吊在门楼下。直到天色破晓时，林冲才酒醒，睁眼一看，好个大庄院。林冲大叫道："什么人敢吊我在这里！"

"休要问他！只顾打！等大官人起来，再行拷问！"烧了胡须的老庄客指着林冲，叫众人一齐用棒打。林冲被绑，挣扎不得，只是"哇！哇！"大叫。

"大官人来了！"有人喊了一声，于是众人才停了手。林冲蒙眬中见个官人背叉着手，走到廊下，问道："你等众人打什么人？"

"昨夜捉得个偷米贼！"众庄客答道。

那官人走近一看，认得是林冲，慌忙喝退庄客，亲自解了绑绳。问道："教头缘何被吊在这里？"

林冲看时，不是别人，却是旧相识小旋风柴进，连忙叫道："大官人救我！"

柴进把林冲请进了厅上，备了酒菜。林冲才把如何被高太尉陷害以及草料场杀死陆谦、管营、差拨的事都详细地说了。柴进心想："林冲杀官差逃亡，必遭追捕，恐怕连累自己。"修了一封信函，交给林冲说："教头犯下杀头的罪，沧州必定追捕。依我看，只有梁山泊一处可去。"

"若蒙周全，死而不忘。"林冲接过信，跪下拜谢。

林冲与二三十个庄客都打扮成猎人，骑着马，带了弓箭、枪棒、鹰雕、猎犬，由柴进领着头，混出关去，把守的军官一看是柴进狩猎，也就没有盘问，林冲轻易地出了关。

林冲别了柴进，行了十数日，这一天，又见纷纷扬扬下着满天大雪。天色渐渐晚了，远远望见湖畔有个酒店，被雪漫漫地盖着。林冲奔了进去，拣一处坐下，叫酒保打了酒，切了牛肉、肥鹅、嫩鸡，大嚼大吃。吃了一会儿，林冲问酒保道："酒保！此间去梁山泊还有多少路？"

"此去不远，只有数里，但却是水路，全无旱路。要去时，须用船去。"酒保答。

"你可与我觅只船儿？我多给你些钱。"林冲说时掏出了一把碎银放在桌上。

"这般大雪，天色已晚了，哪里去寻船只？"酒保说。林冲寻思道："这般却怎的好？"心里烦恼，又猛灌了几碗酒，蓦然想起"我先在京师做教头，每日六街三市游玩吃酒，谁想今日被高俅这贼坑陷了这一场，文了面，直断送到这里，害得我有家难奔，有国难投，受此寂寞！"于是问酒保借了笔砚，乘着一时酒兴，向那白粉壁上写下了八句诗：

仗义是林冲，为人最朴忠。

江湖驰誉望，京国显英雄。

身世悲浮梗，功名类转蓬。

他年若得志，威镇泰山东。

林冲刚把诗写完，还了笔砚。

旁边闪出一条大汉一把拉住林冲转进了后面的水亭上，说道："却才见兄长只顾问梁山泊路头，要寻船去，那里是强人山寨，你待要去做什么？"

"实不相瞒，小人是去入伙。"林冲说。

"既然如此，必有个人荐兄长入伙……"大汉问。

"沧州横海郡故友举荐。"林冲说。

"莫非小旋风柴进么？"大汉问。

"足下何以知之？"林冲有些怀疑，望着大汉。

"哈！哈！"大汉不觉笑了起来，说道："如此即是自己人了。"

大汉叫酒保就水亭上点了灯，重新摆了酒菜，与林冲对坐饮酒。林冲举起酒杯敬大汉道："有眼不识泰山，愿求大名？"

那大汉也慌忙答礼，说道："小人是王头领手下耳目，姓朱名贵，原是沂州沂水县人氏。江湖上俱叫小弟'旱地忽律'⑤，山寨里叫小弟在此开酒店为名，其实专一探听过路客商，但有财帛的，便去山寨里报知。刚才见兄长只是问梁山泊路头，所以不敢下手，次后见兄长写出大名来，才知兄长即是东京八十万禁军教头。今番兄长加盟山寨，必得重用。"

朱贵说罢，在水亭上把窗户推开，取出一张鹊画弓，搭上一支响箭，向对港芦苇中射去，不一会儿只见草丛中亮起一盏红灯，急速往水亭驰来，待近看时，原是三五个小喽啰摇着一只快船。朱贵引着林冲，下了小船，向对岸急急驰去，只见船尾一道波澜，久久不曾散去，一只小船已驶进迷茫黑暗之中。

【注释】

①虞候：禁卫官名。

②樊楼：宋朝时东京一座有名的酒楼。

③一佛出世：常与"二佛涅槃"或"二佛升天"连用。这里是歇后语，是死去活来的意思。

④草帚儿：宋朝时酒店的标帜。

⑤忽律：鳄鱼。也写作"慭狔"。

第五章　宝刀、市虎、功名

　　傍晚时分，东京城外，走来一个大汉，生得七尺五六身材，脸上长了一搭青记，腮边微露些少赤须，把毡笠子掀在背脊上，袒开胸脯，戴着抓角儿软头巾，腰中挂着腰刀、朴刀。他前面则走着一个庄客，挑了一担行李，入得城来，寻了个酒店，安歇下。庄客放下担子，大汉给了他一些银子，他就走了。大汉放下行李，解了腰刀、朴刀，叫店小二买些酒肉吃了。就此一连住了数天，他不断央人去枢密院打点活动，将那担儿内的金银都用尽了，方才得了一纸文书，引去见殿帅高太尉。来到厅前，那高俅把从前历事文书都看了，突然拍案大怒道："杨志！既是你等十个制使去运花石纲①，九个回到京师交纳了，偏你这厮却把花石纲失陷了！又不来告官自首，倒又在逃，许多时捉拿不着！今日再想做官，虽然已赦宥，所犯罪名，难以委用！"而且把文书一笔都勾了，还把杨志赶出了殿帅府来。

　　杨志闷闷不已，心中不觉骂道："高太尉！你太毒害，恁地刻薄！我原想凭着本事，在边疆上一枪一刀，博个封妻荫子，也给祖宗争口气，被你这一折，岂非前程都完了。"

杨志在客店里又住了几日，盘缠都用尽了，暗暗寻思道："却是怎办才好？只有祖上留下这口宝刀，从来跟着洒家，如今事急无措，只得拿去街上卖了，得千百贯钱钞，好做盘缠，投往他处安身。"

当日拿了宝刀，插上草标儿，上街去卖。走到大街，立了两个时辰，并无一人来问，将近晌午时分，转到了天汉州桥热闹处去卖。杨志刚立了一会儿，只见两边的人都跑到桥下巷内去躲。有人口中还嚷着："快躲！大虫来了！"

杨志心中疑惑："好作怪！这等一片锦绣城池，却哪得大虫来？"当下立住脚，四处张望。只见远远地走来一个黑凛凛的大汉，吃得烂醉，一步一颠地撞过来。杨志看那人时，原来是东京城里有名的破落户泼皮，叫做"没毛大虫"牛二。专在街上撒野、行凶、撞闹，连做了几件官司，开封府也治他不下。以此满城人见他都躲，畏之如虎。

这时牛二已抢到杨志面前，见他不躲，一伸手把刀扯将出来，问道："汉子！你这刀要卖几个钱？"

"祖上留下宝刀，要卖三千贯。"杨志答。

"什么锈铁刀！要卖三千贯！我三十文买一把，也切得肉，切得豆腐！你的刀有什么好处，叫做宝刀？"牛二说话时还拿着刀在杨志面前乱晃。

"洒家的须不是店上卖的白铁刀，这是宝刀！"杨志把"宝

101

刀"二字说得很重。

"怎么唤作宝刀？"牛二有意纠缠。

"第一件，砍铜剁铁，刀口不卷；第二件，吹毛得过；第三件，杀人刀上没血。"杨志耐心地答。

"你敢剁铜钱么？"牛二故作怀疑。

"你拿来，剁给你看！"杨志有些愠色。

牛二走到州桥下香椒铺里便拿二十文当三钱②，一垛儿放在州桥栏杆上，叫杨志道："汉子！你若剁得开时，我还你三千贯！"

那时看的人虽然不敢近前，却都在远远地围住瞭望。杨志轻轻一笑，把衣袖卷起，举起了刀，看得准确，只一刀，把一垛铜钱从中分成两半。众人都喝彩。牛二脸上挂不住骂道："喝什么彩！你且说第二件是什么？"

"吹毛得过，若把几根头发，往刀口上只一吹，齐齐都断。"杨志说。

"我不信！"牛二自把头上拔下一把头发，递给杨志，"你且吹给我看！"

杨志左手接过头发，照着刀口上，尽气力一吹，那头发都分作两段，纷纷飘落地上。众人又是一阵喝彩，而且围观的人越来越多。

"你且说第三件？"牛二阴险地一笑。

"杀人刀上没血！"杨志说。

"怎地杀人刀上没血？"牛二又故作怀疑。

"把人一刀砍了，并无血痕。只是个快。"杨志说。

"我不信！"牛二连连摇头，"你把刀来剁一个人给我看！"

杨志有些愤怒，说道："禁城之中，如何敢杀人？你不信时，取只狗来杀给你看！"

"你说杀人，不曾说杀狗！"牛二存心撒赖。

"你不买便罢！只是缠人做什么？"杨志嗓门也大了。

"你快杀给我看！"牛二占了邪理，咄咄逼人。

"你不停纠缠，可找错人了！"杨志道。

"你敢杀我！"牛二有意给杨志难堪。

"和你往日无怨，近日无仇，没理由杀你！"杨志转身要走，却被牛二一把揪住。

"我要买这口刀！"牛二道。

"你要买，拿钱来！"杨志把手一摊。

"我没钱！"牛二说。

"你没钱，揪住洒家做什么！"杨志作势要撇开牛二。

"我要你这口刀！"牛二缠得更紧。

杨志大怒，把牛二一把推跌在地上。牛二爬将起来，一头向杨志怀中撞去，想去夺刀。杨志退了一步，闪开牛二，嘴中大声说道："街坊邻舍都是见证！杨志无盘缠，自卖这口刀，这个泼皮要强夺洒家的宝刀，又把俺打！"

街坊路人都怕这牛二，谁敢向前来劝。只见牛二喝道："你说我打你，便杀你又怎地！"

口里说着，一面挥起右手，一拳往杨志面门打去。杨志霍地躲过，不退反进，拿着刀抢入来，一时性起，往牛二额根上搠个正着，扑地倒了。杨志赶上去，把牛二胸脯上又连搠了两刀，血流满地，死在地上。有人劝杨志逃走，杨志叫道："洒家杀了这泼皮，怎肯连累你们！你们都来同洒家到官府里自首！"

街坊众人都慌忙围拢过来，随着杨志到开封府去自首。

杨志在经过府尹的审理后，当厅发落，监禁起来。牢里的各级狱吏，听说杨志杀死了没毛大虫牛二，都敬佩他是好汉，不来问他要钱，又都来看顾他。天汉州桥下的众人，因为杨志为街上除了一个害虫，都自动凑了些银两，并给杨志送饭，又替他上下用钱关照。审案的推司也看杨志是被逼杀人，又替东京街上除了一害，就从轻发落，发配北京大名府充军。那口宝刀没官入库。当厅下了七斤半铁叶盘头护身枷，差两个公人押解上路。天汉州桥的大户又凑了一些银两，送给杨志路上使用，还一路上直送杨志出了城门。

杨志随着两个差人，夜宿晓行，不数日，就到了北京。两个差人把杨志解到留守司厅前，呈上开封府公文。梁中书一看，原来是杨志，是他在东京时的旧识，所以备问了缘由，知道杨志的罪行并不甚重大，而且自己又喜欢杨志的一身本事，所以就当厅开了长枷，留在身边使唤。

杨志自从留在府中以后，工作勤谨，梁中书有心想抬举他做个副将，又恐众人不服，因此，传下号令，叫军政司告示大小诸将，来日都要出东郭门教场中去演武试艺，有意显露杨志的武艺。

当日风和日暖，梁中书坐在演武厅前的高台中央，左右两边整齐地排着两行官员，前后周围恶狠狠地列着百员将校。将台上立着两个都监：一个唤作"李天王"李成，一个唤作"闻大刀"闻达，两人都有万夫莫敌之勇。突然将台上竖起一面黄旗，将台左右列着三五十对金鼓手，一齐擂起鼓来，一时教场中鸦雀无声。不一会儿，将台又挥动起一面红旗，只见鼓声响处，五百个军士列成两阵，各执着兵器，此时将台上又把白旗招动，两阵军马齐齐地都立在前面，各把马勒住。梁中书传下令来，叫副将军周谨向前听令。只见左军中，骑马奔出一个大汉，在演武厅中，左盘右旋，右旋左盘，使了几路枪法，众人喝彩。梁中书这时叫人传令杨志。杨志奉令，转到厅前。梁中书道："杨志！我知你原是东京殿司府制使军官，犯罪配来此间。如今盗贼猖狂，国家用人之际，你敢与周谨比试武艺？如若赢得，便迁你充做副将。"

"若蒙恩相差遣，安敢有违钧旨。"杨志知道是发达的时运来了，所以答得十分爽快。

梁中书又叫人取了一匹战马、头盔、衣甲、军器等，让杨志穿了，手拿长枪，一跃上马，真是威风八面。只看得周谨怒火中烧，心中暗骂道："这个贼配军，敢来与我交枪！"

两人都勒马在门旗下，正欲出战交锋。只见兵马都监闻达大声喝道："且住！"走上厅来禀复梁中书说："如今两人比试武艺，虽然未知高低，但刀枪本无情之物，只宜杀贼剿寇。今日军中自家比试，恐有伤损，轻则残疾，重则致命，此乃于军不利，可把两根枪头除去，各用毡片包裹，蘸些石灰，两人再罩上一件黑衫，如白点多的算输。"

梁中书认为有理，于是两人都照办，重新来到了演武场。鼓声一响，周谨跃马挺枪，直取杨志，杨志也拍马迎战。两个在阵中，来来往往，反反复复，战作一团，扭作一堆。鞍上人斗人，坐下马斗马，战了四五十回合。看周谨时，恰似打翻了豆腐，斑斑点点约有三五十处。再看杨志，只有左肩胛下一点白。梁中书看了大喜，即想叫杨志代周谨做副将。而兵马都监李成，恐军心不服，于是禀知梁中书，再叫两人比箭。李成当众宣称："武夫比试，但凭本事，射死勿论！"

于是两人各拿了弓箭和遮箭牌，又重新回到了演武场。杨志说："你先射我三箭，而后我再还你三箭。"

周谨听了，心中暗喜，恨不得把杨志一箭射个透明窟窿。而杨志终是行武出身，早已识破了他的手段，全不放在心上。这时将台上青旗摇动，杨志拍马往南就走，周谨纵马赶来，将缰绳搭在马鞍鞒上，左手拿着弓，右手搭上箭，拽得满满的，往杨志后心"嗖"的一箭。杨志听得背后弓弦响，霍地一闪，去镫里藏身，那支箭早射个空。周谨见一箭不着，心里早已慌了，再去箭囊中取了第二支箭，搭在弦上，看准了杨志后心，又是一箭。杨志听得第二箭射来，却不再躲了，用弓梢只一拨，那支箭滴溜溜拨下草地去了。周谨见第二箭又射空，心里越慌。这时杨志的马已经跑到教场尽头，霍地把马一兜，转向正厅跑来。周谨也把马一勒，紧追不舍，再取了第三支箭，搭在弓弦上，尽平生力气，往杨志后心上射去。杨志听得响声，扭转身，就鞍上把那支箭接在手中，便纵马入了演武厅，把箭撇在厅前。

梁中书看了大喜，连连叫杨志还射。将台上又把青旗摇动，周谨撇了弓箭，拿了盾牌，拍马往南走，杨志在马上把腰只一纵，略将脚一拍，那马泼喇喇地便赶。杨志先把弓虚扯一扯。周谨在马上听得脑后弓弦响，扭转身来，举起防牌来迎，却接了个空，引得全场一片哄然大笑。杨志寻思道："若这一箭射中他后心窝，必伤了他性命。我与他又没冤仇，只射他不致命处便了。"左手如托泰山，右手如抱婴儿，弓开如满月，箭去似流星，说时迟，那时快，一箭正中周谨左肩，周谨措手不及，翻身落马，那匹空马直跑到演武厅后去了。

杨志喜气洋洋，下了马，便向厅前来谢恩。不料阶下忽然转出一人，叫道："休要谢职！我和你比试！"

杨志看那人时，身材七尺以上长短，面圆耳大，唇阔口方，腮边一部络腮胡须，威风凛凛，相貌堂堂，正走到梁中书面前，说道："周谨患病未痊，精神不到，因此误输于杨志，小将不才，愿与杨志比试，如果输了，愿将职位让给杨志。"

梁中书看时，不是别人，却是大名府留守司正牌军索超。梁中书心想："我指望一力抬举杨志，众将不服。等他赢了索超，他们却也无话可说了。"于是下令两人重新披挂，梁中书也起身走出阶前，坐在栏杆边来看个仔细。

将台上传下将令，早把红旗摇动，两边金鼓齐鸣，教场内两阵中都响起了炮声，杨志、索超两人各都到了阵中。将台上又把黄旗摇动，擂了一阵鼓，教场中一时谁敢作声，静悄悄的。再一声锣响，将台上又把青旗摇动，擂第三通鼓。只见左边阵内门旗下，闪出一个正牌军索超，直到阵前，勒住马，拿了大斧，果是英雄。右边阵内门旗下，鸾铃响处，杨志跃马而出，执枪在手，确是勇猛。两人刚在阵前，两边军将已暗暗地喝彩不已。

　　正南方旗牌官拿着"令"字旗，骤马而来，喝道："奉相公钧旨：二位俱各用心。如有亏误处，定行责罚；若是赢时，多有重赏。"

　　话声刚落，索超已举着大斧来战杨志，杨志逞威，捻起手中神枪，来迎索超。两个在教场中间，两马相交，各显出平生本事。一来一往，一去一回，四条臂膊纵横，八只马蹄撩乱。两个斗到五十余回合，不分胜负。梁中书不觉看得呆了。两边军官不断喝彩。连李成、闻达也赞不绝口。闻达心里只恐两个内伤了一人，慌忙招呼旗牌官拿着"令"字旗，传令停止。杨志、索超各自要争功，哪里肯回马。旗牌官只得高叫："相公有令，二位好汉歇了。"

　　杨志、索超才收了手中军器，勒坐下马，各跑回本阵。梁中书见两人武艺一般，皆可重用，心中大喜，唤两人都上厅来，取两锭白银、两匹绸缎，分别赏了，并命军政司将两人都升做管军提辖使。从此杨志殷勤侍候着梁中书，寸步不离。

【注释】

①花石纲：成帮结队地输运货物叫做纲。在宋朝时，大都是官差性质，例如盐纲、茶纲等。花石纲就是运输花石。赵佶向南方搜刮了奇花异石运京，故有花石纲之名。后文的生辰纲，就是运送寿礼。

②当三钱：是宋朝时一种制钱。一个钱当三个钱用。

第六章　生辰纲

北京城里，家家户户门前都挂着艾草、菖蒲，粽叶的芳香飘散在闷热的五月空气中。梁中书和蔡夫人正在后堂家宴，庆贺端阳。酒至数杯，食供两套，只见蔡夫人道："相公自从出身，到今日已为一统帅，掌握国家重任，这功名富贵，从何而来？"

"我自幼读书，颇知经史，人非草木，岂不知泰山的恩惠？"梁中书答得自然。

"相公既知是我父恩德，如何忘了他的生辰？"蔡夫人追问。

"下官如何不记得，泰山是六月十五日生辰，已使人用十万贯钱收买了金珠宝贝，送上京师庆寿。一月之前已准备，再数日就可起程。只是有一件事，令我踌躇，记得上年也收买了许多玩器和珠宝送去，不到半路，都被贼人劫了，至今严捕贼人不获。不知今年叫谁去才好？"梁中书面有难色。

蔡夫人一看相公把生辰纲都备妥，不觉心中欢喜，指着阶下说："你常说这人十分了得，何不派他去走一遭，不致失误！"

梁中书看阶下那人时，正是青面兽杨志，大喜，随即唤杨志上厅，说道："我正忘了你。你若与我送得生辰纲去，我自有抬举你处！"

"恩相差遣，不敢不依，只不知怎么准备？几时动身？"杨志拱手向前禀告。

"到大名府差十辆太平车子①，找十几个军士押着车辆，每辆车上，插一面黄旗，旗上写着'献贺太师生辰纲'，每辆车子再派个军士跟着。再十几天就可动身。"梁中书说。

杨志听了却摇着头说："非是小人推托，其实去不得，不如差个英雄精细的人去。"

"我有心抬举你，怎地又不去了？"梁中书有些愠怒。

"恩相在上，小人也曾听说，去年的已被贼人劫去了。今岁途中盗贼更多。此去东京又无水路，都是旱路。经过的是：紫金山、二龙山、桃花山、伞盖山、黄泥冈、白沙坞、野云渡、赤松林，这几处都是强盗出没的去处，就是单身客人也不敢经过。他知道是金银珠宝，如何不来抢劫？白白送了性命！所以去不得。"杨志说时不停摇手拒绝。

"那我多派军士护送如何！"梁中书答。

"恩相就是派一万人也不济事，这些家伙，一听强盗来了，拔腿便跑。"杨志还是拒绝。

"你这般说来，生辰纲是不用送了！"梁中书说话时语气不甚高兴。而杨志一看，已是自己提出条件的时候，于是上前禀道："若依小人一件事，便敢送去。"

"我既委在你身上，如何不依，你说？"梁中书绽露了笑容。

"若依小人之见，并不要车子，把礼物都分装十余挑担子，只做买卖人打扮，也点十个壮健的军人，装作脚夫挑着，只要一个人和小人同去，悄悄地连夜上了东京交付。"杨志说出计划。

"你说得甚是！回来后必有重赏！"梁中书心中高兴，全依了杨志。

过了十几天，杨志把装扮脚夫的军士都挑选好了，来到厅上禀明，第二天一早就要起程。而梁中书却说："夫人也有一担礼物，另送与府中宝眷，也要你送。但怕你不识路，特地叫奶公谢都管并两个虞候和你一同去。"

杨志一听又派了这三个人同去，心里不甚高兴，就推托说："恩相，杨志又去不得了！"

"礼物都已拴得完备，如何又去不得？"梁中书有点莫名其妙起来。杨志才解释说："这十担礼物的责任，都落在杨志身上，这十个脚夫也由我调度，要早走便早走，要晚行便晚行，要住便住，要歇便歇。如今多了都管和虞候，他是夫人的人，又是奶公，倘或路上与小人别扭起来，杨志如何敢争？若误了大事，杨志如何分辩？"

梁中书听杨志这说法，也是有理，于是立刻吩咐都管和虞候，路上一切要听从杨志提调。次日早起五更，把所有礼物和夫人要送人的财帛共做了十一担，拣了十一个健壮的军士，扮着脚夫挑了。杨志和谢都管、两个虞候都扮作商人，离了梁府，出得北京城门，取大路投东京进发。

这时正是五月半天气，虽然晴朗，可是酷热难行。杨志等人为了赶六月十五的生辰，所以一直赶路。每日都是趁早凉便行，日中热时便歇。如此走了五七日后，人家渐渐少了，行人也稀了，一站站都是山路。杨志规定要辰牌起身，申时便歇。而十一个军夫，因为担子重，天气又热，走不动，一见林子便要去歇息，杨志却催促着要走，如若停住，轻则痛骂，重则持藤条便打。两个虞候虽然只背着包裹行李，也走得喘不过气来。杨志看了不免生气，说道："你两个好不晓事！这责任是俺的，你们不替洒家催赶脚夫，却在背后也慢慢地挨！这路上可危险啦！"

"不是我两个故意走得慢，实在天气太热，走不动。前日都是趁早凉走，如今怎么却正热时要走？"两个虞候心中也有些不悦。

"你这般说话，却是放屁！前日行的是太平地段，如今正是危险地带，谁敢五更半夜走？"杨志瞪着眼骂起来。

两个虞候只得忍气吞声，心里却骂道："这厮只会骂人。"杨志提了朴刀，拿了藤条，自去赶那担子。两个虞候等老都管走近了，齐声说："杨志这厮只是我相公门下一个提辖，却这般自大。"

"须是相公吩咐'休要和他别扭'，因此我不作声。这两日也看他过分。姑且忍耐着。"老都管对杨志也不满意。

当天一直走到傍晚时分，才寻得一个客店里歇了。那十一个军夫都走得汗流浃背，叹息不已，都去对老都管诉苦说："我们不幸做了军健，被差遣出来，这般火热似的天气，又挑着重担，这两日又不拣早凉天走，动不动老大藤条打来，都是一般父母皮肉，偏偏这么受苦！"

"你们不要怨恨，到东京时，我自赏你！"老都管较识大体，只用好言相劝。

"若是似都管看待我们时，也就不敢怨恨了。"众军士异口同声地答。

翌日，天色未明，众人起来，都要乘天凉好赶路。杨志看了暴跳着喝道："哪里去！且都替我睡了！"

"趁早不走，日里热时走不动，又要打我们，真不讲理。"众军士都哗然。

"你们懂得什么？"杨志气得大骂，拿起藤条又要打。众军士忍气吞声，只得睡了。当天等太阳升得高了，才叫军士们起来，打火吃了饭，一路不停地赶路，不许投凉处歇。不仅这十一个军夫口里喃喃呐呐地怨恨，两个虞候也在老都管耳边不断挑拨。此时老都管虽不出声，心里已自恼着杨志。

像这样走了十四五天，十四个人没一个不怨恨杨志的。当日正是六月初四时节，未及晌午，一轮红日当天，没有半点云彩，非常闷热。而走得又都是山僻崎岖小径，翻山越岭，大约走了二十余里，那军士们思量去柳荫树下歇凉，而杨志却拿着藤条死命地催促。那时正是日正当中，路上的石头热得烫脚，军士们实在走不了，都哀求杨志说："这般天气热，会晒杀人！"

"快走！赶过前面冈子去，再休息。"杨志依旧死命地催赶。

正走着时，看见前面有一座土冈子，一行十五人才奔上冈子。那十一人已都歇下担子，往松林树下睡倒了。杨志一看不禁叫苦连天，说道："这是什么地方，你们却在这里歇凉，快起来！快起来！"杨志急得直跺脚。

"你便是把我们剁成七八段，也是走不动了。"众军士还是懒着不动。

杨志拿起藤条，劈头劈脑便打，打得起这个，那个又睡倒了，杨志无可奈何。这时看两个虞候和老都管也都气喘呼呼地爬上冈来，坐在松树下喘气。老都管看到杨志又这般打军夫，就说："提辖，实在热得走不动了，不要责打他们！"

"都管！你不知，这里正是强人出没的地方，地名叫'黄泥冈'，平常太平时节，白日还会出来劫人，休道是这般光景，谁敢在这里停脚！"杨志说话时，面色凝重。

"我见你说好几遍了，只管说这话来惊吓人！"两个虞候也插了嘴。

"权且教他们歇一歇，略过日中再走，如何？"老都管也说话了。

"你也不懂事了！这里下冈子去，有七八里没人家，危险极了，怎敢在此歇凉！"杨志哪里管得了得罪老都管，拿着藤条，对军夫喝道："一个不走的吃俺二十棍！"

军夫一时都哗噪起来，其中有个胆子大的就说："提辖！我们挑着百十斤担子，须不比你空手走，你实在不把人当人看待，便是留守相公自来监押时，也容我们说一句话，你好霸道。"

"这畜生不怄死俺！只是打便了。"杨志气得拿起藤条照那人劈脸就打。

"停手！"老都管大喝一声。说道："你听我说！我在东京太师府里做奶公时，门下军官见了无千无万，都向着我喏喏连声。不是我嘴刻薄，你不过是个遭死的军人，相公可怜，才抬举你做个提辖，比个芥菜籽大小的官职，却怎地逞能！休说我是相公家都管，便是村庄一个老的，也合依我劝一劝！只顾打他们，眼中哪里有我！"

"都管！你是城市里人，生长在相府里，哪里知道路上千难万难！"杨志说话的语气也软了。

"四川、两广，也曾去过，不曾见你这般卖弄！"都管说。

"如今不比太平时节！"杨志说。

"你说这话该剜口割舌！今日天下怎地不太平！"都管捉住了话柄。杨志正要分辩，只见对面松林里有个人在探头张望。杨志道："你看，那不是歹人来了吗？"

撇下藤条，拿了朴刀，一个箭步，赶进了松林里，大喝一声："你这厮好大胆，怎敢看我行货！"

定眼看时，只见松林里一字儿摆着七辆江州车儿②六个人脱得赤条条的在那里乘凉；有一人鬓边长着一搭朱砂记，拿着一把朴刀。见杨志跳进来，七个人齐叫一声"哎呀！"都惊跳起来。齐声求饶，说："英雄饶命！我等是小本经纪，哪里有钱给你！"

杨志看此情景，不觉傻了。半天才说："你等是什么人？不要误会！"

"我等兄弟七人是濠州人，贩卖枣子上东京去；路途打此经过，听说这黄泥冈上时常有贼打劫客商。可是我们只卖枣子，别无财货，也就大胆翻上冈来。适听有人上冈来，只怕是歹人，所以才出来看一看。"长着朱砂记的大汉一口气说了出来。

杨志一听，似是松了一口气，说道："原来如此，也是一般的客人，误会，误会。"

"客官！请带几个枣子去！"七人说。

"不必！"杨志提了朴刀，再回到担边来。

老都管看杨志慢慢走了回来，知是没事，就调侃杨志说："既是有贼，我们完了。"

"俺只道是歹人，原来是几个贩卖枣子的客人。"杨志红着脸，自觉没趣。

老都管别过了脸对众军健说："似你方才说时，他们都是没命的！"

"不必相闹，俺只要没事便好。你们且歇了，等凉些走。"杨志说罢，众军汉们都笑了。

杨志也把朴刀插在地上，自去一边树下坐了歇凉。没半碗饭时，只见远远地一个汉子，挑着一副担桶，唱上冈子来。细听他的歌词是：

赤日炎炎似火烧，

野田禾稻半枯焦。

农夫心内如汤煮，

公子王孙把扇摇。

　　他边走边唱，走上了冈子松林里歇下担桶，坐地乘凉。众军夫看见了，就问那汉子道："你桶里是什么东西？"

　　"是白酒。"汉子答。

　　"挑到哪里去？"众军夫又问。

　　"挑到村里卖。"汉子答。

　　"多少钱一桶？"众军夫又问。

　　"五贯足钱。"汉子答。

　　于是众军夫商量道："我们又热又渴，何不买些吃？也解暑气。"都纷纷地开始凑钱。杨志见了，暴喝道："你们又做什么？"

　　"买碗酒吃。"众军健答得爽快。

　　"你们不得洒家言语，胡乱便买酒吃，好大胆！"杨志一边骂着，一边调过朴刀杆便打。

　　"没事又来扰乱！我们自凑钱买酒吃，干你甚事？也来打人！"众军士七嘴八舌地说。

　　"你这些村夫理会得什么！到来只顾嘴馋，全不晓得路途的艰险，多少好汉被蒙汗药麻翻了！"杨志说。

　　"你这客官好没道理！我又不卖给你吃，却说出这种话来。"

那汉子说话时却看着杨志冷笑。

大家正在松林边争闹时，只见对面松林里，那伙贩卖枣子的客人，都提着朴刀走出来，说道："你们闹什么？"

"我自挑这酒过冈子村里去卖，热了在此歇凉。他众人要问我买些吃。我又不曾卖与他。这位客官道，我酒里有什么蒙汗药，你道好笑么？说出这般话来。"汉子说话时还不时用白眼瞪着杨志。

"呸！我只道有歹人出来，原来是如此。说一声也不打紧。我们正想酒来解渴，既是他们疑心，且卖一桶来与我们吃。"七个卖枣的客人说道。

"不卖！不卖！"那挑酒的汉子摇手拒绝。

"你这野汉子也好不懂事！我们可不曾说你。你反正要挑到村子里去卖，我们一般给你钱，便卖与我们打什么紧？"七个人都有些愠怒的样子。

"卖一桶给你们不争，只是被他们说得不好，又没碗瓢舀吃？"那汉子已不甚坚持。

"你这汉子也太认真！便说了一声，打什么要紧？我们自有椰瓢在这里。"只见两个客人已去自己车子里取出两个椰瓢来，一个捧出一大捧枣子来。七个人立在桶边，开了桶盖，轮替换着舀那酒吃，用枣子下酒。无一时，一桶酒都吃尽了。七个客人道："正不曾问你多少价钱？"

"不二价，五贯足钱一桶，十贯一担。"那汉子道。

"五贯便依你五贯，不过再添我们一瓢吃！"七人说。

"不行！要吃再给钱。"汉子答。

这时一个客人正在付钱，一个客人趁汉子不备，便去揭开桶盖兜了一瓢，拿上便吃。那汉子去夺时，这客人手拿半瓢酒，往松林里便跑。那汉子赶进去，只见这边一个客人从松林里跑出来，手里拿一个瓢，便又来桶里舀了一瓢酒。那汉子看见了，抢来劈手夺住，往桶里一倾，便盖了桶盖，将瓢子往地下一丢，口里骂道："你这客人好不君子相！有脸面的人，也这般无赖！"

这时，在对面的那些军汉，看得心内痒起来，都想要吃，其中一个看看老都管，说："老爷爷！替我们说一声！那卖枣子的客人买他一桶吃了，我们胡乱也买他这桶吃，润一润喉也好。其实热渴了，没奈何。这里冈子上又没讨水吃处。老爷方便！"

老都管自己心里早也想吃，如今见众军健说了，竟也对杨志道："那贩枣子的客人已买一桶吃了，只有这一桶，胡乱叫他们买来吃了避暑气。冈子上又没处讨水吃！"

杨志寻思道："俺在远处望这厮们都买他的酒吃了；那桶里面也见吃了半瓢，想是好的。打了他们半天，胡乱容他们买碗酒吃罢！"就说："既然老都管说了，叫这厮们买吃了，便起身。"众军夫们听提辖答应了，凑了五贯足钱，来买酒吃。那卖酒的汉子却道："不卖了！不卖了！这酒里有蒙汗药！"

"大哥！也太认真！"众军健都陪着笑。

"不卖了！休缠！"汉子说。

"你这个浑蛋汉子！他也说得差了，你也太认真了，连累我们也吃你说了几句，须不关他众人的事，胡乱卖给他们吃些罢！"贩卖枣子的客人，在一旁劝说。

"没事讨别人疑心做什么？"那汉子紧绷着脸。

这贩卖枣子的客人把那卖酒的汉子推开一边，只顾将这桶提去给众军夫们吃。那军汉揭了桶盖，却无甚可舀吃，于是赔个小心，问客人借个椰瓢用一用。众客人道："就送这几个枣子给你们过酒。"

"不敢！不敢！"众军夫推辞。

"休要客气！都是一般客人，何争在这百十个枣子上？"客人自把枣子放在众军前面。

众军只得谢了。先兜两瓢，叫老都管吃一瓢，提辖吃一瓢。杨志哪里肯吃？老都管自先吃了一瓢。两个虞候各吃一瓢。众军夫一发上，那桶酒登时吃尽了。杨志见众人吃了无事，本自不吃，一者天气甚热，二乃口渴难熬，拿起来，只吃一半，吃了几个枣子。那卖酒的汉子说道："这桶酒被那客人多吃了一瓢，少了些酒。我就少算你众人半贯钱罢！"

众军夫凑了钱给他，那汉子收了钱，挑了空桶，依然唱着山歌，独自下冈子去了。

那七个贩枣子的客人，立在松树旁边，指着这十五个人，说道："倒也！倒也！"

只见这十五个人，头重脚轻，一个个面面相觑，都软了躯体，倒在地上。那七个客人从松林里推出了七辆江州车儿，把车上的枣子都丢在地上，将十一担金珠宝贝都装在车子里，遮盖好了，

121

叫声："谢谢！" 一直往黄泥冈下推去了。杨志虽软了身体，挣扎不起，但心智明白，心中连声叫苦。十五个人，眼睁睁地看着那七个人都把金宝装去了。

原来杨志酒喝得最少，所以不到半个时辰，已经能爬起来，只是两脚站不稳，看那十四人时，口角流涎，动弹不得。杨志羞愤极了，心想："我在这黄泥冈上失了生辰纲，如何回转去见梁中书？不如就冈子上自寻死路。" 他正待往黄泥冈下跃身一跳，突然猛悟，停住了脚，寻思道："爹娘生了洒家，堂堂一表，凛凛一躯。从小学成十八般武艺在身，终不成功立业。若是今日寻个死路，不如他日戴罪立功。" 想到这里，不觉心情又舒坦多了。回身再看那十四个人时，只是眼睁睁地看着杨志，没一个挣扎得起来。杨志心中愤怒，指着他们骂道："都是你这厮们不听我言语，因此发生此事，连累了洒家！" 往树根旁捡起了朴刀，挂了腰刀，往周围看时，已别无物件，十一担金银宝贝，就此被盗，不觉叹了口气，一直下冈去了。

天色也已渐渐昏暗。

【注释】

①太平车子：可以载重几十石，用四五匹到十多匹牲口拉的大车。

②江州车儿：手推的独轮小车。

第七章　紧急追缉令

山东济州府尹，自从接到大名府留守梁中书的书札，要他破劫取生辰纲的指令后，正感茫然无头绪，一点线索也没有，整日忧心忡忡。突然门吏来报告说："东京太师府里差来府干已到厅前，有紧急公文要见相公。"

府尹听后大惊，心想："一定又是生辰纲的事！"慌忙升厅，来与府干相见，说道："这件事下官已收到梁府虞候的状子，已经差人缉捕，只是未见踪迹。前日留守司又有行札到来，已杖限①破案。若有些许动静消息，下官亲自到相府回话。"

"小人是太师心腹，今奉太师钧旨，要小人住守衙内，限期十日捉拿窃盗，差人解赴东京。若十日不获，则请相公去沙门岛②走一遭。小人也难回太师府去，性命也不知如何。相公不信，请看太师府送来的钧帖。"府干说时，已把钧帖递给府尹。

府尹看罢大惊，随即传唤三都缉捕使臣何涛，问道："前日黄泥冈打劫生辰纲一案，办得如何？"

"禀复相公，何涛自从领了这件公事，昼夜无眠，差下本管

123

眼捷手快的公人，去黄泥冈上往来缉捕，可是到今仍无踪迹。非是何涛怠慢官府，出于无奈。"何涛据实禀报。

"胡说！'上不紧则下慢'，我自进士出身，历任到这一郡诸侯，并非容易。今日太师派一干办到此，限十日内破案。若违了期限，我非止罢官，必至沙门岛走一遭！你是缉捕使臣，倒不用心，以致祸及于我！先把你迭配到荒芜的州县去。"府尹愤怒。便唤来文笔匠，在何涛脸上刺下"迭配……州"的字样，只空着州名不填。督责道："何涛！你若破不了案，重罪难逃！"

何涛接受了一顿训斥，回到使臣房里，召集所有公差商议大事。众人都面面相觑，如箭穿雁嘴，钩搭鱼鳃，尽无言语。何涛说："你们闲时都在这房里赚钱使用，如今一事难办，都不作声，你众人也可怜我脸上刺的字样！"

"我们也非草木，岂不省得？只是这批强人必来自他州，得手后，早回山寨，如何拿得着？"众人说时面上俱有难色。

何涛听了，更加烦恼。离开了使臣房，上马回到家中，把马牵到后槽上拴了，独自一人，闷闷不乐。他的老婆见他忧愁，就说："丈夫，你今日如何这般嘴脸？"

何涛便把事情的详情都说了，还把脸上预先刺上的金印也给老婆看。

何涛夫妻俩正在烦忧时，只见他的弟弟何清来了。何清不务正业，何涛一见就有些生气，对着何清说："你不去赌钱，来这做什么？"

还是他老婆聪明，连忙招手说："阿叔，你且来厨下，和你说话。"

何清就跟嫂嫂进到厨房中坐下，嫂嫂安排些酒肉菜蔬，烫几杯酒，请何清吃。何清问嫂嫂说："今日哥哥怎么如此欺负人，到底也是个亲兄弟呀！"

"阿叔，你不知道，今日哥哥心里有事。"嫂嫂说。

"哥哥每日赚大钱，有什么不快活的？"何清说。

阿嫂见他误会，于是把生辰纲被劫，太师限期破案，哥哥脸上预先刺了金字的事都说了。何清才说："我也听人传说纷纷，有贼人打劫了生辰纲。不知在什么地方？"

"听说在黄泥冈。"嫂嫂答。

"却是怎样的人劫了？"何清问。

"叔叔，你又不醉，我方才不是说了，是七个贩卖枣子的商人。"嫂嫂说。

"原来如此！既然知道是贩卖枣子的商人抢了，何不派精细的人去捕捉？"何清说完，竟哈哈大笑起来。

"你倒说得好，就是没处去捉。"嫂嫂说时急躁。

"嫂嫂，倒要你忧！哥哥放着常来的一班儿酒肉兄弟，平常不睬的是亲兄弟！今日才有事，便叫没捉处。若是教兄弟平时挨得几杯酒吃，今日这伙小贼倒有个商量处。"何清的语气中是分明有些线索了。

"阿叔！你可是得了些风声？"阿嫂试探地问。

"直等亲哥临危之际，兄弟或者有个道理救他。"何清又笑了起来，而且站起身来要走，阿嫂把他留住。

那妇人听了这话中有话，慌忙跑去对丈夫备细说了。何涛连忙把兄弟请到前面，陪着笑脸说道："兄弟，你既知此贼去向，如何不救我？"

"我并不知道，只是和嫂子开玩笑，如何能救得哥哥。"何清突然变了语气。

"好兄弟，你只想我日常的好处，休记我闲常的歹处，救我这条性命！"何涛从来没有在弟弟面前如此谦卑。

"哥哥，你管下有二三百个眼捷手快的公人，何不与哥哥出些力气？量一个兄弟怎救得哥哥！"何清有意推诿。

"兄弟，你不要怄我，只看同胞共母之面！"何涛有些急躁。

"不要慌。等危急时，兄弟自来出力拿这伙小贼。"何清语气有些缓和了。

阿嫂看何清似已有了帮助自己丈夫的意思，马上抢着说："阿叔，救你哥哥，也是弟兄情分。如今太师府钧帖，限时破案，这是天下大事，你却说小贼。"

"嫂嫂，你须知我只为赌钱上，吃哥哥多少言语。但是打骂，不敢与他争涉。平常有酒有食，只和别人快活。今日兄弟也有用处！"何清把往日受的气都借此机会发泄。

何涛见他话眼有些来历，慌忙取出十两银子，放在桌上。说道："兄弟，权将这银子收了。日后捕得贼人时，金银缎匹赏赐，我一力包办。"

"哥哥正是'急来抱佛脚，闲时不烧香'，我若要哥哥银子时，便是弟弟勒索哥哥，快拿去收了。"何清哪里能就此收下。

"银两都是官司信赏出的。兄弟你休推却。我且问你，这伙贼却在哪里有些来历？"何涛说。

何清拍着大腿说："这伙贼，我都捉在袋子里了！"

"兄弟，此话怎说？"何涛有些焦急。

这时何清不慌不忙地先把十两银子收了，再从口袋里摸出一本手折，就说："这伙贼人都在上面。"

何涛接过手折慌忙打开来看。立刻问道："这数据如何得来？"

这时何清才慢慢说出了经过情形。

原来何清赌博输了，没一文盘缠。六月三日那天，有个赌友介绍他去北门外十五里处安乐村的王家客店，抄写客商住店的名册。这时有七个贩枣子的商人，推着七辆江州车来歇。何清认得为首的商人是郓城县东溪村的晁保正。但是他们在登记时，却都说姓李，是从濠州贩枣子往东京卖。那时何清虽然照登记了，可是心里怀疑。第二天，他们就走了。店主带他去村里赌，来到一处三岔路口，看见一个汉子挑着两个桶走来，听店主叫他"白胜"，据说也喜欢赌博。后来听说黄泥冈的劫案，何清把两件事联想在一起，断定其中必有关联，于是就把名单抄个副本存了。

何清把经过详情说毕。何涛听了大喜，马上带何清径到州衙里见了太守，禀明详情，带了八个差人，连夜来到安乐村，叫了店主人领路，直奔到白胜家里，已是三更时分。店主人叫开了门，点上了灯火，只听得白胜在床上呻吟，问他老婆时，却说是害了热病不曾得汗。这时差人一拥而入，把白胜从床上拖将起来，见白胜脸色通红，真是病了，就用索子绑了。何涛大喝道："黄泥冈上做得好事！"

白胜哪里肯认，把那妇人也捆了，也不肯招。众差人就绕屋寻赃，寻到床底下，见地面不平，众人掘开，不到三尺深，众多差人都发声唤了起来。此时白胜面如土色，差人从地下取出一包金银。随即把白胜头脸都包了，带了他老婆，扛抬着赃物，连夜赶回济州城里来。正好是五更天明时分。把白胜押到厅前，一顿拷打，要他招出主谋，白胜抵赖，死不肯说，连打了三四顿，打得皮开肉绽，鲜血迸流。府尹喝道："贼首，捕人已知是郓城县东溪村晁保正了。你这厮如何赖得过！你快说那六人是谁，便不打你。"

白胜又挨了一会儿，打熬不过，只得招道："为首的是晁保正。他自同六人来叫我白胜挑酒，其实我不认得那六人。"

府尹见白胜招了，叫人先取一面二十斤死囚枷枷了白胜，他的老婆也锁了押去女牢监收，随即押一纸公文，就差何涛亲自带领二十个眼捷手快的公人径去郓城县投下，急捕晁保正和不知姓名的六个正贼，还带了原解送生辰纲的虞候做眼拿人。去时也不声张，只怕走漏了消息。星夜来到郓城县，先把一行公人并两个虞候都藏在客店里，只带一两个跟着来下公文，径奔郓城县衙前来。

当时是巳牌时分，正值知县退了早衙，县前静悄悄的。何涛走到县衙对面一个茶坊里坐下吃茶相等，吃了一个泡茶，问茶博士道："今日如何县前怎么地静？"

"知县相公早衙方散，一应公人和告状的都去吃饭了，还没来。"茶博士答。

"今日县里不知是哪个押司值日？"何涛又问。

"今日值日的押司来了！"茶博士指着县门外说。

何涛看时，只见县里走出一个人来。那人姓宋，名江，字公明，排行第三。祖居郓城县宋家村，他长得面黑身矮，人都唤他"黑宋江"，而且非常孝顺，又仗义疏财，人皆称"孝义黑三郎"。母亲早丧，只有父亲在堂，有个弟弟叫"铁扇子"宋清，和他父亲宋太公在村中务农，守些田园生活。这宋江自在郓城县做押司，他刀笔精通，吏道纯熟，更兼爱习枪棒，学得武艺多般，平生只好结识江湖上好汉；但有人来投奔他的，或高或低，无有不纳。人问他求钱财，亦不推托，且好排难解纷，只是周全人性命。时常散施棺材药饵，济人贫苦，救人之急，扶人之困，因此山东、河北闻名，都称他作"及时雨"。

当时宋江正走出县来，何观察当街迎住，说道："押司，此间请坐拜茶。"

宋江看何涛是公人打扮，连忙还礼，一起进入茶坊坐下，互通了姓名。宋江喝了一口茶然后说道："观察使到敝县，不知上司有何公务？"

129

"实不相瞒，来贵县缉拿要犯。"何涛说。

"不知是缉拿什么盗贼？"宋江问。

何涛心想："宋江是押司，也是当案的人，便说也不妨。"于是说道："是缉拿黄泥冈劫匪，今已捕得从贼白胜，指说七个正贼都在贵县。这是太师紧急交办，望押司协助。"

"休说太师公文，便是观察自家公文，敢不捕送！只不知白胜所供七人名字？"宋江连忙问。

"不瞒押司说，贼首是贵县晁保正！"何涛说。

宋江听罢，吃了一惊，肚里寻思道："晁盖是我心腹兄弟，如今犯下弥天大罪，我不救他时，捕获了性命难保。"心内慌张，嘴上却答说："晁盖这奸顽役户，本县内上下人没一个不恨他，今番做出事来，好叫他受！"

"相烦押司便行此事！"何涛说。

"不妨，这事容易'瓮中捉鳖，手到拿来'，只是一件，这公文须是观察自己当厅投下，本官看了，好施行发落，差人去捉。小吏不敢擅开。这件公事非是小可，勿当轻泄于人。"宋江有意拖延。

"押司高见，相烦引进。"何涛道。

"本官处理了一早晨事务，刚去歇了，观察略等待一时，小吏来请。"宋江说罢起身，出得阁儿，离了茶坊，飞也似的跑到住处，牵出马匹，袖了鞭子，慌忙地上马，慢慢地离了县治；出得东门，打上两鞭，那马拨喇喇地往东溪村奔去，没半个时辰早到晁盖庄上。

这时晁盖正和吴用、公孙胜、刘唐在后园葡萄树下吃酒。此时三阮已得了钱财，回石碣村去了。晁盖见庄客报说宋押司在门前。晁盖问道："有多少人随从着？"

"只独自一个飞马而来，说要快见保正。"庄客答。

"必然有事！"晁盖慌忙出来迎接。宋江打了一声招呼，携了晁盖的手，便往侧边小房走。晁盖问道："押司如何来得慌张？"

"哥哥不知，兄弟是心腹弟兄，我舍着这条命来救你。黄泥冈的事发了，白胜已押在济州大牢里，招出你等七人。济州派了捕快前来缉捕你们。这事幸亏落在我手里。知县不移时便差人来拿，'三十六计走为上计'，你们不可耽搁，倘有疏失，休怨小弟不来救你！"宋江说完，回头就走，却被晁盖一把拉住，往后园见了吴用、公孙胜及刘唐。宋江略一施礼，话也没说立刻到前面上了马，打了两鞭，飞驰似的赶回县城。

宋江飞马回到县城，连忙到茶坊里来，只见何观察已在店门前张望。宋江说道："观察久等，却被村里有个亲戚给耽搁了。现在即请观察到县里。"

此时知县时文彬正在厅上处理事务。宋江拿着实封公文，引着何涛，直到书案边，叫左右挂上回避牌，向前禀道："奉济州府公文，为贼情紧急公务，特遣缉捕使臣何观察到此下文书。"

知县接着，当庭拆开看了，大惊失色，对宋江道："这是太师紧急公文，即刻派人缉捕盗贼！"

"日间去，只怕走了消息，只可差人就夜晚去捉，拿得晁盖，那六人就有下落。"宋江说。

"这东溪村晁保正，闻名是个好汉，他如何肯做这种勾当？"知县只顾摇头。实时叫唤尉司并两个都头朱仝、雷横，点起马步弓手和士兵一百余人，就同何观察和两个虞候做眼拿人。当晚都带了绳索军器，各乘着马，前后都是弓箭手簇拥着，出了东门，飞奔东溪村晁家来。到得东溪村口，已是一更天气，都来到了一个观音庵齐集。朱仝说："前面便是晁家庄。晁盖家前后有两条路。不如让我和雷都头分作两路。我带一半人马，步行去，先埋伏在后门，等候哨声为号，你等向前门只顾打进去，见一个捉一个，见两个捉一双。"

"也说得是，朱都头，你和县尉相公从前门打进去，我去截住后门。"雷横说。

"贤弟，你不省得，晁盖庄上有三条活路，我平常都看在眼里，我去那里，认得路数，不用火把也能见。你还不知他出没的去处，倘若走漏了消息，不是好玩的。"朱仝有些威胁意味。

"朱都头说得是，你带一半人去。"县尉说。

"三十个就够了。"朱仝就领了十个弓手，二十个士兵，先去了。县尉再上了马，雷横把马步弓手都摆在前后，帮护着县尉；士兵等都在马前，明晃晃照着二三十个火把，拿着兵刃，一齐都往晁盖庄上奔去。大约到了庄前半里多路，忽然见晁盖庄里一缕火起，从中堂烧起来，涌得黑烟遍地，红焰飞空。又走不到十数步，只见前后门四面八方，约有三四十把火，焰腾腾地一齐燃起，雷横挺着朴刀，背后跟着众士兵发着喊，一齐把庄门打开，都扑了进去，里面火光照得如同白昼，并不曾见一个人。这时后门也大喊起来，叫前面捉人。

原来朱仝到庄后时，晁盖虽然已让吴用、刘唐把劫来的珠宝先送走了，而自己却和公孙胜还在收拾杂物。晁盖一看官军来了，叫庄客只顾四处放火，他和公孙胜引了十数个庄客，杀将出去。

朱仝一看是晁盖，就向旁闪出一条路来，让晁盖逃走，自己就紧跟在晁盖身后。晁盖回头说道："朱都头，何苦紧紧追我！"

朱仝一看四周没人，方才敢说道："保正，你怎不见我的好处。我怕雷横执迷，不会做人情，被我诱到前面去了，我在后门等你出来放你。你没见我闪开路让你过去吗？你不可投别处去，只除梁山泊可以安身！"

"深感救命之恩，异日必报！"晁盖边走边说。

朱仝正追赶间，听得背后雷横大叫道："休叫走了人！"

朱仝吩咐晁盖说："保正，你休慌，只顾快走，我来支开他。"回头叫道："雷都头，有三个贼往东小路走了，你快追赶。"

雷横领了众士兵，便往东小路追赶下去。而朱仝一面和晁盖说话，一面赶他，却如护送相似。渐渐黑影中不见了晁盖，朱仝只做失脚，扑倒在地。士兵随后赶来把他扶起。朱仝道："黑暗里不见路径，失脚走下田野，滑倒了，闪挫了左腿。"

当朱仝空手而回时，县尉大为愤怒，大喝道："走了正贼，奈何？"

"非是小人不赶，其实夜黑了，辨不清道路，士兵们没有用处，又不敢向前。"朱仝说。

这时雷横也胡乱地赶了一阵，回来，心想："朱仝与晁盖交情最好，多半是他放了。我没来由做恶人，我也有心要放他，只是被朱仝独占了人情。"也就敷衍道："哪里赶得上，这伙贼实在了得！"

县尉和两个都头回到庄前时，已是四更时分。何涛见众人四分五落，赶了一夜，不曾拿得一个贼人，叫苦不迭，只得抓了两个庄客，连夜赶回济州。府尹当堂提审两个庄客，初时还抵赖，等吃了一顿毒打，只得招道："先是六个人商议。小人只认得一个是本乡中教学的先生，叫作吴学究；一个叫公孙胜，一个黑大汉，姓刘。其他三人听说姓阮，住在石碣村，是打鱼的兄弟三人。"

府尹取了一纸招状，把两个庄客交割给何观察，再从大牢里押出白胜，问道："那三个姓阮的住在哪里？"

白胜知道，如若抵赖，必定又是一顿毒打，只得供说："三个姓阮的小二、小五、小七兄弟三人，都住在石碣村。"

何观察随即到了机密房里与众人商议。众多公差都说："这石碣村紧靠着梁山泊，都是茫茫荡荡，芦苇水港。若不得大队官军，舟船人马，谁敢去那里捕捉贼人？"

何涛听罢遂禀知府尹，再差了一个捕盗巡检和五百官兵人马，加上众公差，将近千人。次日天刚破晓，浩浩荡荡往石碣村进发。

此时晁盖、公孙胜、吴用、刘唐、阮氏三兄弟正在石碣村阮小五庄上商议要去投奔梁山泊的事。只见几个打鱼的慌忙来报道："官军人马飞奔村里来了！"

"不妨，我自来对付他，叫他们大半下水里去死，小半都搠死他！"阮小二说。

"休慌，且看贫道的本事！"公孙胜也说。

且说何涛并捕盗巡检带领官兵渐近石碣村，但见河埠有船，尽数都夺了，便使会水的官兵下船里进发，与岸上骑马的，水陆并进。到阮小二家，一齐呐喊，人马并起，扑将进去，却早是一所空房，里面只有些粗重家伙，就去附近渔户打听，才知道阮小五、阮小七都住在湖泊里，非船不能到。于是何涛与巡检商议后，决定把马匹都叫人看守在村里，所有官兵一起下船，往阮小五打鱼庄驰去。行不到五六里水面，只听得芦苇中间有人唱歌。众人且停了船，听那歌声唱道：

打鱼一世蓼儿洼，
不种青苗不种麻。
酷吏赃官都杀尽，
忠心报答赵官家。

何涛与众人听了，都大吃一惊。只见远处一个人独棹一只小船儿唱过来。有认得的指道："这个便是阮小五。"何涛立刻把手一指，众人拼力向前，各执器械，挺着迎上去。只见阮小五大骂道："你这等虐害百姓的贼官！如此大胆，敢来捋虎须。"这时何涛背后的弓箭手，对着小五一齐放箭，阮小五拿着桦楸，翻筋斗钻下水里去了，众人赶到前面，却拿个空。又撑不到两条港汊，只听得芦苇里打着唿哨，众人忙把船摆开，见前面两个人棹着一只船过来。船头上站着一人，唱歌道：

老爷生长石碣村，
禀性生来要杀人。
先斩何涛巡检首，
京师献与赵王君。

何涛与众人，又是一惊，有认得的说道："这个正是阮小七！"何涛指挥众人拼力向前，要捉拿小七。只听阮小七笑道："泼贼！"把枪只一点，那船便使转来，直往小港里走。众人喊着，舍命追赶。这阮小七和那摇船的飞也似摇着橹，口里打着唿哨，向小港里只顾走。众官兵赶来赶去，看见那小港窄狭了，何涛道："且住，把船都停泊了，靠在岸边。"

何涛率先上岸，只见茫茫荡荡，都是芦苇，正不见一些旱路。何涛内心疑惑，却拿不定主意，只得叫两三个公差划着两只小船先去探路，去了两个时辰有余，不见回报。何涛心里更慌，又派出两只小船，去了一个多时辰，也毫无踪迹。看看天色已渐渐晚了，何涛心想："在此也不着边际，不如亲自走一遭。"拣了一只疾快小船，选了几个壮健公差，各拿着器械，划着楫，何涛坐在船头上，往芦苇港里荡去。那时已是日没沉西，约走了五六里水面，看见侧岸上一个人，提着锄头走过来。何涛高声问道："请问，这是甚去处？"

"这是'断头沟'，前面已经没路了。"那汉子回答。

"你可曾见两只船过来么？"何涛问。

"他们正在前面林子里厮打！"那人应道。

何涛立刻叫船拢岸，两个公差刚上岸，只见那汉提起锄头来，把两个公差，一锄头一个，都打下水去。何涛一看大惊，急跳起身，却待上岸，那只船忽然又荡开了，水底钻出一个人来，把何涛两腿只一扯，"扑通"一声，拉下水里去了。这几个船里的却待要走，被提锄头的赶上船来，一锄头一头，脑浆都打了出来。这时何涛被水底下的人拖上岸来，绑了。原来水底的是阮小七，岸上的是阮小二。兄弟两人看看何涛骂道："老爷兄弟三个，从来只爱杀人放火！量你这厮也奈何不得。你如此大胆，竟引着官兵来捉我！"

"好汉！小人奉上命差遣，由不得己。望好汉可怜小人家中有八十岁的老娘，无人养赡，望乞饶恕性命！"

何涛被捆在地上不停哀求。

阮家兄弟把何涛捆得像粽子般撇在船舱里，把几个公差的尸首都推进水里去了。一声唿哨，芦苇中钻出四五个打鱼的人来，都上了船，阮小二、阮小七各驾了一只船走了。

那巡检领着官兵，不见何涛回来，心里焦急。那时正是初更左右，星光满天，众人都在船上歇凉。忽然从背后吹起一阵怪风，把缆船索都吹断了。众人一时都慌了。忽听后面一声唿哨，迎着风看时，只见芦花侧畔射出一派火光来。众人齐声喊叫，乱作一团，那大船、小船约有百十来只，正被大风吹得你撞我磕，捉摸不住，那火光却早来到面前。原来是一丛小船，两只捆住，船上全是芦苇柴草，刮刮杂杂烧着，乘着风直冲过来，那百十只官船挤在一起，港汊又狭，又没回避处。水底下原来又有人扶助着烧船过来，顷刻间，官船全部烧了起来。官兵纷纷上岸逃走，不想四面全是芦苇，又没旱路；只见岸上的芦苇也刮刮杂杂地烧了起来。这时风又紧，火又猛，众官兵只得奔到烂泥里站着。火光丛中，只见一只小快船驰来，船头上坐着一个先生，手里明晃晃地拿着一口宝剑，口里喝道："要性命的，立刻放下兵刃！"

一时官兵都纷纷弃了手中兵刃投降。这时阮小二也提着何涛上岸来，指着骂道："你这厮是济州一个诈害百姓的蠹虫！我本待把你碎尸万段，如今留你一条生路，要你回去对济州府管事的贼说：俺这石碣村阮氏三雄，东溪村天王晁盖都不是好欺负的！我也不来你城里借粮，他也休要来我这村里讨死！倘或正眼儿觑着，休道是一个小小州尹，就是蔡京亲自来时，我也搠他二三十个透明的窟窿。俺放你回去，休得再来！"

当时阮小七用一只小船载了何涛，直送到大路口，喝道："这里一直去，便有出路！如果好好放了你去？也吃那州尹贼驴耻笑！且请留下两个耳朵来做表证！"

话声刚落，阮小七已拔出尖刀，把何涛的两只耳朵割了下来，鲜血淋漓。

何涛得了性命，自寻路回济州去了。

【注释】

①杖限：官府限定在期限内破案，否则受到杖击。

②沙门岛：山东蓬莱西北海中的小岛，在宋朝时是个荒凉、偏僻的地方。

第八章　招文袋[①]

郓城县令接到了一封济州府的公文，饬他着意守御，防备梁山泊贼人侵犯，于是就把公文交给宋江迭成文案，行下到各乡村，责令一体守备。宋江见了公文，内心寻思道："晁盖等众人不想做下这般大事，这是灭九族的罪。"独自一人纳闷了一会儿，只得吩咐贴书后司张文远将此文书立成文案，下达各乡各保。

宋江信步走出县衙，走不到二三十步，突然听得背后有人叫他："押司！"宋江回头一看，却是那王媒婆，只见他引着一个婆子对宋江说："押司，这一家儿从东京来，不是这里人家。嫡亲三口儿，夫主阎公，有个女儿婆惜。他那阎公平昔是个好唱的人，自小教得他那女儿婆惜也会唱诸般小曲儿。年方一十八岁，颇有些姿色。三口儿因来山东投奔一个官人不着，流落在这郓城县。不想这里的人不喜风流宴乐，因此不能过活，在这县后一个僻静巷内权住。昨日他的家公因害时疫死了，这阎婆无钱送葬，想把女儿许配人家，得些钱财，好料理丧事。我道：'这般时节，哪里有这等恰好！'正在这里走投无路，只见押司经过，以此老身和

140

这阎婆赶来，望押司可怜，送他一具棺材！"

"原来这事！你两个跟我来，去巷口酒店里借了笔砚，写个帖子与你去县东陈三郎家取具棺材。"宋江说时又从怀里掏出十两银子递给阎婆。阎婆道："便是重生的父母，再长的爹娘，做驴做马报答押司。"

宋江也不理会，只说声："休要如此说。"自回住处去了。

息一朝，那阎婆来谢宋江，见他住处没有一个妇人家，回来问隔壁的王婆说："宋押司家中不见一个妇人，他曾有娘子也无？"

"只闻宋押司家住在宋家村，却不曾听说他有娘子；在这县里做押司，只是客居。见他常常散施棺材药饵，极肯济人贫苦，恐怕是未有娘子？"王婆道。

"我女儿长得好模样，又会唱曲儿，从小在东京行院②客串时，有几个官妓的班头想要她，我都不肯。因此央你与宋押司说，他若要讨人时，我情愿把婆惜给他。我前日亏你做成，得了宋押司救济，无可报答他，因此想与他做个亲眷来往。"阎婆说。

王婆听了这话，次日来见宋江。宋江初时不肯，怎当这婆子"撮合山"的嘴怂恿，宋江也就依允了。就在县西巷内租了一所楼房，置办些家具杂物，安顿了阎婆惜母女俩在那里居住。没半个月之间，打扮得阎婆惜满头珠翠，遍体绫罗。又过几日，连那阎婆也有了若干头面衣服，确实是养得婆惜丰衣足食。初时，宋江夜夜与婆惜歇卧，后来渐渐地来得慢了。原来宋江是个好汉，只爱学使枪棒，于女色上不十分要紧。这阎婆惜水也似后生，况兼十八九岁，正在妙龄之际，因此宋江不中那婆娘意。

一日，宋江带着张文远来阎婆惜家吃酒。张文远人称"小张三"，长得眉清目秀，齿白唇红，平昔只爱去花街柳巷，行为浮荡，学得一身风流俊俏，更兼品竹调丝，无有不会。这婆惜是个酒色娼妓，一见张三，心里便喜，倒有意看上他。那张三亦是个酒色之徒，这事如何不晓得？见这婆娘眉来眼去，十分有情，便记在心里。后来只要宋江不在，这张三便去那里，假意儿只说来寻宋江。那婆娘留住吃茶，言来语去，成了此事。谁想那婆娘自从和张三搭识上了，就打得火块一般热，并无半点情分在宋江身上。宋江只要来时，就用言语伤他。因此宋江半月十日才去走一遭。那张三和阎婆惜如胶似漆，夜去明来，街坊上的人都知道了，却也有一些风声吹进宋江耳朵里。宋江半信半疑，自肚里寻思道："又不是我父母匹配的妻室。她若无心恋我，我没来由惹气做什么？我只不上门便了。"从此几个月都不去，阎婆屡屡使人来请，宋江只推说有事故不上门去。

一日傍晚，宋江从县衙里出来，去对面茶坊里吃茶。只见一个大汉背着一个大包，走得汗流浃背，气急喘促，把脸别转着看那县里。宋江见这大汉走得蹊跷，慌忙离开茶坊跟着他走，约走了二三十步，那大汉回过头来，看了宋江却不认得。宋江见了这人略有些面熟，心中一时思量不定。又走了一会儿，那大汉立住了脚，定眼看宋江，又不敢问。只见那汉子去路边一个篾头铺③里问道："大哥，前面那个押司是谁？"

"这位是宋押司。"篦头待诏应道。

那汉赶上前面，说道："押司认得小弟么？"

"足下有些面善。"宋江也自停了下来。

"可借一步说话？"那大汉一把拉住宋江，进入一条僻静小巷。上了一家酒楼，拣个僻静阁儿里坐下，解下包裹，搬在桌子底下，扑身便拜。说道："大恩人，如何忘了小弟？"

"兄长是谁，真个有些面熟。小人忘记了。"宋江连忙站起答礼。

"小弟便是晁保正庄上，曾拜识尊颜蒙恩救了性命的赤发鬼刘唐！"那汉答道。

宋江听了，大惊失色，说道："贤弟你好大胆！幸亏没被公差看见，险些儿闹事！"

"感承大恩，不惧一死，特地来酬谢。"刘唐说。

"晁保正弟兄们近日如何？兄弟，谁叫你来？"宋江问。

"晁头领哥哥再三拜上大恩人：得蒙救了性命，现今做了梁山泊主都头领。吴学究做了军师。公孙胜同掌兵权。林冲一力维持，火并了王伦。山寨里原有杜迁、宋万、朱贵和俺兄弟七个，共是十一个头领。山寨里聚集了七八百人，粮食不计其数。只想兄长大恩，无可报答，特使刘唐送一封书和黄金一百两来相谢押司；再去谢那朱仝都头。"刘唐把近况详细地说了，遂打开包裹，取出书信，递给宋江。宋江看罢，便拽起褶子前襟，摸出招文袋。打开包儿时，刘唐取出金子放在桌上。宋江就桌上取了一条金子和这封信包了，插在招文袋内，放下衣襟，便说："贤弟，将此金子依旧包了。"随即使唤酒保打酒来，叫大块切了一盘肉，铺下些菜蔬果品之类，吃喝起来。吃了一会儿，天色已晚，酒保下楼去了。刘唐又打开包裹，要取出金子。宋江慌忙拦住道："贤弟，你听我说，你们山寨里正要金银使用，宋江家中颇有些积蓄，等宋江缺少盘缠时再去取，今日非是宋江见外，包内已经受了一条。朱仝那人也有家私，不用送去，我自与他说知人情便了。贤弟，我不敢留你家中住。今夜月色必然明朗，你便可回山寨去，莫在此停留。宋江再三申意众头领，不能前去庆贺，切乞恕罪。"

刘唐也是个直爽的人，见宋江如此推却，想是不肯收了，便将金子包了回去，看看天色晚了，也就要走。刘唐背着包裹跟着宋江离了酒楼，出到巷口，天色已昏黄，是八月半天气，一轮明月，高挂半天。宋江携住刘唐的手殷殷话别。

宋江别了刘唐，乘着月色满街，信步往住处走去，却正好遇着阎婆赶上前来叫道："押司，多日使人相请，好贵人，难见面！就算是小贱人有些言语高低，触犯了押司，也得看老身薄面。自教训她，与押司陪话。今晚老身有缘，得见押司，同走一遭去！"

"今日县里忙，摆拨不开，改日再去！"宋江找借口摆脱。

"这个使不得，我女儿在家专望，押司胡乱温顾她便了。"阎婆缠着不放。

"确实忙些个，明日准来！"宋江说了转头要走。

阎婆哪里肯放，一把抓住宋江，定要拉他回去，还说了许多好听的话，宋江哪里肯听。两人拉拉扯扯，纠缠不休。宋江性子爽直，又怕路人见了笑话，只得叫她放手，答应跟她回去。阎婆还怕宋江走脱，跟在宋江后面，来到了门前，宋江立住了脚。阎婆伸开双手一拦，说道："难道到了门口，还不肯进去？"

宋江只进去凳子上坐了，那婆子生怕宋江还会走了，便搬个凳子也在宋江身边坐了。叫道："我儿！你心爱的三郎在这里。"

那阎婆惜正倒在床上，对着盏孤灯，无聊地等小张三来。听得娘叫道："你心爱的三郎在这里！"还以为是张三郎，慌忙起来，把手掠一掠云鬟，口里喃喃地骂道："这短命！等得我苦也！老娘先打他两个耳刮子再说！"飞也似的跑下楼来。就窗格子里一望，堂前琉璃灯却明亮，照见的是宋江，那婆娘又转身上楼去了，依前倒在床上。阎婆听得女儿脚步下楼来，又听得再上楼去了。婆子叫道："我儿，你的三郎在这里，怎么倒走回去了！"

"这屋子里多远，他不会来！他又不瞎，如何自己不上来，直等我来迎接他，你噜苏什么！"那婆惜倒在床上，有气无力地说。

"这贱人真个是许久望不见押司来，气苦了。"阎婆说时，拉着宋江往楼上走。宋江听了那婆娘说这几句话，心里自有五分不自在，为这婆子来扯，只得勉强上楼去。

这是一间六椽楼房。前半间安一副桌椅板凳。后半间铺着卧房，靠近里面安一张三面棱花的床，两边都是栏杆，上面挂着一顶红罗幔帐，侧首放个衣架，搭着手巾，这边放着个洗手盆，一个刷子，一张金漆桌子上，放一个锡灯台。边厢两个凳子，正面壁上挂一幅仕女图，对床摆着四把一字交椅。宋江来到楼上，阎婆便把他拖入房里去。宋江便在凳子上朝着床边坐了，阎婆到床上拖起女儿来。说道："押司在这里。我儿，你只是性子不好，把言语来伤触他，恼得押司不上门。闲时却又在家里思念。我如今好不容易请得他来，你却不起来陪句话，反一再使性。"

那婆子把手捽开，说道："我又不曾做了歹事！他自不上门叫我怎地陪话？"

宋江听了，也不作声。阎婆便放一张凳子在宋江肩下，推他女儿过来坐。那婆娘哪肯过来，便去宋江对面坐了。宋江只是低着头不作声，婆娘也别转了脸，不看宋江。阎婆说道："没酒没浆，做什么道场？老身有一瓶儿好酒在这里，买些果品与押司陪话。我儿，你相陪押司坐着，不要怕羞，我便来也。"

宋江寻思道："我吃这婆子钉住了，脱身不得。等他下楼去，我随后也走了。"那婆子已瞧出宋江心思，出得房门去时随着把门拴了。宋江暗忖道："那虔婆倒先算了我。"

不多时间阎婆已买了些果品、鲜鱼、嫩鸡、肥鲊之类，烫了一壶酒，三只酒盏，三双箸，一桶盘托上来，放在金漆桌子上。看宋江时，只低着头；看女儿时，也朝着别处。阎婆道："我儿，起来把盏酒。"

"你们自吃，我不耐烦。"婆惜答。

"我儿，爷娘手里从小儿惯了你性儿，别人面上须使不得。"

阎婆耐着性圆场。

"不把盏便怎的？终不成飞剑来取了我头。"婆惜反而更加不把宋江放在眼里。那婆子一听反倒笑了起来。说："又是我的不是了。押司是个风流人物，不和你一般见识。你不把酒便罢，且回过脸来吃盏儿酒？"

婆惜还是不回过头来。那婆子只得把酒来劝宋江。宋江勉强吃了一盏。婆子笑道："押司莫要见责，外人见押司在这里，多少眼红不服气，胡言乱语，押司都不要听，且只顾吃酒。"

婆子又筛了三盏在桌子上，说道："我儿，不要使孩子脾气，胡乱吃一盏。"

"不要只顾缠我！我饱了，吃不得！"婆惜恶声恶气地回答。

"我儿，你也陪侍你的三郎吃盏好吗？"阎婆说。

婆惜一边听着，一边肚里寻思："我心只在张三身上，谁耐烦相伴这厮！若不把他灌醉，他必来缠我！"婆惜只得勉强拿起酒来吃了半盏。婆子笑道："我儿只是焦躁，且开怀吃两盏儿睡。——押司也满饮几杯。"

宋江被她劝不过，连饮了三两杯。婆子也连连吃了几杯，再下楼去烫酒。那婆子见女儿不吃酒，心中不悦，现在看见女儿回心吃酒，就欢喜道："若今夜兜得他住，那人恼恨都忘了！且又和他缠几时，却再打算。"

婆子一头寻思，一面自在灶前吃了三大盅酒，觉得有些痒麻上来，却又筛了一碗吃。拿了酒壶爬上楼来，见那宋江低头不作声，女儿也别转着脸弄裙子，这婆子却哈哈大笑说："你两个又不是泥塑的，押司，你不像是个男子汉，也该温柔些，说些风话耍。"

两人任凭婆子说好说歹，只是不作声。阎婆惜自想道："你不来睬我，指望老娘一似闲常时来陪你说话，相伴你耍笑？我如今却不耍！"而那婆子吃了几盏酒，自己在说个没完。

却说郓城县有个卖糟腌的唐二哥，叫做唐牛儿，时常在街上只是帮闲，常常得宋江的赍助，只要听到一些公事，就去公知宋江，得些赏钱，所以宋江要用他时，也是死命向前。这一日晚，唐牛儿正赌输了钱，去县前寻宋江，奔到住处不见。街坊都说："方才见他和阎婆两个过去，一路走着。"唐牛儿忖道："是了。这阎婆惜贼贱虫，她自和张三打得火块也似热，只瞒着宋押司一个。——如今他恐也让些风声，好几时不去了！今晚必让那个老咬虫④假意儿缠去了。我正没钱使，猴急了，胡乱去哪里寻几贯钱用，就凑两碗酒吃。"一直奔到阎婆门前，见里面灯亮着，门却不关。进到胡梯边，听见阎婆在楼上哈哈地笑。唐牛儿蹑脚蹑手，上到楼上，往板壁缝里张，见宋江和婆惜两个都低着头；那阎婆坐在桌子边，口里说个不停。唐牛儿闪了进去，向三人打个招呼，站在旁边。宋江一看计上心来，把嘴往下一努。唐牛儿是个聪明人，已瞧出了七分，看着宋江便说："小人何处不寻过！原来押司却在这儿吃酒。"

"莫不是县里有什么要紧事？"宋江问。

"押司，你怎么忘了？便是早间那件公事。知县相公在厅上生气，叫四五个人到处找你。"唐牛儿说。

"如此要紧，只得去了。"宋江说着就要下楼。

却被阎婆一眼看穿，拦住了宋江说："押司！不要使这花样！正是'鲁班手里调大斧'！这知县自回衙去和夫人吃酒取乐，还有什么公事要办？你们这般道儿只好瞒魍魉⑤，骗不得老娘！"

"真个是知县相公有要紧事，我可不会说谎。"唐牛儿只得硬着头皮强辩。

"放你娘狗屁！老娘一双眼却是琉璃葫芦儿一般，刚才押司努嘴，叫你使诈，我看得明白。你不但不叫押司进我屋，却怂恿他走。常言道：'杀人可恕，情理难容。'"阎婆说时跳起身来，便把唐牛儿脖子上一叉，踉踉跄跄，直从屋里叉下楼去。唐牛儿叫个不停。婆子喝道："你不晓得破人买卖衣饭，如杀父母妻子！你再大声嚷，便打你这贼乞丐！"

唐牛儿存心要赖，钻将过来道："你打！"这婆子乘着酒兴，又开五指，一个巴掌，把唐牛儿掀出帘子外去，顺手把门关了，口里骂个不停。唐牛儿吃了一掌，站在门外大叫道："贼老咬虫！不要慌！我不看宋押司的面皮，叫这屋里粉碎！我不结果你的性命，不姓唐。"

拍着胸，大骂着走了。

阎婆回到楼上，在宋江面前，又把唐牛儿骂了一阵。宋江是个忠厚老实人，让这婆子看穿了心事，反倒抽身不得。阎婆又劝说了宋江及女儿几句，吃了几盏酒，收拾了杯盘，自己下楼去了。

宋江在楼上自肚里寻思道："这婆子女儿和张三两个暗中勾搭，却不曾亲眼看见。如果我走了，反被看轻。况且夜已深了，我就在此睡一晚，且看这婆娘今夜对我情分如何？"打定了主意，心中反而觉得自在多了。宋江坐在凳子上睃那婆娘时，见她不脱衣衫便上床去睡了。宋江看了寻思道："可恨这贱人全不睬我。我今晚多吃了几盏酒，也有些疲倦，也只睡了罢！"于是，把头上巾帻除下，放在桌子上，脱下衣裳，搭在衣架上，腰里解下弯带，上有一把压衣刀和招文袋，都挂在床边栏杆上，脱去了丝鞋净袜，便上床去在那婆娘脚后睡了。半个更次，听得婆惜在脚后冷笑，宋江心里气闷，如何睡得着，自古道"欢娱嫌夜短，寂寞恨更长"，看看三更交四更，酒已经醒了。挨到五更，宋江起来，用面盆里冷水洗了脸，便穿上了衣裳，戴了巾帻，口里骂道："你个贼贱人好生无礼！"原来那婆惜也不曾睡着，听得宋江骂时，扭过身来，回道："你不羞这脸！"

宋江忍着一口气，匆匆忙忙地走下楼来。阎婆听见脚步声，便在床上说："押司，且多睡一会儿，等天明再走，五更起来做什么？"

宋江也不答应，只顾开了门就一直奔到住处去，走到了县前，见一盏明灯，原来是卖药茶的王公来到县前赶早市。那老儿见宋江走来，忙问说："押司，如何今日出来得早？"

"大概是夜来酒醉，错听更鼓。"宋江用手摸着头。

"押司必然伤酒,且请吃一碗'醒酒二陈汤'!"王公说着就盛了一碗浓浓的汤递给宋江。宋江吃了,蓦然想起"时常吃他的汤药,不曾要我钱。我旧时曾许他一具棺材,不曾给他。想起昨日有那晁盖送来的金子,在招文袋里,何不给那老儿做棺材钱,叫他欢喜!"宋江就说:"王公,我日前曾许你一具棺材钱,一向不曾给你。今日我有些金子在这里……"便揭起背子前襟,去取那招文袋,不禁大吃一惊,心想:"苦也!昨夜正忘在那贼人的床头栏杆上了。我一时气起来,只顾走,不曾系在腰里。这几两金子不值什么!只是晁盖寄来的那封信也在袋里。我平常见这婆娘也看些曲本,颇识几字,若是被她拿了,倒是麻烦。"便起身说:"阿公休怪,不是我说谎,以为金子在招文袋里,不想出来的忙,忘了在家里,我去取来给你。"

"休要去取,明天慢慢给老汉不迟。"王公说。

"阿公,我还有其他东西一起放着,我这就去。"宋江急急忙忙奔回阎婆家里来。

婆惜听得宋江出门去了,才爬起来,自言自语说:"那厮搅了老娘一夜睡不着,他只指望老娘赔不是。我不在乎你。老娘自和张三过得好,谁耐烦睬你,你不上门倒好。"口里说着,一边铺被,脱下上截袄儿,解了下面裙子,袒开胸前,脱下截衬衣,床面前灯点的明亮,正照见床头栏杆上拖下条紫罗鸳带。婆惜见了笑着说:"黑三那厮忘了鸳带,拿来给张三系。"便用手去提,提起招文袋和刀子来,只觉袋里有些重,便把手抽开,往桌子上一抖，正抖出那金子和书信来。这婆娘拿起来就灯下照时，是一条黄黄的金子。婆惜笑着说："天叫我和张三买东西吃，这几日我见张三瘦了，也正好替他买些补品。"把金子放下，随即把那纸书信展开在灯下读，发现上面写着许多晁盖的事情，婆惜不觉叫道："好呀！我只道'吊桶落在井里'，原来也有'井落在吊桶里'！我正要和张三做夫妻，单单就多你这厮，今日也撞在我手里！原来你和梁山泊强贼私通，送一百两金子给你！且让老娘慢慢地消遣你！"

婆惜就把这封信依旧包了金子，插在招文袋里。婆惜正在楼上自言自语地算计，只听得楼下"呀"的一声门响。婆惜问说："是谁？"

"是我！"宋江答了一声，就径往楼上来。那婆娘听得是宋江，慌忙把鸾带、刀子、招文袋，一发卷作一团藏在被里；扭过身，靠了床里壁，只做朐朐假睡着。宋江进到房里，径到床头栏杆上去取时，却不见了。宋江心内更慌，只得忍了昨夜的气，把手去摇那妇人说："你看我过去的面，还我招文袋。"

那婆娘假睡着只不应。宋江又摇着说："你不要急躁，我明日再赔不是。"

婆娘假装被惊醒的模样，双手揉着眼睛说："老娘正睡哩！是谁搅我！"

"你情知是我，假意什么？"宋江一语道破。

婆惜扭过身说："黑三！你说什么？"

"你还我招文袋!"宋江说。

"你什么时候交给我手里?却来问我讨!"婆惜说。

"忘了在你脚后的栏杆上,这里又没人来。当然是你收了。"宋江说。

"呸!你见着鬼了!"婆惜骂道。

"夜来是我不对,明日向你道歉。你就还了我罢,休要要弄我!"宋江已近乎哀求。

"谁和你作要?我不曾收过!"婆惜说。

"你先时不曾脱衣服睡,如今盖着被子睡,一定是起来铺被时拿了。"宋江说。

只见那婆娘突然柳眉倒竖,杏眼圆睁,说道:"是老娘拿了,只是不还你。你可使官府的人来捉拿我去做贼论断。"婆惜把"贼"字故意说得很重。

"我可不曾冤你做贼!"宋江说。

"可知老娘不是贼哩!"婆惜又故意把贼字声音提高。

宋江听她这么说时,心中更慌,便说:"我可不曾亏待过你母女俩,还了我罢,我要去干事。"宋江忍耐着。

"平常你只怪老娘和张三的事,他有些不如你处,也不该是一刀的罪犯,哪像你和打劫贼私通!"婆惜把话说得很大声。

"好姐妹!不要叫,邻舍听到,不是玩的。"宋江赶紧用手比着嘴,叫她轻声。

"你如果怕别人听到,竟还做得出!这封信,老娘牢牢地收着！若要饶你时，须依我三件事。"婆惜狠狠地说。

"休说三件，就是三十件也依你！"宋江急了。婆惜才慢慢说出三件事。她说："第一件，你从今日起把原典押我的文书还我。再写一纸，依从我改嫁嫁张三。"

"这个依得。"宋江点头。

"第二件，我头上戴的，身上穿的，家里用的，虽然都是你买的，也委一纸文书，不许你日后来讨。"婆惜说。

"这个也依得。"宋江毫不考虑地回答。

"只怕你第三件依不得！"婆惜说。

"我已两件都依你，缘何这件依不得？"宋江有些疑惑。

"把梁山泊晁盖送你的一百两金子，全数给我。我便饶你这一场'天字第一号'的官司。"婆惜说。

宋江一听，面有难色，迟疑了一阵，说："晁盖果然送我一百两金子，我不敢收他的，退了回去。"

"不错吧！常言道：'公人见钱，如苍蝇见血'，他叫人送钱给人，岂会退了回去？这话却似放屁！做公人的哪个'猫儿不吃腥'？阎罗王前可没放回的鬼！你待瞒谁？便把这一百两金子给我，值得什么！你如果怕是贼赃，可以镕过了给我。"婆惜说话时声势逼人。

"你也知道我是老实人，不会说谎。你若不信限我三日，我把家私变卖了，凑一百两金子给你，你还了我招文袋！"宋江说。

"你这黑三倒乖，把我一似小孩儿般捉弄？我就先还你招文袋，这封信，歇三日却问你讨金子！我这里一手交钱，一手交货。"婆惜说时一声冷笑。

"确实不曾有金子！"宋江说。

"明朝到公厅上，你也会说不曾有金子？"婆惜说。

宋江一听"公厅"两字，怒气直起，哪里按捺得住，睁大着眼睛说："你还也不还？"

"你这么狠，难道我就还你！"婆惜态度也十分强硬。

"你真个不还？"宋江眼中已露出血丝。

"不还！一百个不还！若要还你时郓城县衙内见！"婆惜也睁着眼。

宋江便来扯那婆娘盖的被。那妇人却不顾被，只用双手紧紧抱住胸前。宋江把被扯开，见一条鸾袋从妇人胸前垂下来。宋江说："原来在这里！"一不做，二不休，伸手就去夺。

那婆惜哪里肯放，宋江在床边舍命地夺，婆惜死也不放。宋江死命地一拉，倒拉出那把压衣刀露在席上，宋江便抢在手里。那婆惜见宋江抢刀在手，叫道："黑三郎杀人也！"

只这一声，提起了宋江这个念头来。那一肚皮气正没出处。婆惜待叫第二声时，宋江左手早按住那婆娘，右手刀一落，去那婆惜颈子上只一勒，鲜血飞出，那妇人还在挣扎，宋江怕她不死，再复一刀，那颗头已落在枕头上。宋江连忙取过招文袋，抽出那封信，便就残灯下烧了，系上鸾带，走下楼去。

那阎婆在下面睡，听见他们两口儿争论，也不在意，后来听

155

到女儿叫一声"黑三郎杀人也！"正不知发生什么事，跳了起来，穿了衣裳，奔上楼来，却正好和宋江撞在一起。阎婆问道："你两口闹什么？"

"你女儿太无理，被我杀了！"宋江说话时面无表情，阎婆还以为是宋江说笑，但看他那表情时，心中有些惊恐，推开房门看时，只见血泊里挺着尸首。阎婆吓得呆了。宋江说："我是一个硬汉，杀了人绝不逃走，随你要怎么办？"

"这贱人果是不好。押司杀得没错，不过只是老身无人养赡！"阎婆说话时两眼只顾往宋江身上打量。

"这个不妨。既然你如此说时，你却不用忧心。我颇有家计，只叫你丰衣足食便了。"宋江说。

"那我女儿死在床上，怎么办？"阎婆此时异常镇定。

"这个容易。我去陈三郎处买具棺材给你，件作行人来入殓时，我自吩咐。我再给你十两银子办事。"宋江说。

"押司，只好趁天未明时讨具棺材盛了，邻舍街坊都不见影。"阎婆说。

"说得也是，你取纸笔来，我写个票子给你去取。"宋江说。

"票子不济事，须是押司亲自去取，便肯早早发来。"阎婆说。

"也好！"宋江说着就下楼来。阎婆拿了锁钥，锁了门，跟着宋江投县前来。此时天色尚早，未明，县门却才开。那婆子约莫走到县前左侧，把宋江一把抱住，大声叫喊："有杀人贼在此！"

吓得宋江慌作一团，连忙掩住阎婆的口，说："不要叫！"可是哪里掩得住。县前几个公差，走拢过来，看时，认得是宋江，便劝道："婆子闭嘴，押司不是这种人，有事慢慢说。"

"他正是凶手，给我捉住，同到县里！"阎婆指着宋江说。

原来宋江平时待人最好，上下敬爱，满县人没有一个不让他，因此做公的不信这婆子的话，都不肯下手捉他。恰好这时唐牛儿托着一盘洗净的糟姜来县前赶集，正见这婆子扭住宋江在叫冤屈，想起了昨夜的一肚子气，便把盘子放在卖药的老王凳子上，钻将过去，喝道："老贼虫！你做什么扭住宋押司！"

"唐二，你不要来打夺人去，要你偿命的！"阎婆瞪着唐二。

唐牛儿大怒，哪里听她说。把婆子手一拆拆开了，不问事由，又开五指，去那阎婆脸上只一掌，打得满天星，只得放了宋江。宋江趁此机会，往人丛堆里跑了。

【注释】

①招文袋：挂在腰带上的小袋，古人用它做文件袋、公文包。

②行院：有两种解释：（1）同行、同帮、同业的组织。（2）指妓院，也用作对妓女的称呼。本书中用第二种解释。

③篦头铺：卖栉发具的店铺。

④咬虫：养汉的女人。老咬虫，就是指虔婆一类的女人。

⑤魍魉：是鬼怪，瞒魍魉犹骗鬼。

第九章　景阳冈

武松在路上走了几日，来到了阳谷县境内。这里离县治还远。当日晌午时分，走得肚子饿了，嘴也渴了，正望见前面有一家酒店，挂着一面酒旗在门前，上头写着五个字"三碗不过冈"，武松进到里面坐下，把哨棒倚了，叫道："主人家，快把酒拿来！"

只见主人拿三只碗，一双筷，一碟熟菜，放在武松面前，筛了满满的一碗酒来。武松拿起碗一饮而尽，叫道："这酒好有气力。主人家，有饱肚的，买些来吃！"

"只有熟牛肉。"酒家说。

"好的切二三斤来下酒。"武松说。

不久，店家去里面切了二斤熟牛肉出来，做一大盘子盛着，放在武松的面前，随即再筛了一碗酒。武松吃了又赞美道："好酒！好酒！"

店家又筛了一碗酒。恰好吃了三碗酒，再也不来筛酒了。武松敲着桌子叫道："主人家，怎么不来筛酒？"

"客官，要肉便添来！"店家说。

"我也要酒，也再切些肉来！"武松说。

"肉便切来添，酒可不添了！"店家说。

"这就怪了！你如何不卖酒给我吃？"武松疑惑地问。

"客官！你须见我门前酒旗上明明写道'三碗不过冈'。"店家用手指指前门外。

"什么叫'三碗不过冈'？"武松问。

"俺家的酒，虽是村酒，却比老酒都烈，但凡客人，来我店中吃三碗的，便醉了，过不得前面的山冈去，因此叫做'三碗不过冈'，若是一般过往客人到此，只吃三碗，就不再添了。"店家说。

"原来如此！我已吃了三碗，如何不醉？"武松笑着说。

"我这酒叫'透瓶香'，又叫'出门倒'，初入口时，醇浓好吃，少刻时便倒！"酒家说。

"不要胡说！怕我不给你钱，再筛三碗来吃！"武松只顾要吃酒，酒家见武松全然没有醉意，就又去筛了三碗。武松吃了，说："确实是好酒！主人家，我吃一碗给你一碗的钱，只管筛来！"

"客官！不要只顾吃，这酒醉倒人时，没药可医。"酒家劝说武松。

"休得胡说！你就是掺了蒙汗药，我也有鼻子！"武松说话的嗓门很大。酒家被他缠得没办法，一连又筛了三碗。武松说："再来二斤肉！"

酒家再切了二斤熟牛肉，又筛了三碗酒。武松吃得口滑，只顾要吃，去身边取出些碎银子，叫道："主人家，你且来看我银子，还你酒钱够么？"

酒家过来，看了说："有余。还要找你一些。"

"不要你找钱，只管筛酒来吃！"武松挥挥手说。

"你要吃酒的话，这些钱还足可吃五六碗，只是怕你吃不了。"酒家笑着说。

"就把五六碗一齐筛来！"武松说。

"你这条大汉，倘或醉倒时，谁扶得住你！"酒家说。

"要你扶的不算好汉。"武松拍着胸说。

这时酒家还哪里肯再筛酒来。武松焦躁地喊叫："我又不白吃你的！别引老爷性发，准叫你屋里粉碎，把你这店子倒翻过来！"

酒家心想："这厮醉了，休要惹他。"就再筛了五六碗给武松吃。武松前后共吃了十八碗，拿了哨棒，站起身来，说："我才不会醉！"

走出前门来，大声笑着说："还说什么'三碗不过冈'呢？"

手提起哨棒便走，酒家赶出来叫着说："客官！往哪里去？"

"叫我做什么？我又不少你酒钱。"武松站下来答话。

"我是好意，你且回来看看榜文？"酒家说。

"什么榜文？"武松问。

"如今前面景阳冈上，有只吊睛白额大虫，晚了出来伤人，已杀了二三十条大汉性命。官府如今限期令猎户捕捉，在冈子路口都贴了榜文：可叫往来客人结伙成队，于巳、午、未三个时辰过冈；其余寅、卯、申、酉、戌、亥六个时辰不许过冈。更兼单身客人，务要等伴结伙而过。这时正是未末申初时分，我见你不问人一声就走，恐怕枉送了自家性命。不如就在我这里歇了，等明日慢慢凑足二三十人，一齐好过冈子。"酒家把情形详细地说了。

"我是清河县人氏，这条景阳冈上走过不下一二十次，几时听说有大虫！你休用这些来吓我，便是有大虫，我也不怕！"武松笑着说。

"我是好意救你，你不信时，进来看官府的榜文！"酒家有些气愤。

"你不用再说，就算真有虎，老爷也不怕！你要留我住，莫非半夜三更，要谋我财，害我性命，却说有大虫来吓唬我！"武松已有些醉意。

"你看么！我是一片好心，反被认作恶意，你不信时，请尊便自行！"酒店主人摇着头，自己走进店里去了。

武松提了哨棒，跨着大步，直朝景阳冈上走去。大约走了四五里路，来到冈子下，见一株大树，被刮去了皮，在白色的树面上，写着两行字。武松也颇认识几个字，抬头看时，上面写道："近因景阳冈大虫伤人，但有过往客商，可于巳、午、未三个时辰，结伙成队过冈，请勿自误。"武松看了笑道："这是酒家诡诈，来惊吓过往客商，便去那店里住歇。我却怕什么？"

武松也不去理会，横拖着哨棒，便上冈子来。那时已有申牌时分，一轮红日已渐渐地傍着远山。武松乘着酒兴，只管走上冈子来。走不到半里多路，看见一个破落的山神庙。走到庙前，见这庙门上贴着一张盖了官府印信的榜文。武松停住了脚，看上面写着："阳谷县示：为景阳冈上新有一只大虫伤害人命。现已期限各乡里和猎户等捕捉未获。如有过往客商，可于巳、午、未三个时辰结伴过冈，其余时分，及单身客人，不许过冈，恐被伤害性命。各宜知悉。"

武松读毕印信榜文，方才相信确实有虎，欲待转身回酒店里去，但是内心寻思道："我回去必会被他们耻笑，不是好汉。"犹豫了一会儿，又想着："怕什么！且只顾上去，看情形再说。"武松硬着头皮往上走，却觉得酒气涌了上来，有些热，就把毡笠儿掀在脊梁上，把哨棒挟在肋下，一步步走上冈子来。回头看看太阳，已渐渐地坠下去了。此时正是十月间天气，日短夜长，天暗得快。武松自言自语说："哪里有什么大虫！人自怕了，不敢上山。"

武松又走了一阵，越觉得热了，一只手提着哨棒，一只手把胸前衣服袒开，踉踉跄跄，直奔过乱树林。看见一块光挞挞的大青石，把那哨棒倚在一边，倒下身体，正准备睡一会儿。只见吹起了一阵狂风。那一阵风刚停，就听得乱树林中传来一阵响声，跳出一只吊睛白额大虫来。武松见了，叫声"哎呀！"从青石上立刻翻滚下来，便拿那哨棒在手里，闪在青石边。那大虫又饥又渴，把两只爪在地上略按一按，整身往上一扑，从半空里蹿下来。

武松被那一惊，酒都变成了冷汗出了。说时迟，那时快，武松眼看大虫扑来，只一闪，闪在大虫背后。原来那大虫背后看人最难，便把前爪搭在地下，把腰胯一掀，掀将起来，武松又是一闪，闪在一边。大虫见掀他不着，吼了一声，好像半天里响起一声雷，震得那山冈都动了，把一条铁棒似的虎尾倒竖起来，只一剪，武松实时又闪在一边。原来那大虫拿人只是一扑、一掀、一剪，三般动作都捉不到人时，那么它的气势就先消失了一半。那大虫又剪不着武松，再吼了一声，一兜兜转个身。武松见那大虫刚翻转身来，乘它还没站稳，双手抡起哨棒，尽平生气力，只一棒，从半空劈将下来。只听得簌簌地一阵响，把那树连枝带叶劈了下来。定睛看时，一棒劈不着大虫，原来打急了，正打在枯树上，把那条哨棒折成了两截，只拿一半在手里。

那大虫咆哮起来，凶性大发，翻身又是一扑。扑过来，武松用劲一跳，退了十步远，那大虫恰好把两只前爪搭在武松面前。武松把半截哨棒丢在一边，两只手就势把大虫顶花皮一把抓住，一按按将下来。那只大虫要挣扎，却被武松用尽力气压住，哪里肯有半点儿松懈。武松提起一只脚往大虫的面门上，眼睛里，只顾乱踢。那大虫咆哮不停，把身底下扒起了两堆黄泥，扒出了一个土坑。武松把大虫的嘴直按下黄泥坑里去。那大虫被武松压得没了些气力。武松把左手紧紧地揪住顶花皮，偷出右手来，提起铁锤般大小的拳头，尽平生之力，只顾打。打到五七十拳，那大虫眼里、口里、鼻子里、耳朵里，都迸出鲜血来，更动弹不得，只剩口里不停地喘气。武松放了手，来松树边寻到了那打折的哨棒，拿在手里，只怕大虫不死，又用棒打了一会儿。眼看大虫的气都没了，武松方才丢了棒，寻思道："我就此拖得这死大虫下冈子去？……"就血泊里双手来提时，哪里提得动？原来力气已经用尽，手足早已酥软了。

武松又回到青石上坐着歇了一会儿，心里想："天色看看已经黑了，如果再跳出一只大虫来时，却怎么斗得过它？且挣扎下冈子去，明早再来料理！"主意已定，就石头边寻了毡笠儿，转过乱树林边，一步步挨下冈子来，走不到半里多路，只见枯草中又钻出两只大虫来。武松叫道："哎呀！这回完了！"

却见两只大虫在黑影里直立站了起来。武松定眼看时，却原来是两个人，把虎皮缝做衣裳，紧紧绷在身上，手里各拿着一条五股叉，见了武松，大吃一惊，说道："你……你……你……吃了怱猁心、豹子胆、狮子腿！胆倒包着身躯！怎么敢独自一人，昏暗的夜晚，又没带器械，走过冈子来！你……你……你……是人？是鬼？"

"你两个是什么人？"武松喝问道。

"我们是本地的猎户。"那两个人答。

"你们上岭来做什么？"武松问。

"你难道还不知道么？如今景阳冈上有一只极大的大虫，夜夜出来伤人，就是我们猎户也被杀了七八个人，被杀的客人更是不计其数。本县知县下令当乡里正和我们猎户共同捕捉，可是那畜生异常凶猛，谁敢接近！我们为了它，正不知挨了多少棒打，只是捉不住它。今晚又该我们两个捕猎，和十数个乡民都在此，上下放了窝弓①、药箭等它。正在这里埋伏，却见你大摇大摆地从冈子上走下来，使我俩吃了一惊。你是什么人？难道没遇见大虫么？"那两个猎人惊讶地说。

"我是清河县人氏，姓武，排行第二。刚才在冈子上乱树林边，正撞见那只大虫，被我一顿拳脚打死了。"武松说。

两个猎户听得痴呆了。半天才说："恐怕不可能吧！"

"你不信时，只看我身上全是血迹。"武松说。

"那么！你是怎么打的？"两个同声问。

于是武松把打死大虫的本事说了一遍。两个猎户听了，又惊又喜，叫拢来十几个乡民，只见他们也都拿着钢叉、踏弩、刀、枪。武松看了他们一眼说："他们众人如何不随你两个上山？"

"因为那畜生厉害，他们怎么敢上来！"猎户答。

一伙十数人都到了面前，两个猎户把武松打虎的事向众人又说了一遍。众人都不肯相信。武松说："你众人如果不信时，我带你们去看！"

众人身边有带火刀、火石的，随即发出火来，点燃起五七个火把。都跟着武松一同再上冈子去，看见那大虫一堆儿死在那里。众人见了大喜，先叫一人去通知里正和报告县府，冈上的五七个乡民合力把老虎捆缚了起来，抬下冈子来。刚到岭下，早已有七八十人闹哄哄地迎接上来，把死大虫抬在前面，用一乘轿子抬了武松，往本地一个大户家来。那时本乡的里正已到庄前迎接，把这大虫扛到了草厅上。这时本乡的大户和猎人，大约有二三十人，都来观看武松。众人问道："壮士高姓大名？贵乡何处？"

"小人是此间邻郡清河县人氏，姓武名松，排行第二。昨晚在冈子那边吃酒吃得醉了，上冈子来，正撞见那畜生。"武松还把打死大虫的经过又都详细地说了一遍。众大户不约而同地赞美说："真是英雄好汉！"

众猎户都送了些野味来给武松下酒。武松因为打大虫困乏了，要睡，大户就叫庄客打扫客房，且叫武松休息。

第二天清晨，武松起来，洗漱罢，许多大户都牵着羊，挑着酒，已在前厅侍候。武松穿了衣裳，整顿了巾帻，出到前面，与众人见了面。众大户们都举杯祝贺说："我们被这畜生不知害了多少性命。今日幸得壮士来到，除了大害。第一，乡中人民有福。第二，从此客商通行无惧。实出壮士之赐！"

武松连忙谢道："非小人之能，托赖众长上福荫！"

众人都来道贺，吃了一早晨酒食。抬出大虫，放在虎床上。众乡民都把缎匹做成的红花，替武松挂上，一齐都出庄来，这时早有阳谷县知县相公派人来迎接武松，彼此相见了，叫四个庄客用凉轿抬了武松，把那大虫扛在前面，也挂了红花，一路上放着鞭炮，往阳谷县里来。

阳谷县的居民听说一个壮士打死了景阳冈上的大虫，都出来围观，轰动了整个县城，武松坐在轿子上，往下看时，只见摩肩擦背，万头攒动，闹闹攘攘地满街满巷，都来看打虎英雄。等到达县前衙门口时，知县已在厅上等候。武松下了轿，扛着大虫，来到厅前，把大虫放在甬道上。知县一看武松如此魁梧，又见了这么大的锦毛虎，不觉赞美说："不是这个大汉，怎打得这条大虫！"

武松在厅上把打虎的经过又说了一遍，厅上厅下的许多人都听得呆了。知县就在厅上，当众赐了武松几杯酒，拿出大户们凑集的一千贯赏钱，要给武松。武松推辞着说："小人托相公福荫，偶然侥幸打死老虎，非小人之能。听说众猎户为了这只大虫，受了多次责罚，不如把一千贯钱分赏给他们。"

知县听了颇为感动，见他忠厚仁德，就当着众人面前参武松做了步兵都头。乡民们又是一阵阵欢呼。

【注释】

①窝弓：埋在草丛或浮土中间，踩着机关就要中箭。猎人捉猛兽用的重要武器。

第十章　人头祭

一日，武松闲着无事，独自在街上逛，突然听见背后有人喊他。武松回头一看，原来是自己嫡亲的哥哥武大郎。武松又惊又喜，紧紧地握住哥哥的手，说："一年多不见哥哥，怎么来到了此地？"

"唉！弟弟不知，自从你离开我，我娶了一家大户人家的侍女做老婆，她叫潘金莲。清河县里的浮浪子弟，看不顺眼，常来欺负我。你在家时谁也不敢来放个屁，我如今却安身不下，只得迁来此地赁屋居住。"武大郎叹着气说。

"如今有弟弟在，谁敢再欺负你时，我打断他的狗腿。不知哥哥家住何处？"武松拍着胸脯说。

"就在前面紫石街！"武大郎用手一指前方。

武大郎生意也不做了，武松替哥哥挑着炊饼担子，武大引着，转弯抹角，一直往紫石街走来。转过两个弯，来到一家茶坊的隔壁。武大高叫一声："大嫂开门！"

只见帘子一掀，一个妇人走出来，答应道："大哥！怎么这么早就回来啦！"

"你的叔叔在这里，且来见面！"武大说。

武大接过了担儿，走进房里，不一会儿就走出来说："弟弟进来和你嫂嫂相见！"

武松揭起帘子，走了进去，和那妇人见了面。武大说："大嫂，原来景阳冈上打死大虫的英雄就是我这兄弟。"

"叔叔万福！"那妇人又手行礼。

"嫂嫂请坐！"武松说罢，立刻推金山，倒玉柱，跪下便拜。那妇人急忙上前，扶起武松说："叔叔，折杀奴家！"又说："叔叔，请上楼去坐！"

于是三个人同上了楼坐下，那妇人看着武大说："我陪着叔叔坐，你去安排些酒食！"

武大答应了一声，也就下楼去了。那妇人不断地瞄着武松，心中寻思道："武松和他是一母嫡亲兄弟，他生得这般魁梧高大，若我嫁得这等一个，也不枉了为人一世！你看我那'三寸丁谷树皮'，三分像人，七分似鬼。我怎么这等晦气。看那武松，他把大虫也打倒了，必然好气力……何不叫他搬我家来住？"主意一定，那妇人脸上立刻堆下笑容，问武松说："叔叔，到此地几天了？"

"到此地十数日了。"武松答。

"叔叔，哪里安歇？"妇人问。

"胡乱权且在县衙里住。"武松答。

"叔叔，这样恐怕处处不方便吧？"妇人问。

"独自一身，容易料理。早晚有士兵服侍。"武松答。

"那种人怎能照顾得好！何不搬来家里住？早晚要些汤水吃时，奴家亲自安排，不强似那般肮脏人？叔叔便吃口清汤，也放心得下。"

"谢谢嫂嫂！"武松答。

"莫不别处有婶婶？可请来见面？"妇人问。

"武二并不曾婚娶。"武松答。

"叔叔青春多少？"妇人又问。

"二十五岁。"武松答。

"喔！长奴三岁！叔叔今番从哪里来？"妇人又问。

"在沧州住了一年有余，以为哥哥还住在清河县，没想到已搬来阳谷县了！"武松说。

"一言难尽！你哥哥人太善良，遭人欺负。若是叔叔这般雄壮，谁敢说个'不'字？"妇人说话时两眼不离武松看。

"家兄从来本分，不似武松撒野！"武松说。

这时那妇人却哈哈笑了起来，正待说话。武大已买了些酒肉果品归来放在厨下，走上楼来，叫道："大嫂，你下来安排！"

那妇人不耐烦地答应说："你太不懂事了，叔叔在这里坐着，却叫我撇了下来。你不会央隔壁的王干娘安排便了。"

武大只得去请隔壁的王婆子安排妥当，都端上楼来，摆在桌子上。武大叫妇人坐了主位，武松对席，武大自己坐在旁边。那妇人笑容可掬，满口儿叫着叔叔，捡了好鱼好肉一直往武松面前递。武松是个个性直爽的汉子，只以为嫂嫂待他客气，哪里会想到那妇人的用心。而武大却是个善良懦弱的人，只顾上下递酒烫酒，哪里来管别的事。那妇人吃了几盏酒，胆子越发大了，那一双眼睛只顾看着武松。武松被看得不好意思，低着头不去理会。武松吃了一会儿，恐衙门里有事，起身要走，武大留他不住，便和那妇人送他下楼。那妇人说："叔叔，一定要搬来住，否则我与你哥哥被人笑话。亲兄弟不比别人。大哥你就整理个房间，请叔叔来家里过活，休叫街坊邻舍说不是。"

"大嫂说得甚是。弟弟，你便搬来，也叫我争口气！"武大也说。

"既是哥哥嫂嫂这么说，今晚有些行李便去取来。"武松见推辞不得，只得答应了。

武松别了哥嫂，离了紫石街，直接到县里来，正值知县在厅上办事。武松就把遇见兄嫂，要搬到家里去住的事，向知县禀知。知县听罢就说："这是孝悌的做法，我如何阻止你？你可每日来县里侍候。"

武松谢了，收拾好行李，叫个士兵挑了，来到哥哥家里。那妇人见了，就像半夜里捡到元宝似的，欢喜得不得了。武大叫个木匠就在楼下整了一个房间，铺下一张床，里面放一条桌子，两张板凳，一个火炉。武松把行李安顿了，吩咐士兵回去，当晚就住在哥哥家。

次日清晨，那妇人慌忙起来烧洗面汤，舀漱口水，叫武松洗漱了，裹了巾帻，出门去县里画卯。武松临出门时那妇人送到门边，说："叔叔，画了卯，早些个回来吃饭。休去别处吃。"

武松答应了一声，就去县衙里侍候。中午回来时，见那妇人洗手剔甲，打扮得整整齐齐，早已安排下饭食。三人共桌吃了饭，那妇人双手捧一盏茶递给武松。武松慌忙接过，说道："这般麻烦嫂嫂，武松寝食不安。不如去县里拨个士兵来使唤？"

那妇人连声说："叔叔，这般见外，自家的骨肉，又不服侍了别人，便拨个士兵来上锅上灶也不干净，奴眼里也看不得这种人。"

武松看嫂嫂如此，也只好作罢。武松拿出些银子给武大，买了些糕饼果品，请邻舍吃茶，又送了一匹彩缎子给嫂嫂做衣服。武松自此就在哥哥家里歇宿。

转眼已到了十二月，连日朔风紧起，彤云密布，下起大雪来，武松一早就到县里去画卯，直到中午还没回来。那妇人催促武大冒着风雪出去做买卖。请了隔壁的王婆做了几样酒菜，去武松房里生了一个火炉，心里想道："我今日挑逗他一番，不信他不动情……"那妇人独自一人冷冷清清地在帘儿下等着，只见武松踏着乱琼碎玉般的雪花走回来。那妇人掀起帘子，陪着笑脸说："叔叔寒冷？"

伸手去揭武松的毡笠儿。武松不好意思劳动嫂嫂，自己把帽子上的雪花拂去，挂在壁上。武松脱了油靴，换了一双袜子，穿了暖鞋，拿张凳子坐在炉边烤火。那妇人把前门上了闩，后门下了锁。把酒菜搬到了武松房里的桌子上。武松问道："哥哥哪里去了？"

"你哥哥出去做买卖，我和叔叔自饮三杯。"那妇人说时，早已暖了一壶酒来，那妇人自己也拿了张凳子挨近火炉边坐了，拿起酒盏，看着武松说："叔叔满饮此杯！"

武松接过酒来，一饮而尽，那妇人又斟满一杯，说道："天气寒冷，叔叔，饮个成双儿杯吧！"

武松说声："嫂嫂自便！"接过杯来，又是一饮而尽。武松也筛一杯递给妇人，妇人接过酒来也吃了，却又注满一杯递在武松面前。那妇人将酥胸微露，云鬟半垂，脸上堆着笑容，说道："我听说，叔叔在县前东街上，养着一个唱的，可有这回事？"

"嫂嫂听人胡说！我武二不是这种人。"武松答。

"我不信，只怕叔叔口头不似心头。"那妇人笑着说。

"嫂嫂不信时，只管问哥哥。"武松答。

"他晓得什么，晓得这等事时，不卖炊饼了。叔叔再吃一杯。"妇人连筛了三四杯酒，自己也有三杯落肚，哄动春心，哪里按捺得住，只管拿闲话来说。武松也知了四五分，只是低头勉强忍耐着。那妇人起身去烫酒。武松自在房里拿着火筷簇火。那妇人暖了一壶酒上来，一只手拿着酒壶，一只手便去武松肩胛上捏了一把。说："叔叔，只穿这些衣服，不冷？"

武松心里已有六七分不愉快，所以也不答应。那妇人见他不应，劈手便来夺火箸，口里说："叔叔不会簇火，我替叔叔拨火，只要似火盆常热便好。"

武松已是八九分焦躁，只不作声。那妇人欲心似火，放了火箸，却注了一盏酒来，自己先吃了一口，剩下大半盏，看着武松说："你若有心吃我这盏儿残酒。"

武松劈手夺来，泼在地上。说道："休要这样不知羞耻！"

把手只一推，险些儿把那妇人推倒。武松睁大眼睛说："武二是个顶天立地噙齿戴发的男子汉！不是那种败坏风俗，没人伦的猪狗！嫂嫂休要这般不识廉耻！倘有些风吹草动，武二眼里认得嫂嫂，拳头却不认得嫂嫂！下次不要再这样了。"

那妇人满脸通红，便拿开凳子，口里说道："我只是开玩笑，你却当真起来，好不识人敬重！"搬了盏碟往厨房去了。

到了未牌时分，武大郎挑了担儿回来，那妇人慌忙开了门，就急急地躲进厨房。武大把担儿歇了，跟进去，见老婆双眼哭得红肿。武大说："你和谁闹了？"

"都是你不争气，叫外人来欺负我！"那妇人说。

"谁人来欺负你？"武大问。

"还有谁！就是你那弟弟。我见他大雪里归来，连忙安排酒菜，请他吃，他见前后没人，就用言语调戏我。"那妇人说着又哭了起来。

"我的兄弟不是这种人，从来老实。休要高作声，让邻舍听了笑话。"武大说罢，撇了老婆，来到武松房里叫道："弟弟，你不曾吃点心，我和你吃些？"

武松只不作声，寻思了半晌，再脱了丝鞋，依旧穿上油靴，戴了毡笠儿，一头系帽缨，一面出门。武大叫道："弟弟哪里去？"

武松一应也不应，只顾走了。武大回到厨房对那妇人说："我叫他又不应，只顾往县里去，不知是怎么了？"

"糊涂虫！有什么不解，那厮羞了，没脸儿见你，才走了出去。我也不许你再留他住宿！"那妇人骂着说。

"他搬出去，会让人笑话！"武大眉宇深锁。

"混沌魍魉①！他来调戏我，难道就不让别人笑话！你要便自和他去过活，给我一纸休书就是！"那妇人说话声音越来越大。

武大哪里敢开口。正在此时，只见武松引了一个士兵，拿着条扁担，直接来房中收拾了行李，便出门去了。武大赶出来叫道："弟弟！做什么搬了去？"

"哥哥，不要问，说出来使你出丑，还是由我去吧！"武松说着就搬着行李走了。只听那妇人不停地骂着："你搬走了，谢天谢地，且得冤家离眼前！"

武大见老婆这般骂，不知怎么回事，心中闷闷不乐。

岁月如流，不觉雪晴，阳谷县知县，到任已经两年半多了，积蓄了一些钱财，想派人送上东京的亲戚处，谋个升转。这日，想起武松是条好汉，就让他送去，武松一口答应。随即取了些银两，叫士兵去街上买了酒和鱼肉果品之类，一直来到紫石街武大家里。武大恰好卖炊饼回来。看见弟弟来了，连忙招呼进屋，武

175

松就叫士兵到厨房去安排酒食。那妇人余情不断，见武松带酒食来，以为对她有情，便上楼去重匀粉面，再整云鬟，换些鲜艳的衣服穿了，来到门前，迎接武松。说："不知哪里得罪了叔叔？好几月不上门了。每日叫你哥哥去县衙里寻，总是没寻处。今日且喜叔叔来了。没事坏钱做什么？"

"武二有句话，特来和哥哥嫂嫂说知。"武松说。

"既是如此，楼上坐！"那妇人道。

于是三人上了楼，此时士兵也已安排好酒食端上楼。武松请哥嫂上首坐了，自己坐在一边，殷勤地劝哥嫂喝了几杯酒。那妇人只顾把眼来睃武松，武松只顾喝酒。酒过五巡，武松才斟了一杯酒，拿在手里，敬武大说："大哥，我奉知县差遣，明日便起程往东京办事。多则两个月，少则四五十天。只因哥哥为人懦弱，我不在家时，被人欺负。假如你每日卖十笼炊饼，从明日起只卖五笼，每天迟出早归，不要在外边吃酒，回到家里，早点关门，免生是非。如果有人欺负你，也不要和人争执，等我回来再说。大哥依我时，满饮此杯！"

武大听了连连答应，接过酒杯，一饮而尽。武松又斟了一杯，对那妇人说："嫂嫂是个精细的人，不必武松多说。常言道'表壮不如里壮''篱牢犬不入'，只要嫂嫂把得家定，哥哥就没烦恼了。"

那妇人被武松这一说，一点红从耳朵边起，涨紫了面皮，指着武大骂道："你这个肮脏混沌！有什么言语在外人处说了，来欺负老娘！"

推开了酒盏，一直跑下楼去。走到半胡梯上还说："我当初嫁武大时，可不曾听说有什么阿叔，不知是哪里走得来的！"

武大武二兄弟也不理会，只顾吃酒。武松见武大眼中垂泪，就说："哥哥便是不做买卖也罢，盘缠兄弟自将送来！"

又吃了一会儿酒，武松起来告辞，武大送武松一直到门前，一句话也没说。

自从武松离开了阳谷县以后，那妇人一连骂了武大几天，武大忍气吞声，心里只依着兄弟的言语，每天只做一半炊饼去卖，迟出早归。一歇了担子，就去除了帘子，关上大门。那妇人看了心内焦躁，指着武大，大骂："混沌浊物！我倒不曾见日头在半天里，便把着丧门关了！也不怕别人耻笑！"

"由他们笑话我家禁鬼！我的兄弟说得是好话，省了许多是非。"武大答。

"呸！浊物！你是个男子汉，自己不做主，却听别人调遣！"那妇人骂得更凶。

"由他。我的兄弟是金子般的言语。"武大摇手说。

那妇人和武大闹了几场，也就惯了。每日约莫到武大归时，先去除了帘子，关上大门。武大见了，心中暗自欢喜。

冬已将残，天色已渐渐回阳微暖。这天也是武大将要回来的时分，那妇人先到前门去叉那帘子，手里的叉拿不牢，失手滑了下去，不端不正，正好打在人头巾上，那人立住了脚，正要发作，回过脸来看时，却是一个妖娆的妇人，先是酥了半边。怒气全消，

177

变作了笑脸。那妇人见他不责怪，就道歉说："奴家一时失手，官人疼了？"

"不妨事！不妨事！娘子闪了手。"那人一手整着头巾，一面睁着眼睛瞄着那妇人身上打转，却被隔壁家茶店里的王婆看见了。

原来被那妇人竿子打着的汉子，是阳谷县一个破落户财主，叫西门庆。在县前开了一家生药铺。这人从小奸滑，也会使些拳棒，近来暴发迹，专在县里勾结贪官污吏，榨取善民，无恶不作，所以县里人都怕他，称他"西门大官人"。

这天，西门庆来到了王婆的茶坊，去里边水帘下坐了。王婆笑着上来招呼。西门庆也笑着说："干娘，你且来，我问你，壁间那个雌儿是谁的老小？"

"她是阎罗大王的妹子，五道将军的女儿，问她干么？"王婆故意卖个关子。

"干娘，我和你说正经话，休要取笑！"西门庆捏了一把碎银塞在王婆手中。

王婆就凑着西门庆耳边低声说了几句，西门庆顿着脚笑道："莫不是'三寸丁谷树皮'的武大郎吗？好一块羊肉，落在狗嘴里。"

王婆也笑着说："'骏马却驮痴汉走，巧妻常伴拙夫眠'，月下老人偏要这般配合！"

两人闲聊了一会儿。王婆端了一碗梅汤，双手递给西门庆，西门庆慢慢地吃了，把碗放在桌上，说："王干娘，你这梅汤做得真好，有多少在屋里？"

"老身做了一世'媒'，哪讨一个在屋里？"王婆故意逗着西门庆说话。

"我问你梅汤，你却说做媒，差了多少？"西门庆说。

"老身只听大官人问这'梅'做得好，老身只道说做媒？"王婆笑着说。

"干娘，你既是撮合山，也替我做个媒，我定重重谢你。"西门庆见话题近了，心中欢喜。

"大官人，你宅上大娘得知时，婆子这脸怎吃得耳刮子？"王婆说。

"我家娘子最好，极是容得人。现今我已讨几个在身边，只是没中意的，就是'回头人'也好，只要中得我意。"西门庆说。

"前日有一个不错，只怕大官人不要。"王婆说。

"你说说，若好时，我自谢你。"西门庆说。

"生得十二分貌美，只是年纪大了些。"王婆说。

"差一两岁无妨！"西门庆说。

"那娘子戊寅年生，属虎的，新年恰好九十三岁。"王婆说。

西门庆一听，哈哈笑道："你看这疯婆子，只会扯着疯脸取笑！"

西门庆看看天色晚了，才起身走了。

第二天清晨，王婆刚才开门，探头往外看时，却见西门庆已经在门前来往踱着。王婆心想："这个刷子急了，你看我弄点甜头抹在你鼻子上，只叫你舐不着，再慢慢榨你！"主意已定，开了门后，却去生炉烧水，整理茶锅。这时西门庆急忙奔了进来，水帘下一坐，直望着武大门前帘子里看。王婆只当作没看见，忙着在扇炉子。西门庆叫道："干娘，点两盏茶来！"

王婆这才笑道："哎哟！大官人来了？连日少见，请坐！"

便冲了浓浓的两盏姜茶，放在桌上。西门庆说："干娘，陪我吃盏茶！"

"我又不是影射②的。"王婆笑着说。

逗得西门庆也笑了起来，问道："干娘，隔壁卖什么？"

"他家卖拖蒸河漏子、热烫温和大辣酥。"王婆说。

"你看这婆子只是疯！"西门庆笑着说。

"我不疯，他家自有亲老公！"王婆说。

"干娘，正经话。他家如做得好炊饼，我要问他做三五十个，不知他在不在家？"西门庆说。

"若要买炊饼，少间等他上街来买，何须上门？"王婆说。

"干娘说得也是！"西门庆又坐了一会儿，起身说：

"干娘，记了账目！"

"不妨事。老娘牢牢写在账上。"王婆说。

西门庆笑着去了。

王婆在茶炉边往外看时，只见西门庆还在门前来回地踱了七八遍，又走进茶坊来。王婆说："大官人，稀客，好久不见了。"

西门庆笑了起来，去身边摸出一两银子来，递给王婆，说："干娘，就收了做茶钱。"

"何用这许多？"王婆答。

"只顾收着！"西门庆用手一挥，叫王婆不要推辞。

王婆心里暗暗地喜欢，寻思道："来了！这刷子当败！"就把银子藏在腰兜里，笑着说："老身看大官人有些渴，吃个'宽煎叶儿茶'如何？"

"干娘如何便猜着？"西门庆有些惊讶。

"有什么难猜。自古道：'入门休问荣枯事，观看容颜便得知'，老身对心理作怪的事也猜得着。"王婆说。

"我有一件心事。干娘猜得着时，给你五两银子。"西门庆说。

"老娘一猜便着。"王婆挨着西门庆的耳朵咕噜了几句。西门庆拍手叫起来，说道："干娘，你真的是赛神仙。"西门庆借着机会把心事都一一告诉王婆，要她想个法子，如果事成，愿意再送十两银子给她。

王婆收了西门庆的五两银子，就教了西门庆一套计策，先让他买来几匹绫绸绢缎并十两清水好绵来。说道："你且回去，只在今晚便有回报。"

王婆拿了绸缎，开了后门，走过武大家里来。那妇人把王婆请上楼坐了。王婆说："娘子，怎不过贫家吃茶？"

"只是这几日身体不适，懒去走动。"那妇人答。

"娘子家里有黄历么？借给老身看一看，要选个裁衣日。"王婆说。

"干娘裁什么衣裳？"那妇人问。

"便是老身十病九痛，怕有些山高水低，预先要制些送终衣服。难得近处有个财主，布施我一套衣料，绫绸绢缎和若干好绵，放在家里已一年多了。今年觉得身体好生不济，想趁着这两日做好，却被裁缝拖延，总说工作忙。我这老年人真是命苦！"王婆说。

"只怕奴家做得不中干娘意，若不嫌时，奴出手替干娘做如何？"那妇人笑着说。

"若得娘子做时，老身便死也有个好去处。久闻娘子好针线，只是不敢相央。"王婆也笑了起来。

"这个何妨，干娘只去捡个黄道吉日，便给你动手。"那妇人说得爽快。

"娘子是一点福星，何必选日子？"王婆说。

"那你明天就拿过来吧！"那妇人答。

王婆迟疑了一阵，说："不行！老身要看娘子做活，又怕家里没人看门。"

"既是干娘这么说，那我明日饭后便过去。"那妇人说。

王婆心中欢喜，千恩万谢地下楼去了，当晚回复了西门庆的话，约定后日准时来。

次日清早，王婆把房子收拾干净，买了些针线，安排了茶水，在家等候。这时，武大已吃了早饭，挑着担子出门做生意去了。那妇人把帘儿挂了，从后门走到王婆家里来。那婆子无限欢喜，把那妇人接入房里坐下，便浓浓地冲盏茶，撒上些白松子、胡桃肉，递给这妇人吃了，把桌子抹得干净，拿出绢缎。妇人用尺量了长短，裁好衣服，便缝起来。王婆在一旁看了，口中不停地赞美，那妇人缝到日中，王婆安排些酒食请她，再缝了一会儿，便收拾起针线回去了，这时恰好武大归来，看见老婆脸色微红，就问："你去哪里吃酒了？"

那妇人也不隐瞒，就说："是隔壁的王婆央我做送终的衣服，中午安排了点心请我。"

"哎呀！不要吃她的。我们也有央人处。你明日倘或再去做时，带些钱在身边，也买些酒食与她回礼，她若不肯要你还礼时，你便拿回来做。"武大说。

那妇人听武大说得有理，连连点头应允。

第二天那妇人照样到王婆家缝衣服，到了日中，妇人取出一贯钱交给王婆说："干娘，奴给你买杯酒吃！"

"哎哟！那里有这个道理？老身央及娘子做活儿，怎么反叫娘子坏钱？"王婆急忙用手推着钱说。

"干娘，这是拙夫吩咐。若干娘见外时，就把衣服拿回家里做好了再还干娘。"那妇人说。

"大郎竟如此晓事，既是这般说，老身且收下。"王婆深怕破坏了计谋，所以连连答应。那妇人照样吃了点心，又缝了一会儿就回家了。

第三天，中午，西门庆已迫不及待地裹了新头巾，穿了一套整整齐齐的衣服，带了三五两碎银子，直奔紫石街，来到茶坊门前，便重重咳嗽了一声，说："王干娘，连日不见！"

那王婆瞧了一眼，便答应道："谁在叫我？"

"是我！"西门庆答。

那王婆急忙掀起帘子，笑道："我道是谁？原来是施主大官人。你来得正好，便进来看一看。"

王婆一把拉着西门庆的袖子，一拖拖进屋里。对那妇人说："这个便是给老身衣料的施主……"

西门庆慌忙招呼，那妇人也放下针线答礼。

王婆指着妇人对西门庆说："难得官人给老身缎子，放了一年，都没做成。如今又亏这位娘子出手成全。真是个布机也似的好针线，又密又好，真是难得！大官人，你且看一看！"

西门庆把衣服拿起来看了，口里赞美说："这位娘子真是神仙一般的手艺。"

"官人休笑话。"那妇人轻盈一笑。

于是三人又闲聊了一阵，时间已经快到中午，西门庆便从怀里拿出了一些碎银子，交给王婆说："干娘，今日难得有这位娘子在这里，由我做东，请干娘去准备些酒食。"

"这怎么好意思？"那妇人口里说着，但却坐着也不动身。王婆看在眼里，知道那妇人也有些意了，就大胆地说："有劳娘子相陪大官人坐一坐，老身去买些酒食来。"

"干娘自去。"那妇人答。

那王婆刚走，西门庆的一双色眼已盯着那妇人乱转，这婆娘也只是假意缝着衣服，一双眼也偷睃西门庆，见了这一表人物，心中也暗暗欢喜。

不多时，王婆买了些现成的肥鹅熟肉，搬到房里桌子上，就请西门庆和那妇人入座。妇人假意推辞了一番，也就坐了。西门庆亲自替那妇人斟酒、送菜，而且说了许多恭维的话。王婆也在一旁帮腔挑逗。看看两人言行举止，彼此都有了几分意思，王婆忽然说："吃得正好，酒却没了，待老身再去买一瓶儿来吃，如何？"

"我这里有五两多碎银子，都给你，要吃时只顾取来。"西门庆说。

"老身去取瓶儿酒来与娘子再吃一杯，有劳娘子相待大官人坐一坐。"王婆对那妇人说罢，就走到房门前，用绳子把门缚了，却在门外路边坐着。

这时西门庆在房里，拿起了酒壶里残存的酒，便往那妇人酒盏上注，却故意把袖子在桌上一拂，把一双筷拂落地上，那双筷正落在妇人的脚边。西门庆连忙蹲下身去拾，只见那妇人尖尖的一双小脚儿，正落在筷边。西门庆却不去拾筷，便去那妇人绣花鞋儿上捏一把。那妇人就笑了起来，说道："官人，休要急躁，你真要勾搭我？"

西门庆立刻跪了下来，说："只是娘子成全小人！"

那妇人弯下腰就把西门庆搂抱起来。正在这时，王婆却推门走了进来，怒道："你两个做得好事！"

西门庆和那妇人都吃了一惊。那王婆说："好呀！好呀！若给武大得知，须连累老身，不若我先去自首！"

那妇人慌忙拉着王婆说："干娘饶恕！"

"干娘低声！"西门庆也装作惊惧的样子。

王婆突然笑了起来，说道："若要饶恕你两个，却得依老身一件事。"

"休说一件，十件也依！"那妇人说。

"从今日起，瞒着武大，每日不要失约辜负了大官人，我便罢休。"王婆说。

"只依着干娘便是。"那妇人答。

于是三人又吃了几杯酒，已是下午，那妇人匆匆告别，从后门回到家去，刚去下了帘子，武大恰好进门。

阳谷县有个贩卖水果的小贩，年方十五六岁，本身姓乔，因为在郓州生的，就取名叫郓哥。西门庆是他的老主顾，今天正有一篮新鲜雪梨，所以提着满街寻找西门庆。有人想搞恶作剧，就告诉他说："西门庆如今勾搭上紫石街武大的妻子，这早晚一定在那里，你是小孩子只顾撞入去不妨。"

那郓哥得了这话，就提着篮子，一直往紫石街走来，朝着茶坊里便直奔，却正好王婆坐在小板凳上搓麻线。郓哥把篮子放下，就问："干娘，西门大官人在么？"

也不等答话就往里面走，却被王婆一把拉住。说："小猢狲，我屋里哪有什么西门官人？"

郓哥才不理会王婆的阻止，硬要往里撞。王婆一时急了，一手揪住郓哥，一手在郓哥头上凿了两个大栗暴③，再猛力一推，郓哥一直跌出门外，雪梨篮儿也丢了出去，那雪梨滚了遍地。郓哥爬起来，一头骂，一边哭，一面走，指着王婆茶坊骂道："老咬虫！我叫你不要慌，以后走着瞧！"

郓哥提了雪梨篮儿，捡了雪梨，一直奔到街上，去寻找武大郎，转了两条街，看见武大郎正挑着炊饼担儿，走过来。郓哥立住脚，拦住了武大郎，把茶坊中西门庆与武大老婆勾搭的事，加油添酱，绘声绘影地都说了。

武大一听，怒火中烧，说道："兄弟，不瞒你说，那婆娘每日去王婆家里做衣裳，归来时便脸红，我早有些疑忌。这话正是了！我如今寄了担儿，便去捉奸，如何？"

郓哥立刻阻止武大，说："你老大这个人，原来这般没见识！那王婆老狗十分厉害，你如何出得了手！而且他们必有相通暗号，见你进去拿人，她把你老婆藏了，反告你一状。怎么办？不如我教你一着，今日且回去，都不要发作，只作平日一般，明早再依计行事。"

郓哥又凑在武大的耳朵边说了计策，只见武大连连点头。并且从怀里掏出了数贯钱塞给郓哥，说："明日早早来紫石街巷口等我！"

次日饭后，武大只做两三扇炊饼，放在担儿上。那妇人一心只想着西门庆，也没去注意武大做多做少。当天，武大刚出门做买卖，那妇人便过到王婆房里去等西门庆。且说武大挑着担儿，来到紫石街巷口，看见郓哥已提着篮子在张望。武大轻声问道："如何？"

"早些个，你先去卖一遭再来。"郓哥说。

武大飞云也似的去卖了一遭回来。郓哥说："你只看我把篮子撇出来时，你就冲进去。"

郓哥说罢，就直往茶坊里来，嘴上却骂着："老猪狗！你昨日做什么打我？"

王婆一听，火冒三丈，一大清早就有人来触霉头，就跳起身来，喝道："你这小猢狲！老娘不跟你计较，你倒反来骂我！"话没说完，伸手一把抓住郓哥便打。

郓哥大叫一声："你敢打我！"顺手把个篮子往街上一丢，伸手抱住王婆，用头往王婆肚子猛力撞去，王婆往后踉跄了几步，才被墙壁止住。那郓哥死命顶住王婆不放。只见武大撩起衣裳，大踏步直抢入茶坊里来，那婆子见是武大，但是又动不得身，只得大声叫道："武大来啦！"

那婆娘正在房里和西门庆幽会，慌忙中先跑来顶住了门，而西门庆却钻进了床底下躲着。武大抢到房门边，用力推那房门时，却哪里推得开，口里叫道："做得好事！"

那妇人顶住房门，慌作一团，口里便说道："平时只会嘴上卖弄好拳棒！急上场时，却是只纸老虎！"

西门庆躲在床下听妇人这几句话，分明是叫他来打武大，夺了路走，便钻出来，拔开门，叫声："不要打！"

武大正待要揪他，被西门庆早飞起右脚，踢在心窝上，扑地往后便倒了。西门庆见踢了武大，趁着打闹中一直跑了。郓哥一看事情闹大了，拔了腿也跑了。这时街坊邻居围了一大堆，但都畏惧西门庆，没一个人敢来帮忙。王婆立刻从地上扶起武大，见他口吐鲜血，脸色发黄，便叫那妇人出来，舀碗水来，把武大救醒，两个上下肩揍着，便从后门把武大扶回家去。

次日，西门庆打听得武大没死，就依然来王婆家与那妇人勾搭，只指望武大自死。武大一连病了五日，不能够起床，要汤要水都没人照顾。每日叫那妇人都不应，只见她浓妆艳抹了出去，面颜红晕地回来，武大几遍气得发昏，就叫老婆过来，用威胁的语气说："你做的勾搭，我已亲手捉奸，你倒挑拨奸夫踢我心头。至今害我求生不能，求死不得，你们却自去快活。我自死不妨，和你们争不得！我的兄弟武二，你须知他性格。倘或早晚回来，他岂肯罢休？你若肯可怜我，早早服侍我好了，他归来时，我都不提，你若不照顾我，待他归来，却和你们说话。"

这妇人听了也不回话，就立刻跑到王婆家，一五一十，都对王婆和西门庆说了。西门庆一听大惊失色，连声叫苦。只见王婆冷笑一声。说："你们要长做夫妻，还是短做夫妻？"

"干娘，你且说如何是长做夫妻，如何是短做夫妻？"西门庆似是没了主意。

"若是短做夫妻，你们今日就分散，一切照武大的话去做。

若是要长做夫妻，每日不受惊怕，我却有一条妙计，只是难教你。"王婆似胸有成竹。

"干娘，周全我们做对长久夫妻！"西门庆恳求说。

"这条计用着件东西，别人家里没有，大官人家却有！"王婆故作神秘。

"便是要我的眼睛也剜给你，你且说是什么？"西门庆十分焦急。

"如今武大病得重，趁他狼狈时正好下手。大官人家里取些砒霜来，再叫大娘子自去买一帖心疼的药来，把这砒霜下在药里面，把那矮子结果了，用火葬烧了，便是武二回来，待敢怎样？自古道：'初嫁从亲，再嫁由身'，阿叔如何管得？暗地里往来半年一载，等待夫孝满日，大官人娶了家去，这个不是长远夫妻，偕老同欢？——此计如何？"王婆说话时的表情冷酷阴狠。

"干娘！只怕罪过！"西门庆说，可是犹豫了一阵咬着牙说，"好吧！一不做，二不休！"

"这是斩草除根之计。官人便去取砒霜来，我自会叫娘子下手。事了时，却要重重谢我。"王婆催促着。

"这个自然。"西门庆说完就匆匆地离去。

不多时，西门庆包了一包砒霜，交给王婆收了。王婆把它都用手捻成细末，给那妇人拿去藏了。那妇人回到家里，到了楼上看武大时，只见他气若游丝，都快死了。那妇人就坐在床边假哭。武大说："你做什么来哭？"

那妇人拭着眼泪，低声地说："只怪我一时糊涂，给人骗了，害你被踢成这个样子。现在我打听一种好药，我想去买来医你，又怕你疑忌，所以不敢去拿。"

"你只要把我救活，过去的事一笔勾销，武二来了也不提起，你快去买来给我吃！"武大睁大了眼睛，用充满着求生乞怜的眼神看着那妇人。

那妇人拿了铜钱，又走到王婆家，坐了一会儿，让王婆去抓了药来。带回楼上，给武大看了，说："这帖心疼药，医生说要在半夜里吃，吃了再盖一两床被发些汗，明日便起得来了。"

"那么就请大嫂，今晚醒睡些个，半夜里调药给我吃。"武大用感激的眼神看着那妇人。

天色渐渐暗了，那妇人在房里点了一碗灯，厨房里先去烧了一锅水，拿了条抹布煮在水里。听那更鼓时，正好打了三更。那妇人先把毒药倾在盏子里，再舀了一碗白汤，端到楼上，叫道："大哥药在哪里？"

"在我席子底下枕头边，快拿来调给我吃！"武大急促地说。

那妇人揭起席子，把那药抖在盏子里，再将白汤冲在盏内，拿头上的发簪只一搅，调得匀了，左手扶起武大右手把药便灌。武大呷了一口，说："大嫂，这药好难吃！"

"只要它医治得病，管什么难吃！"婆娘讲话时已有些心焦。

待武大再呷第二口时，被这婆娘就势一灌，一盏药都灌下喉咙去了。那妇人便放倒武大，慌忙跳下床来。武大哎了一声，说："大嫂，吃下这药去，肚里却疼了起来，苦呀！苦呀！我受不了了。"

这妇人急忙去脚后扯过两床被来，没头没脸只顾盖。武大叫道："闷死我了！"

"郎中吩咐，叫我给你发些汗，便好得快。"婆娘说时已跳上床去，骑在武大身上，用手紧紧地按住被角，不敢稍微放松。那武大哎了两声，喘息了一会儿，肠胃迸裂，动弹不得。那妇人揭起被来，见武大咬牙切齿，七窍流血，心里怕起来，只得跳下床来，敲那板壁。王婆听了，走过后门头咳嗽一声。那妇人急忙下楼打开了后门。王婆问道："结果了吧？"

"结果是结果了，只是我手软了，安排不得。"那妇人说话时脸色苍白。

"有什么难处，我来帮你！"那婆子便把衣袖卷起，舀了一桶开水，把抹布撇在里面，提上楼来，卷过了被，先把武大嘴边唇上都抹了，把七窍的淤血痕迹都抹干净，便把衣裳盖在尸上。两个从楼上一步一步地扛下来，就楼下找了一扇旧门停了，替他梳头，戴上巾帻，穿了衣裳，取双鞋袜让他穿了，拿片白绢盖了脸，拣床干净的被子盖在尸上，又上楼去把房间都收拾干净。王婆就自转回去。那婆娘便假装号啕大哭起来。

第二天一早天还没亮，西门庆就来打听消息，王婆把详情说了，西门庆立刻拿了银子给王婆，叫她买棺材。王婆说："别的事情都容易，只有何九叔是个精细的人，只怕他来验尸时看出破绽，不肯殓。"

"这个不妨，我自吩咐便是。"西门庆答应了，也就急着去办事。

等到天明时，王婆已经买了棺材和一些香烛纸钱之类，搭了个灵堂，点燃了随身灯。这时邻舍街坊听说武大死了，都来吊祭。那妇人虚掩着粉脸假哭。邻居明知道武大死得不明不白，但又都不敢追问。只是说了几句安慰的话，各自散了。

王婆把一切入殓用的都准备妥当，就去请何九叔，却见何九叔正与西门庆在巷口谈话。何九叔就先拨几个伙计跟着王婆回来料理。直到巳牌时分，何九叔才慢慢地走来，一进门口就问伙计道："这武大是得什么病死的？"

"他家说是害心疼病死的。"伙计答道。

何九叔揭起帘子进去，只见武大的老婆穿着素淡的衣裳，跪在武大灵前假哭。何九叔上下看了那婆娘模样，心里想道："原来武大却讨着这么个貌美的老婆！西门庆给我这十两银子有些来历了！"来到了武大尸前，揭起千秋幡，扯开白绢，两眼定神看时，突然大叫一声，往后便倒，口里喷出血来。几个伙计立刻上前扶住。王婆叫道："这是中了恶，快拿水来！"

王婆呷口水，往何九叔脸上喷了两口，何九叔才渐渐地转动，有些苏醒。几个伙计又寻了扇旧门，一直把何九叔抬到家里，放在床上睡了，急得他老婆坐在床边哭个不休。何九叔看伙计们都走了，才坐起来对老婆说："你不要烦恼，我自没事。刚才去武大家入殓，到得他巷口，就迎见县前开药铺的西门庆，请我去吃了一席酒，又拿十两银子给我，说道：'所殓的尸首，凡事遮盖些。'我到了武大家，见他的老婆是个不良的人，我心里已有八九分疑忌。到那里揭起千秋幡看时，见武大面皮紫黑，七窍内津津出血，唇口上微露齿痕，定是中毒死的。我本待声张起来，怕恶了西门庆。若是随便入了殓，武大有个兄弟，便是前日景阳冈上打虎的武松，他是个杀人不眨眼的男子，倘或回来，此事必发。于是我自咬了舌头，假装中恶，才瞒过他们。"

"我也曾听人说了，郓哥帮武大去紫石街捉奸，闹了茶坊，正是这件事。如今处理这件事不难，只派伙计去殓了，问他几时出殡。如果是停丧在家，待武二归来，这件事就没什么牵连。若是埋葬了也不妨。若是拿去火葬，则必有蹊跷，到时，你假装去送葬，趁人不注意时，捡两块骨头回来，和这十两银子一齐收着，便是最有力的证据。武松若回来，不问便罢，却给西门庆一个人情。"何九叔的老婆教得明白。

何九叔立刻叫伙计自去殓了，伙计回来禀告说："他家大娘说只三日便出殡，城外烧化。"

到了第三天早上，众人扛抬了棺材，也有几家邻舍来相送。那妇人戴上孝，一路上假哭着，来到了城外火葬场上，便叫人举火烧化。这时何九叔手里提着一沓纸钱匆匆赶来。王婆和那妇人见了，说："九叔，且喜贵体没事了。"

"小人前日买了大郎一扇炊饼，不曾还钱，所以特地来把纸箔烧给大郎。"何九叔把纸钱就棺材前烧了，又对着王婆和那妇人说："娘子和干娘且去斋堂相待邻舍街坊，这里面由小人替你照料！"

何九叔用话支开了王婆和那妇人，就拿了把火夹，去捡了两块骨头，往澄骨池里只一浸，看那骨头酥黑。何九叔把它藏了，便也到斋堂里去敷衍了一番。

那何九叔将骨头带到家中，用幅纸写了年月日期，送丧人的名字，和银子一起包了，用一个布袋儿盛着，放在房里收。

那妇人回到家中，在窗前摆设了一个灵牌，上写"亡夫武大郎之位"，灵床前点一盏琉璃灯，里面贴了些经幡、钱垛、金银锭、彩绘之属。每日却自和西门庆在楼上取乐，行为更是明目张胆，这条街上远近人家，无一人不知此事，但都畏惧西门庆的财势，不敢声张。

转眼间已是三月初头，武松办完了知县交代的事务。领着一行人取路回阳谷县来，这一天武松忽然觉得心神不宁，赶着要见哥哥，所以到县里交纳了回书以后，衣服也来不及换，就匆匆赶到紫石街来。两边邻舍，看武松回来，都吃了一惊，捏把冷汗，纷纷躲避。武松心中焦急，也不理会。到了门前，揭起帘子，探身进去，只见灵床，明明写着"亡夫武大郎之位"七个字，一时呆了，揉了揉眼睛说道："莫不是我眼花了？"

这时那西门庆正和这婆娘在楼上取乐，听出是武松的声音，吓得屁滚尿流，跳了窗一直奔到后门，从王婆家走了。那妇人才叫声："叔叔少坐！"却慌忙去盆里洗落了脂粉，拔去了首饰，蓬松挽了个髻儿，脱去了红裙绣袄，立刻换上了孝裙孝衫，才从楼上哽哽咽咽地假哭起来。

武松说："嫂嫂，不要哭。我哥哥几时死的，得了什么病？"

"你哥哥自你走了二十天左右，突然害急心疼，病了八九日，求神问卜，什么药都吃了，也医治不得，撇下我好苦。"那婆娘又号啕干哭起来。

"奇怪！我的哥哥从来不曾有这种病？"武松两眼圆睁。

这时隔壁的王婆听得是武松回来了，也赶忙过来帮着那婆娘应付，看到武松面露怀疑之色，就立刻插嘴说："武都头，怎么如此说！'天有不测风云，人有旦夕祸福'，谁能保得长久没事？"

"亏得干娘帮助，我是个没脚蟹^①行动不得，邻舍家谁肯帮我！"那婆娘装得一副受尽委屈的可怜模样。

"如今埋在哪里？"武松厉声问。

"我又独自一人，哪里去寻坟地？没奈何，留了三日，抬出去烧化了。"那妇人说。

"哥哥死了几日？"武松追问。

"再两日，便是断七。"妇人答。

武松沉吟了半晌，便回到住处，换了一套素净衣服，又叫士兵打了一条麻绳系在腰上，身边藏了一把尖长柄短，背厚刃薄的解腕刀，取了些银两带在身边，去县前买了些米面椒料等物，备了香烛冥纸。等到天晚时，就到哥哥家敲门，那妇人开了门。武松叫士兵去安排羹饭，自己到灵床前点起灯烛，铺设酒肴。到了二更时，武松突然扑翻身便拜道："哥哥阴魂不远！你在世时软弱，今日死后，不见分明！你若是负屈衔冤，被人害了，托梦给我，兄弟替你做主报仇！"

随后把酒浇奠了，烧化了冥用纸钱，便放声大哭，哭得那左邻右舍，无不凄怆、惶惧。那妇人也陪着在里边假哭。武松哭罢，讨两条席子叫士兵在门边睡，自己在灵床前铺了席子睡。那妇人自上楼去睡。

约莫三更时候，武松只见灵床下卷起一阵冷气来，把灯都遮黑了，壁上纸钱乱飞，仿佛见个人从灵床底下钻出来，叫声："兄弟！我死得好苦！"武松听不仔细，正想向前再看时，却并没有冷气，也不见人，自己正坐在席子上，寻思道："是梦非梦？"回头看士兵，却睡得正熟。武松心中久久不能释怀。

天色渐明，武松看那妇人走下楼来，便问："是谁买的药？"

"有药方在这里。"妇人递给武松一张药方。

"是谁买的棺材？"武松问。

"央请隔壁王干娘去买的。"妇人答。

"谁来扛出去？"武松问。

"是何九叔！"妇人答。

武松不再说话，领了士兵就走，走到紫石街口，吩咐士兵先回县衙，自己却转到狮子街何九叔家门前，揭起帘子，叫声："何九叔在家么？"

这何九叔刚起床，一听是武松来找，吓得手忙脚乱，头巾也

197

不戴，急急拿了银子和骨殖藏在身边，便出来迎接，说："武都头，几时回来？"

武松也不答腔，一手拉了何九叔便走，来到了巷口酒店里坐下。何九叔心里已猜着了八九分。而武松也不说话，只顾吃酒，吓得何九叔手心上冷汗直冒。酒已数杯，只见武松捋起双袖，揭起衣裳，"嗖"地抽出一把尖刀，插在桌上，吓得何九叔面色青黄，不敢吐气。武松指着何九叔说："小子粗疏，还晓得'冤各有头，债各有主'，你休惊怕，只要实说，我哥哥是怎么死的？便不干涉，我若伤了你，不是好汉！倘若你有半句儿差，我这口刀立刻叫你身上添三四百个透明的窟窿！"

"都头息怒，这个袋子便是一个大证物。"何九叔说罢，打开袋子，把经过的情形，都详细地说了。武松听了暴叫："奸夫是谁？"

"小人不知是谁！只听说一个卖梨的郓哥，曾陪着大郎到茶坊捉奸，都头要知详情，可问郓哥。"何九叔答。

武松收了刀，藏起骨头和银子，算了酒钱，便同何九叔往郓哥家里来。郓哥一看是武松，心中已经明白了，便说："武都头，我的老爹六十岁，没人赡养，我却难伴你吃官司。"

武松也不答话，从怀里掏出五两银子，交给郓哥。郓哥心里想道："这五两银子足够三五个月生活。"便说："便陪你们吃官司也不妨！"

他把银子交给了父亲，就跟着二人走出巷口，来到一家饭店楼上，拣个僻静处，郓哥把所见所闻都一一说了。武松听后，两眼露出凶光、暴出血丝，问道："你此话是实？"

"就是到官府，我也这般说。"郓哥答。

于是武松带了何九叔和郓哥直到县厅上，做个人证，要告西门庆跟那妇人通奸，谋杀大郎性命。知县问了口供来和县吏商议，原来这县吏和西门庆都有关系，于是知县不但不受理，反斥责武松说："武松，你也是个本县都头，自应懂得法度。自古道：'捉奸见双，捉贼见赃，杀人见伤'，你那哥哥的尸首也没了，你又不曾捉得他奸，如今只凭这两个人的言语，便问他杀人公事，莫非太偏向了么？你千万不可造次！"

武松不服，又拿出了银子和骨头。知县见了，只得叫武松从长计议。武松只是一言不发，两行眼泪却潸然而下。

武松下得厅来，把何九叔和郓哥请到住处，叫士兵安排了酒食请他们吃。自己又带了两三个士兵，拿了笔墨，买了三五张纸藏在身边；又叫士兵买了个猪头、一只鹅、一只鸡、一担酒，和一些果品之类，先安排在哥哥家里。那妇人已知道武松告状不准，也就放下心不再怕他。到了巳牌时分，武松带了士兵到家中，说道："嫂嫂下来，有句话说。"

那妇人慢慢地走下楼来，问道："有什么话说？"

"明日是亡兄断七，你前日叨扰了邻舍街坊，我今日特地来把杯酒，替嫂嫂相谢众邻！"武松语气平和。

"谢他们干么？"那妇人的语气却刁蛮。

"礼不可缺。"武松淡淡地说，就叫士兵先去灵床前，点起两支明晃晃的蜡烛，焚起一炉香，列下一沓纸钱，把祭物都在灵床前摆了。武松叫一个士兵到后面烫酒，两个士兵到门前安排桌凳，又有两个前后把门。武松把事情安排妥了，便叫："嫂嫂，来待客，我去请来！"

武松先去请了隔壁的王婆，王婆已得到西门庆的回话了，所以放心地来吃酒，又请了开银铺的姚文卿，开纸马铺的赵仲铭，卖冷酒店的胡正卿，卖肉的张公，众人都按长幼就了位，武松拿张凳子坐在旁边，便叫士兵们把前后门都关了。武松举起酒盏谢道："众高邻，休怪小人粗鲁，胡乱请吃些个！"

"小人们都不曾为都头洗尘接风，如今倒反而叨扰。"众邻舍也都齐声答礼。

而士兵则只顾注酒，众人怀着鬼胎，都不知未来的发展。看看酒到三巡，那胡正卿借口繁忙，站起来告辞，却被武松一把拉住，强按在座位上，说道："有劳各位，稍待片刻！"

而士兵则继续斟酒，前后大约吃了七杯酒。武松叫士兵收了桌上杯盘，抹净了桌子。众邻舍正待起身，武松只把两只手一拦，说道："中间哪位高邻会写字？"

"此位胡正卿写得极好。"姚文卿指着正卿说。

"那么就麻烦你了！"武松说完，卷起衣袖，去衣裳底下"嗖"的一声，抽出一把尖刀来说道："诸位高邻在此，小人是'冤有头，债有主'，只请各位做个见证。"

只见武松左手拿住嫂嫂，右手指着王婆。四邻都吓得目瞪口呆，不知所措。武松看着王婆骂道："老猪狗听着，我的哥哥一条性命都断在你身上！等下慢慢地问你。"转过脸来看着妇人又骂道："淫妇！你把我哥哥怎么谋害的？从实招来，我便饶你！"

　　"叔叔！你好没道理！你哥哥自害心疼病死的，干我甚事！"那妇人说得声气逼人。

　　武松一听，两眼圆睁，把刀插在桌子上，用左手揪住那妇人发髻，右手劈胸提住，把桌子一脚踢倒了，隔着桌子把那妇人轻轻提了过来，丢在灵床前面，两脚踏住，右手拔起刀来，指着王婆说："老猪狗，你从实招来！"

　　那王婆看已脱身不得，只得说："都头不要发怒，老身自说便了。"

　　武松立刻叫士兵取来笔墨纸砚，叫胡正卿句句记下，胡正卿用颤抖的手磨着墨，等着王婆招供。这时王婆却改口说："又不干我事，叫我说什么？"

　　"老猪狗！我都知道了，你还耍赖。你不说时，我先剐了这淫妇，然后杀你这老狗！"武松大骂，提起刀来往那妇人脸上晃了两下。那妇人慌忙叫道："叔叔，且饶了我，你放了我，我便说了。"

　　武松一提，提起那婆娘，跪在灵床前，喝一声："淫妇快说！"

　　吓得她魂魄都飞了，只得把那日放帘子打着西门庆的事情说起，都老老实实地招了。胡正卿也把每句话都写下了，王婆骂道：

"咬虫！你先招了，我如何赖得过？只苦了老身！"

于是王婆也只得招了。把王婆的口词也都叫胡正卿记了，武松叫两人在上面都点画了字，四邻也书了名，画了字，叫士兵用绳索绑了王婆，跪在灵前。武松流着泪说："哥哥灵魂不远，今日兄弟替你报仇雪恨！"叫士兵把纸钱点着。

那妇人看情况不妙，正待要叫，被武松一把推倒，两只脚踏住她的两只胳膊，扯开胸脯衣裳。说时迟，那时快，把尖刀往胸前一剜，鲜血迸流，死了，又一刀割下头来。吓得众邻舍只掩住脸，不敢看。

武松拿了一片灵幡把那妇人的头包住，藏好尖刀，说："且请众位楼上稍坐！"

武松吩咐士兵也把婆子押上楼去，关了楼门，叫两个士兵看守着一个也不准走。武松提着头，匆忙往西门庆的生药铺前面来，这时西门庆正在楼上阁子里和一个财主吃酒。武松一直撞到楼上，把那妇人的一颗血淋淋人头，往西门庆脸上掼过去，西门庆认得是武松，吃了一惊，叫声："哎呀！"便纵身跳在凳子上，一只脚跨上窗棂，要寻退路，见下面是街，跳不下去，心里正慌。这时武松用手略按一按，托地也跳在桌子上，把些盏儿、碟儿都踢下桌来。武松只顾往前冲，没想这时西门庆早飞起一脚，将那口刀踢到楼下的街心去了。西门庆见踢了刀，心里便不怕武松，右手虚晃一招，左手一拳，照着武松心窝里打来，却被武松躲过，就势从胁下钻进去，左手带住头，连肩胛只一提，右手早抓住西门庆左脚，叫声："下去！"那西门庆哪阻得住武松的神力？只见头朝下，脚朝上，倒撞落在街心上。武松也顺势跳下楼去，先抢了那口刀在手里，看那西门庆已跌得半死，直挺挺在地上，只把眼来动。武松按住，只一刀，割下西门庆的头来，把两颗头相接在一处，提在手里，一直奔回紫石街来，把两颗人头供在灵前，拿碗冷酒浇了，流下了眼泪说道："哥哥灵魂不远，早到天界，兄弟替你报仇了！"

【注释】

①混沌魍魉：就是糊涂鬼。

②影射：这里指的是奸识的男女。

③栗暴：弯起手指敲人的脑袋叫栗暴。

④没脚蟹：是说行动不得。一般是指六亲无靠的妇女。

第十一章　黑牛和白鲨

"及时雨"宋江和"神行太保"戴宗，在酒楼上正吃得耳热，彼此倾心吐胆，谈得十分投机，忽然听见楼下喧闹起来，只见酒保匆匆跑上楼来，对戴宗说："李铁牛又在大吵大闹，强寻主人借钱，烦院长①去劝解。"

戴宗笑着走下楼去，不一会儿吵闹声都没了。只见戴宗引着一个黑凛凛的大汉上来。宋江看见，大吃一惊，便问道："院长，这大哥是谁？"

"这个是小弟身边的一个牢卒，姓李名逵，祖籍沂州沂水县百丈村人氏。因为生得黑，脾气急躁，所以有个诨号叫'黑旋风'。因为打死人，逃了出来，虽然遇到赦宥，却流落在此江州。他酒性不好，人多畏惧，能使两把板斧，又会拳棍，所以我把他留在牢里当差。"

戴宗把李逵的身世都介绍了。

李逵站在旁边，等戴宗说完话，就指着宋江问戴宗说："哥哥！这黑汉子又是谁？"

"你看！这人多粗鲁，一点礼貌都不懂！"戴宗对宋江笑着说。

"我问大哥，我怎么是粗鲁？"李逵有些不服。

"兄弟，你应该说'这位官人是谁'，而却说'这黑汉子是谁'这不是粗鲁是什么？我告诉你吧：这位仁兄就是你常想去投奔的义士哥哥。"戴宗笑着说。

"莫不是山东及时雨宋江吗？"李逵面露惊喜之色。

"咄！你这人真不懂礼貌，直言叫唤，不知高低，还不快过来拜见！"戴宗微有愠意。

"若真是宋公明，我便下拜，若是别人我拜什么！节级哥哥，你不要捉弄我！"李逵用手摸着脑袋寻思。

宋江见他憨得可爱，不觉笑了起来，说道："我正是山东黑宋江。"

李逵拍着手，笑着说："我的爷！你为什么不早说？也好叫铁牛欢喜！"立刻跪在地上朝着宋江便拜。宋江连忙答礼，说道："壮士大哥请坐！"

李逵坐了，一看桌上放着小酒盏，连声叫道：酒保！换个大碗来！"

宋江和戴宗被李逵逗得哈哈大笑起来。宋江问说："李大哥，刚才为什么在楼下发怒？"

"我有一锭大银，抵押了十两小银使用。刚才问这家主人借十两银子去赎那大银，好兑换了再还他，不料这主人不肯，我正要打他时，却被大哥叫住了。"李逵说。

"只要十两本银，不要利息么？"宋江问。

"利息我已经有了，只要十两本金。"李逵答。

宋江就去身边取出十两银子，交给李逵，说道："大哥你去赎回来花用！"

戴宗正想阻止，李逵已接过银子，往怀里一塞。说道："好呀！等我赎了银子回来，请你们到城外去吃酒。"说完，一阵风似的下楼走了。

戴宗看李逵走了，才说："兄长也太慷慨了！他分明是骗了钱去赌，如果赢了会送还哥哥，如果输了，哪有钱还你，到那时我戴宗面上不好看。"

"尊兄何必见外，这些银子，何足挂齿？由他去赌输了罢。我看这人倒是个忠直汉子！"宋江笑着说。

"这人本领倒有，只是粗心大胆，在江州牢里，吃醉酒时，倒不去欺负罪犯，只去打一般强硬的牢卒，因此我常代他受累。专门路见不平，好打强汉，所以江州的人都怕他。"戴宗又把李逵的情形说给宋江听。

"俺们再吃两杯，却去城外闲玩一遭？"宋江说。

"小弟也正有此意。"戴宗说罢，引着宋江步下酒楼。

李逵得了银子，寻思道："难得！宋江哥哥又不曾和我深交，便借我十两银子。果然是仗义疏财，名不虚传！只恨我这几天输了钱，没法请他。如今得了他这十两银子且去赌一赌。倘若赢得几贯钱来，请他一请，也好看。"立定主意，就慌忙跑到城外小张乙赌房里来。把银子往赌桌上一放，便争着要赌。这时赌具被别人占着，不肯给他，小张乙也劝他这次暂时在旁押宝。可是李逵不肯，一把把赌具抢在手中，说："我这盘赌五两银子，谁押注？"

"我押！"小张乙说。

李逵抓起头钱[2]，往外一掷，嘴中叫声："快！"[3]定眼看时却是"叉"[4]。小张乙便伸手把钱拿了过来。李逵叫道："我的银子是十两！"

"你再博我五两'快'，便还你这锭银子！"小张乙答。李逵又抓起头钱，掷出去，嘴中叫声："快！"却又博了个"叉"。

"我叫你休抢头钱，且歇一博，你偏不听，如今一连博了两博'叉'！"小张乙一边说话，一边把银子收到面前。

"这银子是别人的！"李逵叫道。

"是谁也不济事了！你既输了，却说什么？"小张乙说。

"没奈何！且借我一借，明日送来还你。"李逵说。

"说什么闲话。'赌钱场上无父子'！你既输了，还来啰唆什么？"小张乙不悦地说。

李逵有些焦急，把布衫拽起在前面，口中叫道："你还不还？"

"李大哥，平常你赌钱最直爽，今日怎么如此不大方？"小张乙也瞪着眼睛叫。

李逵一声不响，伸出五指，就小张乙面前抢过银子，又在赌桌上抢了别人的十来两银子，都搂在布衫兜里，睁起双眼，叫道："老爷平常赌得直爽，今日权且不大方一次！"说着就要走。

小张乙急忙向前去夺，被李逵用手一指，就跌了一跤。于是十二三个赌客一齐拥上去，被李逵指东打西，指南打北，把他们打得四处乱窜，李逵夺门就走，把门的想要拦阻，却被李逵一把抓开，一脚踢开大门，不顾一切地往前走。小张乙和众人却在后面追，嘴中喊着："李大哥！你太没道理，怎能抢了我们的银子！"

李逵突然觉得背后有人赶上来，捉了肩膀，李逵回头看时，却是戴宗和宋江。李逵一时惶恐满面，便说："哥哥休怪！铁牛平常赌博直爽，今天不料输了哥哥的银子，又没钱请哥哥吃酒，所以急了，才做出这种事。"

宋江听了，哈哈大笑说："贤弟！你若要钱用，只管向我来拿，今天既是输了，快还给人家！"

李逵只得从布衫里掏出银子，都递给宋江。宋江把钱还给了众人。小张乙接过银子，说道："二位官人，小人只拿了自己的。这十两银子虽然是李大哥输给我的，如今小人宁愿不要，免得他记仇！"

"你只管拿去，李逵不会记恨！"宋江说。

可是小张乙哪里肯？宋江便说："那你把钱拿去赔打伤的人罢！"

小张乙这才收了银钱，拜谢而去。

众人都散了，宋江随即邀了戴宗、李逵来到了浔阳江边的琵琶亭酒馆。据说这是唐朝白乐天古迹，一边临江，一边是店主人家房屋，戴宗选了一处僻静座位，酒保送来了两樽"玉壶春"酒，此是江州有名的上酒，开了泥头，一阵阵香味扑鼻传来。宋江吩咐酒保说："我两个前放两只盏子，这位大哥前面放个大碗！"

李逵一听大喜。拍手说："真是好个宋哥哥，了解我的性格，结拜这么一位哥哥，也不枉了！"

宋江心中欢喜，多吃了几杯，忽然心里想要辣鱼汤吃，便问戴宗说："这里有新鲜鱼吗？"

"兄长，你不见满江都是渔船？此地正是鱼米之乡，怎么没有鲜鱼？"戴宗指着江中说。

"想吃些辣鱼汤醒酒？"宋江说。

戴宗便唤酒保吩咐，不一会儿就端了三碗加辣点的红白鱼汤来。宋江说道："'美食不如美器'，没想到酒肆之中，竟有如此精致器皿。"拿起箸来，相劝戴宗、李逵，自己也吃了几口，喝了些汤汁。却见李逵并不用筷，便去碗里捞起鱼来，连骨头都吃了。宋江看了忍笑不住，喝了两口汁，便不吃了。戴宗说："兄弟，一定是腌鱼，不中仁兄意了。"

"刚才只是酒后想吃口鲜鱼汤，这鱼确是不甚好！"宋江说。

李逵一看宋江和戴宗都把筷放下了。就伸过手来去宋江和戴宗的碗里捞起鱼来，连骨刺都吃了，滴滴点点淋了一桌子汤汁。宋江见李逵把三碗鱼汤和骨头都吃了，心想他一定是肚子饿，就吩咐酒保说："你再切二斤牛肉给这位大哥吃。"

"小店只卖羊肉……"酒保话没说完，便被李逵泼得满脸鱼汤。戴宗叫道："你又做什么了？"

"这小子无礼，欺负我只吃牛肉，不卖羊肉给我吃！"李逵应道。

宋江连忙跟酒保赔不是。酒保只得忍气吞声地去切了二斤羊肉来，李逵也不客气，用手大把抓着吃，不一会儿，就把二斤羊肉吃光了，摸摸嘴巴笑道："还真是宋大哥了解我！"

戴宗因为刚才的鱼不太新鲜，所以就问酒保说："酒店中可有新鲜的鱼？"

"不瞒官人，刚才的鱼，确是昨天腌的。今天的活鱼还在船上，等卖鱼主人来了，才敢买卖。"酒保说。

李逵一听，跳起来说："我自去讨两尾活鱼来给大哥吃。打鱼的不敢不给我。"

戴宗阻拦不住，李逵已一直去了。只得对宋江说道："兄长休怪！小弟引这等人来相会，全没体面，羞杀人了。"

"他生性如此，如何能改，我倒敬重他的真实不假。"

宋江却笑着说，一点也不以为意。

李逵走到江边，看见约有八九十只渔船，都停系在绿杨树下，一字排着。船上渔人，有斜枕着船艄睡的，有在船头上结网的，也有在水里洗浴的。此时正是五月半天气，一轮红日已快西沉，还不见主人来开舱卖鱼。李逵走到船边，大叫说："你们卖两条船上的活鱼给我？"

"卖鱼主人还没来，我们不敢开舱。你看！那些鱼贩都在岸上等着呢？"渔船上的人答。

"等什么主人，先拿两尾鱼来给我！"李逵还是叫个不停。但是渔船上的人依然不肯，李逵一时大怒，跳上一只船，只顾把竹笆篾来拔，渔人在岸上大叫"完了！完了！"李逵伸手去舱板底下摸，却发现一条鱼也没有。原来那大江里的渔船，船尾开半截大孔放江水出入，养着活鱼，而用竹笆篾拦住，以此船舱里活水来往，养放活鱼，因此江州有好鲜鱼。这李逵哪里懂得，倒先把竹笆篾拔了，把一舱活鱼都放走了。李逵又跳到另一只船上去拔。那七八十个渔人都拿竹篙来打李逵。李逵大怒，焦躁起来，便脱下布衫，只穿了短裤，见乱篙打来，两手一架，早抢了五六条在手里，像扭葱般地都折断了。渔人们都大吃一惊，纷纷解了缆，把船撑开去了。李逵更加气愤，竟赤条条地拿了截断篙，上岸来打鱼贩，鱼贩们也都纷纷挑了担逃走。正在闹哄哄一片混乱的时候，只见一个人从小路里走出来。众人看见，叫道："主人来了！这黑大汉在此抢鱼，把渔船都赶跑了。"

那人一听大怒，立刻抢过去，指着李逵骂道："你这家伙是吃了豹子胆了，竟敢来扰乱老爷的道路！"

李逵看那人时，见他有六尺五六身材，三十二三年纪，三绺掩口的黑胡，头上裹了顶青纱万字巾，脚穿一双青白枭脚多耳麻鞋。李逵也不回话，抢起竹篙，便朝那人打去。那人不退反进，早夺了竹篙。李逵一把揪住那人的头发，那人便奔他的下三路，要想绊倒李逵，万没想到李逵力大如牛，用力一推就把那人推开。眼看近身不得，那人便往李逵肋下打了几拳，李逵毫不在意。那人又飞起脚来踢，被李逵一直把他的头按下去，提起铁锤般大小的拳头，往那人背脊上播鼓似的打，打得那人挣扎不得。

李逵正打得忘形，忽然被人从背后抱住，李逵回头看时，却是宋江，李逵只得停手，那人乘机一溜烟似的跑了。宋江说道："兄弟，快把衣服穿了，一同去吃酒！"

李逵自柳树根头拾起布衫，搭在胳膊上，跟了宋江、戴宗便走。走不到十几步，只听得背后有人骂道："黑杀才！今番要和你见个输赢！"

李逵回头看时，又是那人，只见他脱得赤条条的，穿着一条丁字水裤，露出一身雪般的白肉，在江边，独自一人用竹篙撑着一只渔船，赶过来，口里大骂："千刀万剐的黑杀才！老爷怕你的不算好汉，走的不是好汉子！"

李逵被骂得七窍生烟，吼了一声，撇下布衫，转过身来向渔船奔去。那人故意把船略拢来凑在岸边，用一手把竹篙点定了船，口里大骂着。李逵也骂道："好汉便上岸来！"

那人拿了竹篙往李逵脚上去搠，撩拨得李逵火起，一下跳在船上。说时迟，那时快，那人只要诱得李逵上船，把竹篙往岸边只一点，双脚一蹬，那条渔船便像脱了弦的箭似的，投到了江心。李逵虽然略识水性，但苦不甚高，当时已慌了手脚。那人不再叫骂，撇了竹篙，叫道："你来！今番和你见个输赢。"

说着便把李逵的胳膊抓住，口里说："我先不和你厮打，叫你吃些水再说。"

两只脚把船只一晃；船底朝天，两个好汉都扑通地翻筋斗撞下江里去。

宋江、戴宗赶到岸边时，那只船已翻在江里，两个人只在岸上叫苦。江岸边早拥上三五百人在柳荫底下看，都拍手叫着："这黑大汉今番着了道儿了，便挣扎得性命，也必吃了一肚皮水。"

宋江和戴宗在岸边看时，只见江面浪花沸白，那人把李逵提将起来，又淹了下去，两个正在江心清波碧浪之中翻滚，一个浑身黑肉，像头野牛，一个露出遍体霜肤，像条白鲨，打作一团，绞作一块，江岸上那三五百人没一个不喝彩。

当时宋江看见李逵被那人在水里揪住，浸得眼白，又提起来，又按下去，老大吃亏，便叫戴宗央人去救。戴宗问众人说："这白大汉是谁？"

"这白大汉便是本处卖鱼主人，唤叫张顺。"有人答。

宋江听了，才猛然想起："莫不是绰号'浪里白条'的张顺。"于是立刻对戴宗说："我有他哥哥张横的家书在营里！"

戴宗听了，就向江里高声叫道："张二哥，不要再打了！有你令兄张横的家书在此！这黑大汉是俺的兄弟，你且饶了他，上岸来说话。"

那张顺在江心，听说有哥哥的书信，便放了李逵，李逵正在水里探头探脑，载沉载浮，张顺带住了李逵的一只手，自己把两条腿踏着水浪，如行平地，那水浸不过他的肚皮，只淹着脐下，摆了一只手，直托李逵上岸来。江边的人个个喝彩。宋江看得呆了半晌。张顺、李逵都到了岸上，李逵喘作一团，口里只吐白水。戴宗说："且请你们都到琵琶亭上说话。"

张顺讨了件布衫穿着，李逵也穿了布衫。四个人再走到琵琶亭上来。戴宗对张顺说："二哥，你认得我么？"

"当然认得，只是无缘，不曾拜会。"张顺说。

戴宗又指着李逵问张顺说："足下日常可认得他么？今日倒顶撞了你。"

"小人如何不认得李大哥，只是不曾交手。"张顺说。

"你也淹得我够了！"李逵苦着脸说。

"你也打得我好了！"张顺接了一句。

戴宗拉着两人手说："你两个今番做个至交的兄弟。常言道：'不打不相识。'"

"你路上休撞我！"李逵瞪着张顺说。

"我只在水里等你便了！"张顺扮个鬼脸。

四人都相对哈哈地大笑起来。

【注释】

①院长：宋朝时，金陵一路节级都称呼作"家长"；湖南一路节级都称呼作"院长"。

②头钱：一种赌具，摊若干钱在手掌上，向外簸出，看有几个正面，几个背面，以定输赢，那钱就叫"头钱"。

③快：头钱全是背面，叫作"快"。

④叉：头钱全是正面，叫作"叉"。

214

第十二章　劫法场

　　宋江寻戴宗、李逵不着，独自一人，闷闷不已，信步走到城外来，欣赏着江景，不知不觉走到了一座酒楼前，仰脸看时，旁边竖着一根望竿，悬挂着一面青布酒旗，上写着"浔阳江正库"，雕檐外一面牌额，上有苏东坡题的"浔阳楼"三个大字。宋江心里暗暗叹佩。寻思道："我在郓城县时，只听说江州有座浔阳楼，原来就在这里。我虽然只独自一人，也不可错过，何不上楼去，欣赏一番。"宋江来到楼前，看见门边朱红色的华表上有两面白粉牌，各有五个大字，写道："世间无比酒"、"天下有名楼"。宋江就登上楼来，去靠江边占一座阁子里坐了，凭栏举目，美如图画，喝彩不已。酒保立刻笑脸迎了上来，说："官人，要待客，还是独自消遣？"

　　"要待两位客人，还没来。你且先拿一樽好酒，果品肉食，只顾卖来，鱼便不要。"

　　少时，酒保用一托盘托上楼来，一樽"蓝桥风月"美酒，摆几样肥羊、嫩鸡、酿鹅、精肉，都是用朱红盘碟。宋江看了暗喜，

215

自夸道："这般整齐肴馔，精致的器皿，真是个好地方。我虽是犯罪远流到此，却也看了真山真水。我家乡虽也有几处名山古迹，却无此等景致。"于是独自一人，一杯两盏，倚栏畅饮，不知不觉多吃了几杯，有些醉了。突然心头涌上心事，寻思道："我生在山东，长在郓城，学吏出身，结识了多少江湖好汉，虽留得一个虚名，如今已经三十岁出头，名又不成，功又不就，倒被文了双颊，配来这里！我家乡中的老父和兄弟，不知何时才能相见。"不禁潸然泪下，临风触目，感恨伤怀，忽然作了一首《西江月》词，就向酒保索借了笔砚来，起身来玩赏，见壁上多有先人题咏。宋江心想："何不就也题在此，倘若他日荣华富贵了，再经过此地，重睹一番，以记岁月，追思今日的心头烦忧。"于是乘着酒兴，磨得墨浓，蘸得笔饱，在那白粉壁上写道：

自幼曾攻经史，长成亦有权谋。恰如猛虎卧荒丘，潜伏爪牙忍受。不幸刺文双颊，哪堪配在江州！他年若得报冤仇，血染浔阳江口！

宋江写罢，自己欣赏了一会儿，大喜大笑，又饮了数杯酒，不觉狂荡起来，手舞足蹈，又拿起笔来，在那首《西江月》后面，再写上四句诗：

心在山东身在吴，飘蓬江海漫嗟吁。

他时若遂凌云志，敢笑黄巢不丈夫！

宋江写罢诗，又在后面署上"郓城宋江作"五个大字，写罢，把笔往桌上一掷，又自己吟咏了一会儿，再饮了数杯酒，不觉醉了，便叫酒保来结了酒账，拂袖下楼，踉踉跄跄地回到营里，开了房门，倒在床上，一直睡到五更，酒醒时已全然不记得昨日在浔阳江旁酒楼上题诗的事。当日害酒，整天都睡在卧房里，没有出去。

在浔阳江的对岸，有个小城镇，叫做无为军，是一个荒僻的野地。城中有个闲散的通判，姓黄，双名文炳。这人虽然读过经书，却是阿谀谄佞之徒，心地褊窄，又嫉贤妒能，只要是胜过自己的人，就设计陷害，不如自己的人就捉弄，专在乡里里害人。他知道江州知府蔡九是当朝蔡太师的儿子，所以每每来讨好，时常过江来访谒知府，指望他能引荐自己出去做官。也是宋江命该受苦，撞上了这对头。这一天黄文炳在家中闲坐，无所消遣，就带着两个仆人，买了些时新的礼物，雇了一艘快船渡过江来，直接去探问蔡九知府，碰巧府里有宴会，不敢进去，准备回去找渡船回家，而仆人把船正泊在浔阳楼下。黄文炳因天气闷热，就去楼上闲坐一会儿，信步踱到酒库里来，转到楼上凭栏消遣，看到壁上题咏很多；有做得好的，也有歪谈乱道的，黄文炳看了冷笑。正看到宋江在壁上题《西江月》词和四句诗时，不觉大惊失色，心想："这分明是反诗！谁写在此？"再往后看，下面竟题署"郓城宋江作"五字，觉得好像见过这人，一时又想不起来，就把酒保找来，问道："这两篇诗词是谁题在此处？"

"夜来一个客官独自吃了一瓶酒，写在这里的。"酒保答。

"这人什么模样？"黄文炳追问。

"面颊上有两行'金印'，多半是牢城营里的人。生得黑矮肥胖。"酒保答。

"是了！"黄文炳说了一声，立刻向酒保借了笔砚，取幅纸来把反诗抄了，藏在身边，并吩咐酒保，不要刮去。

黄文炳下楼，在船中歇了一夜。次日，饭后，命仆人挑了礼物，一直送到府前。正值知府退堂在衙内，见门人报告是黄文炳前来拜见，就邀请在后堂招待。黄文炳说："文炳夜来渡江，到府拜望，闻知公宴，所以不敢擅入。今日重复拜见恩相。"

"通判是心腹之交，进来同坐何妨，下官有失迎迓。"

蔡知府客套地说。此时黄文炳为了邀功，故意打听京师近来是否有新闻发生。蔡九说："家尊写来书信上说：'近日太史院司天监奏报：夜观天象，罡星照临吴楚，恐怕有人作乱。加之街市小儿谣言说：'耗国因家木，刀兵点水工；纵横三十六，播乱在山东。'因此，嘱咐下官，紧守地方。"

黄文炳寻思了半晌，忽然笑道："恩相！事非偶然也！"

说时从袖中拿出所抄的诗词，呈给知府看。知府看罢，说："这是反诗！不过照诗中看，只是个配军！量他能做得什么？"

"相公！不可小觑了他！刚才相公所言尊府恩相书中说的小

儿谣言，正应在这人身上。"黄文炳道。

"何以见得？"知府问。

"'耗国因家木'，耗散国家钱粮的人，必是'家'头着个'木'字，明明是指'宋'字；第二句'刀兵点水工'兴起刀兵之人，'水'边着个'工'字，明是个'江'字。这个人姓宋名江，又做下反诗，明是天数。"黄文炳解释说。

"那么'纵横三十六，播乱在山东'二句呢？"蔡九追问。

"或是六六之年，或是六六之数'播乱在山东'，今郓城县正是山东地方。这四句谣言已都应了。"黄文炳答。

"不知此间有这个人么？"蔡九仍有些疑惑。

"这个不难，只要拿牢城营文册一查，便知。"黄文炳答。

蔡九觉得有理，立刻唤从人到库内拿过牢城营里文册簿来看，蔡知府亲自翻检，看见后面果然有"五月间新配到囚徒一名，郓城县宋江。"黄文炳看了说："正是应谣言的人，非同小可！如是迟缓，恐怕走漏消息，可急差人捕获，下在牢里，再做商议！"

蔡九也觉事态严重，立即升厅，叫唤两院押牢节级过来。厅下戴宗应诺。知府说："你与我带了公差，快去牢城营里捉拿浔阳楼吟反诗的犯人，郓城县宋江来，不得有误！"

戴宗一听，大吃一惊，心里只得叫苦。随即出了府来，点了众节级牢子，都叫他们各去家里拿了器械，到他住处隔壁的城隍庙里集合。戴宗吩咐完毕，见各人都散了，急忙作起神行法，赶到了牢城营里，直接到了抄事房，推开门，看见宋江正在房里。

宋江一见戴宗，就把前日入城寻不到戴宗，独自到浔阳楼吃酒的事说了。戴宗却说："哥哥，你前日却在楼上写下了什么言语？"

"醉后狂言，谁个记得！"宋江摇摇头全不在意。

"刚才知府唤我当厅发落，叫多带从人捉拿浔阳楼上题反诗的宋江。兄弟我吃了一惊，先去稳住众公差，叫他们在城隍庙等候，我特来先报知你。哥哥，你看怎么办？如何解救？"戴宗焦急不已。

宋江听罢，搔首不知痒处，只叫着："我今番死定了！"

戴宗寻思了一会儿，说道："我教仁兄一个解危办法，不知好不好？现在我已不能再耽搁，要马上回去带人来捉你。你可披头散发，把屎尿泼在地上，便倒在里面，装作发疯，等我带人来时你就胡言乱语，我自去替你回复知府。"

宋江心想也别无他途，只得答应了。戴宗慌忙赶回城里，到城隍庙跟众人会齐，一直奔到牢城营来，假意问道："哪个是新配来的宋江？"

牌头引众人到了抄事房里，只见宋江披头散发，倒在尿屎坑里打滚，见戴宗和众人进来，便大叫："你们是什么东西？"

戴宗暴喝一声："捉拿这厮！"众人正要上前，宋江却白着眼，乱打起来，口里嚷道："我是玉皇大帝的女婿！丈人叫我领十万天兵来杀你江州人！阎罗大王做先锋！五道将军做顺从！给我一颗金印，重八百余斤，杀你这般王八蛋！"

众公差都停住了脚。说："原来是个失心疯的汉子！我们拿他去何用？”

“说的是，我们且去回话。要拿时，再来！”戴宗说罢，引了众公差回到州衙里，回复知府道：“原来这宋江是个失心疯，屎尿秽污全不顾，口里胡言乱语，浑身臭粪，因此不敢拿来。”

蔡知府正要问缘故时，黄文炳已经从屏风后转了出来，对知府说：“看他写的诗词，不像疯子。其中恐怕有诈，不管怎样只顾拿来，若走不动时，扛也扛来！”

蔡知府见黄文炳说得十分有理，就命令戴宗说：“你们只管去捉来！”

戴宗领了钧旨，虽然心中叫苦，但又不能不服从。只好带了公差去把宋江用个大竹箩扛了来。众公差把宋江押在阶下，可是宋江就是不肯跪，睁着眼，见了蔡九，依旧疯疯癫癫，胡言乱语。蔡九看了毫无办法，问不出一点口供。这时黄文炳又说话了。他说：“知府！且唤本营的差拨和牌头来问，若是来时已经疯了，便是真的；若是近日才疯，必是诈疯。”

蔡九听了连连点头，立刻传令唤来了管营和差拨。这两人哪里敢隐瞒，说宋江来时并不疯。蔡知府一听大怒，叫来牢子狱卒，把宋江捆了，一连打了五十大板，打得宋江一佛出世，二佛涅槃，皮开肉绽，鲜血淋漓，只得招了。此时宋江两腿已被打得走不动，被牢卒拖进了死囚牢里收了。

蔡知府退堂后，邀请黄文炳到后堂饮宴，称谢道：“若非通判高明远见，下官险些被这厮瞒过。”

"相公在上，此事也不宜迟，急急修封书信，差人星夜送到京师，报告尊府恩相知道，显得相公干了这件国家大事。"黄文炳又说。

蔡九听了大喜，立刻写了家书，命令戴宗，叫他连夜送去京师。随后对黄文炳说："我信上已荐举了通判的功劳，使家尊面奏天子，早早升授一个富贵城池给通判，去享受荣华。"

黄文炳听了，心花怒放，在知府衙门里住了一夜，第二天便欢天喜地地回无为军去了。

戴宗接了蔡知府的书信以后，烦恼了整夜，却又想不出解救宋江的办法，心想只有去梁山泊找军师吴学究设法，于是安排李逵好好侍候宋江，自己换了行装，便袋里藏了书信、盘缠，出到城外，从身边取出四个甲马①，在每只脚上各拴了两个，口里念起神行法咒语，顷刻间就离了江州。行走的速度真是风驰电掣一般，一路上只吃些素饭、素点心，晚间投宿时解下四个甲马，取数箔金纸烧送了，才安歇。如此走了几日，不觉已到山东地界。此时正是六月初旬天气，蒸得汗雨淋漓，满身湿透，戴宗正觉肚子有些饿了，又怕中了暑气，正好望见前面树林旁有一座傍水临湖的酒肆。戴宗捻指间就走到了店前，选了个干净的座位坐了。戴宗此时不能吃荤腥，所以只叫酒保随便送些素菜来。不一会儿，酒保端来了一碗豆腐、两碟蔬菜和三大碗酒。

戴宗正饥，又渴，一口气就把酒菜全吃了。正想再盛些饭时，只觉得天旋地转，头晕眼花，往凳子边倒了下去。这时店里走出一个人来，正是梁山泊的旱地忽律朱贵。朱贵看戴宗倒在地上，就叫两个伙计去搜戴宗身上的东西，只见便袋里搜出一个纸包，包着一封信，取过来交给朱贵。朱贵拆开一看，不觉大惊，半晌作不出声来。这时伙计已经把戴宗抬进杀人房里去准备开剖，却从戴宗身上溜下来一块宣牌②。拿起来一看，只见上面写着"江州两院押牢节级戴宗"。朱贵立刻说："且不要动手！我常听吴用军师说，这江州有个神行太保戴宗，是他的至友，莫非就是此人？但他为什么要送书信去害宋江？"

朱贵叫伙计用解药把戴宗救醒，准备问个明白。当戴宗舒眉展眼醒转过来时，却见朱贵拆开蔡九的家书在手里，便喝道："你是什么人？好大胆！用蒙汗药麻翻了我，如今又把太师府书信擅开，拆毁了封皮，该当何罪？"

"这封信算什么？就是大宋皇帝，我们也敢做对头。"朱贵哈哈大笑起来。

"好汉，你却是谁？如此狂言！"戴宗表情惊讶。

"俺是梁山泊好汉旱地忽律朱贵。"朱贵说。

"既是梁山泊头领，定然认得吴学究先生。"戴宗问。

"吴学究是俺大寨里军师，执掌兵权。足下如何认得他？"朱贵有意试探戴宗。

"我和他是至友。"戴宗答。

"兄长莫不是军师常提起的江州神行太保戴院长么？"朱贵故意问。

"小可便是。"戴宗答。

"前时，宋公明断配江州，经过山寨，吴军师曾寄一封书信与足下，如今却为何反来害宋三郎性命？"朱贵又问。

戴宗这才把宋江在浔阳楼酒后写反诗的详情说了一遍，才说："如今，我就是想去寻吴学究，想办法解救宋大哥！"

"既然如此，请院长亲到山寨里与众头领商议良策，可救宋公明性命。"说罢，朱贵一面慌忙叫准备酒食，请戴宗吃，一面就到水亭上，看着对港，放了一支号箭，响箭到处，早有小喽啰摇船过来。朱贵带戴宗直到金沙滩上岸，引至大寨。吴用见报，连忙亲自下关迎接，见了戴宗，不免叙礼一番。吴用引戴宗到聚义厅和众头领相见。朱贵说起戴宗上山的缘故。晁盖听了大惊，便要点起人马，下山去打江州，救宋三郎上山。吴用谏道："哥哥，不可造次。江州离此间路远，军马去时，恐怕会'打草惊蛇'倒送了宋公明的性命。此一件事，不可力敌，只有智取。吴用不才，略施小计，只在戴院长身上，定要救宋三郎性命！"

"愿闻军师妙计。"晁盖问得急迫。

"如今蔡九差院长送信去东京，讨太师回报，不如将计就计，写一封假回书，叫院长带回去。信上只说：'把犯人宋江立刻解送京师，定行处决示众，断绝童谣。'等他解来此间经过时，再差人下山夺了。此计如何？"吴用说出妙计。

"好却是好，只是没人会写蔡京笔迹。"晁盖有些疑虑。

"吴用已思量在心里。如今天下盛行四家字体。所谓苏东坡、黄鲁直、米元章、蔡京，此是宋朝四绝。小生曾认识济州城里一个秀才，姓萧名让，他会写诸家字体，人称'圣手书生'。不如就叫戴院长到他家，骗他说泰安州岳庙里要写道碑文，先送五十两银子在此，作安家之资，便要他来，随后就派人去把他家老小也接上山来，叫他入伙，如何？"吴用说。

"可是图章印记怎办？"晁盖仍有些顾虑。

"这个小生也有主意。小生有个旧识，也是中原一绝，他也住在济州城里，姓金名大坚，雕刻一手好图书玉石印，人称'玉臂匠'，也可依计把他骗上山来。"吴用说。

晁盖这时才觉满意。当日安排筵席，招待戴宗。次日又烦请戴宗，带着一百两银子，拴上甲马下山，把船渡过金沙滩上岸，施展起神行法，奔到济州去。不到两个时辰，早到了城里，寻问到了圣手书生萧让，原来萧让和玉臂匠是朋友，所以由萧让带路，很容易地就也请到了金大坚。两人见有五十两银子的重酬，所以都一口答应了。随即都带了工具，一齐同行，出了济州城，行不到十里多路。戴宗说道："二位先生慢走，小可先去报知众上户来接二位。"

拽开步数，争先去了，而这两个则背着包裹，自慢慢地行走。看看已是未牌时候，约莫走了七八十里路，只见前面一声唿哨响，山坡上跳下一伙好汉，约有四五十人，为首的正是矮脚虎王英。王英大喝一声："孩儿们！拿这厮，取心来吃酒！"

萧让和金大坚却也有一身本事，便径奔王矮虎，三人缠斗起来，大约战了五七回合，王英卖个破绽，转身便走，两人正要去追时，猛听得山上锣声又响。左边走出"云里金刚"宋万，右边走出"摸着天"杜迁，背后是"白面郎君"郑天寿，各带三十余人一齐上，才把萧、金二人横拖倒拽，捉到山寨去了。

到了山寨，吴学究早已在寨门外迎接，斥令众人赶快松了二人绳索，连赔不是，并且说明了山寨求贤用人，有意请二人上山入伙，共聚大义。萧让、金大坚和吴用原是旧识，眼看已经到了山寨，只得推说："我们在此趋侍不妨，只恨各家都有老小，明日官府知道了，必遭祸害。"

"二位贤弟不必忧心……"吴用话还没说完。只见小喽啰来报说："都到了！"

吴学究笑道："请二位贤弟，亲自去接宝眷！"

萧、金二人半信半疑，下到半山，只见数乘轿子，抬着两家老小上来。二人都闭口无言，只得死心塌地回到山寨入伙了。晁盖一时大喜，在山中设下宴席款待。

次日，吴学究请萧、金二人安排了回书，交给戴宗，立刻起程送回江州蔡九知府处。戴宗走后不久，只见吴用大叫："苦也！"

众头领一听都惊讶万分，急忙问道："军师何故叫苦？"

吴用叹了口气说："你众人不知：是我这封信，倒送了戴宗和宋公明的性命。"

"军师信上出了什么差错？"众头领大惊失色。

"是我一时不仔细。如今江州蔡九知府是蔡太师的儿子，而我让金贤弟刻的却是'翰林蔡京'四字，天下哪有父亲给儿子写信用自己的名字？因此差了，戴院长回到江州必受盘问，查出实情，却是厉害！"吴用说。

"快使人去追戴宗回来！"晁盖说。

"不行！他作起神行法来，早晚已走过五百里了，只是事不宜迟，我们只有如此如此，或能救得戴宗和宋公明二人。"吴学究附在晁盖耳旁说了几句。

一时众多好汉得了将令，各自整束行头，连夜下山，往江州而去。

戴宗回到江州，当厅呈上回信，却被黄文炳一眼识破，当堂把戴宗捆翻，打得皮开肉绽，鲜血迸流。戴宗挨不过毒打，只得招了。于是蔡九知府立刻升厅，便唤当案孔目来吩咐道："明日午时三刻，将要犯宋江、戴宗押赴市曹斩首示众。自古道：'谋逆之人，绝不待时。'免致后患！"

当案的孔目姓黄，和戴宗私交颇好，想救他却别无良策，只图替戴宗少延残喘，于是灵机一动，当即禀道："明日是个国家忌日，后日又是七月十五中元节，皆不可行刑，直到五日后，才可行刑。"

蔡知府听罢，依准了黄孔目的言语，直等到第六日早晨，先差人去十字路口打扫了法场。早饭后点起士兵和刀仗剑子手，约有五百余人，都在大牢门前侍候。巳牌时分，狱官禀了知府，亲自来做监斩官。黄孔目只得把犯由牌呈堂，当厅判了两个"斩"字，使用片芦席贴起来。当时打扮已了，在大牢里把宋江、戴宗五花大绑，又用胶水刷了头发，绾个鹅梨角儿，各插上一朵红绫子纸花，驱至青面圣者神案前，各给了一碗"长休饭"、"永别酒"。吃罢，辞了神案，转过身来，搭上利子。六七十个狱卒早把宋江在前、戴宗在后，推拥出牢门前来。宋江和戴宗两个面面相觑，各作声不得。宋江只把脚来踢，戴宗低着头只叹气。江州府看热闹的人，真是压肩叠背，何止万人！押到市曹十字路口，团团枪棒围住，让宋江面南背北，戴宗面北背南，只等午时三刻，监斩官到来开刀。

这时只见法场东边，一伙弄蛇的丐者，强要挨入法场里看，众士兵赶打不退，正在相闹着。只见法场西边，一伙使枪棒卖药的，也强挨进来。士兵喝道："你这伙好不晓事！这是何等场所，也要强挨进来看。"

"你这里算什么！我们冲州撞府，哪里没去过？便是京师天子杀人，也让人看；你这小地方，砍得两个人，闹动了世界，我们便挨出来看一看，有什么要紧的。"那伙使枪卖药的也开始起哄。

正闹腾着，只见法场南边，一伙挑担的脚夫，又要挨进来。士兵喝道："这里哪有出路，你挑哪里去！"

"我们挑东西是送给知府大人的，你们如何阻挡我？"那伙挑担的也和士兵闹起来。

"便是相公衙里的人，也只得去别处过一过。"士兵阻止。

那伙人就歇下担子，都拿着扁担，站在人丛里看热闹。只见法场的北边，一伙客商推两辆车子过来，定要挨进法场。士兵喝道："你这伙人哪里去？"

"我们要赶路程，能否行个方便！"推车的客商答。

"要赶路从别处过！"士兵阻止。

"你说得好！俺们是京师来的，不认得路，只知从大路走！"推车的客商笑着说。

士兵哪里肯放，那伙客人齐齐地也都站着不动了。四处吵闹不停，这蔡九知府也禁止不得。又见那些客商都爬到了车顶上去看。没多时，只听法场中间有人高声喊道："午时三刻……"

监斩官站了起来，猛拍一声桌案说："斩讫报来！"

两边的刽子手便去开枷，行刑的人执定法刀在手。顿时全场鸦雀无声。说时迟，一个个要见分明；那时快，闹攘攘一齐发作。只见那伙站在车上的客商，刚听得一个"斩"字，其中一个客人立刻取出一面小锣儿，站在车上当当地敲得两三声，四下里一齐动手。又见十字路口茶坊楼上一个彪形黑大汉，脱得赤条条的，两只手握住两把板斧，大吼一声，像晴天响起一声雷，从半空中跳下来，手起斧落，早砍翻了两个行刑的刽子手，便往监斩官前砍来。众士兵都急忙用枪去挡，可是哪里挡得住？众人只有簇拥着蔡九知府逃命去了。

东边那伙弄蛇的丐者，身边都已掣出尖刀，看着士兵便杀；西边那伙使枪卖药的也大发喊声，杀倒了一排狱卒。南边那伙挑担的脚夫，抢起扁担，横七竖八，打翻了许多士兵，连看的人也遭了殃。北边那伙客人，都跳下车来，推着车子，往士兵身上冲撞。两个客商钻了进去，一个背着宋江，一个背了戴宗。其余的人，有射箭的，有丢石头的，也有取出标枪来标人的。原来这四方里喊杀的人，都是梁山泊来的英雄好汉。但是对那个人丛里杀人最多的黑大汉，却没人认识。但见他火杂杂地抢起大斧只顾砍人，晁盖便叫背着宋江、戴宗的两人，只顾跟着黑大汉走，当时在十字街口，不问军官、百姓，杀得尸横遍地，血流成河，一直杀出城来，不一会儿已杀到江边，那黑大汉满身是血，兀自还在江边追杀人。晁盖大叫道："不干百姓事，休只管伤人！"

那黑汉此时哪里听得见，一斧一个，还是杀个不停。哀号之声，好不凄惨。约莫离江沿岸上走了五七里路，只见前面尽是滔滔江水，一望无际，已没有陆路。晁盖看到此种情形，只得叫苦。那黑大汉方才叫道："不要慌！且把哥哥背来庙里。"

众人都过来看时，见靠江边有一所大庙，两扇门紧紧地闭住。黑大汉用两斧把门砍开，便抢了进去，看到两边都是老桧苍松，林木遮映，前面牌额上，四个金书大字，写道"白龙神庙"。小喽啰把宋江和戴宗背到庙里歇下。这时宋江方才敢睁开眼睛，见了晁盖等众人，哭着说："哥哥，莫不是梦中相会？"

【注释】

①甲马：一种画有神佛像的纸。

②宣牌：表明官职的牌子。

第十三章　天性

梁山泊山寨里一连几日设宴，庆贺宋公明与父亲的团圆。忽然感动了公孙胜，使他思忆起自己也有个老母在蓟州，离家日子久了，不知她近况如何，所以也想暂别了众头领，回家去省亲。这日晁盖又在山寨里设下筵席为公孙胜饯行，宋江请他也去把老母接来山寨住。公孙胜却说："老母生平只爱清幽，吃不得惊怖，因此不敢请来。而且家中自有田产山庄，老母自能料理。贫道只去省视一趟就回来。"

晁盖看公孙胜一片孝心，于是只得约定百日为期，请公孙胜再归山寨聚义。饯行毕，众头领直送至金沙滩。公孙胜独自往蓟州而去。众头领席散，却待上山，只见黑旋风李逵在关下放声大哭起来。宋江连忙问道："兄弟，你如何烦恼？"

不问则已，一问之下，李逵哭得更是大声。半晌才说："这个去请爹，那个去望娘，偏只有铁牛是土掘坑里钻出来的！"

"你如今待要如何？"晁盖笑着问。

"我只有一个老娘在家里，我的哥哥又在别人家做长工，如何能奉养我母亲快乐？我想也去请她到山寨来享福。"铁牛说。

晁盖被铁牛的一番孝心感动，就说："兄弟说的是。我这就差几个人同你去把母亲接来山寨。"

"使不得！李家兄弟生性不好，回乡去必然有失。若是叫人和他去也是不好，况且他性如烈火，到路上必有冲撞。他又在江州杀了许多人，哪个不认得他是黑旋风？且过几时，等平静时再去不迟。"宋江出言阻止。

"哥哥你也是个不公平的人！你的爷可以请上山来快活，我的娘就由她在村里受苦？岂不是有意要气破我铁牛的肚子！"李逵焦躁地说。

"兄弟不要急躁，只依我三件事，便放你去。"宋江说。

"哥哥，你且说哪三件？"李逵问。

"第一件，接了母亲立刻回来，路上不可吃酒。第二件，因你性急，没有人陪你去，只你独自一人悄悄地接了母亲就回。第三件，你使用的两把斧头，不准带去。"宋江说。

"这有何难，哥哥放心，我全都依你。"李逵答得爽快。只挎一口腰刀，提条朴刀，带了一锭大银，三五个小银子，吃了几杯酒，与众人打个招呼，就往山下走了。宋江放心不下，对众人说："李逵兄弟此去必然有失，不知众兄弟中谁是他同乡？到他那里探听个消息。"

"只有朱贵是沂州沂水县人，和他是同乡。"杜迁说。

宋江立刻派人去山下酒店里请来了朱贵，说明了情形。朱贵说："小弟有个兄弟在沂水县西门外开酒店，正好回去看看。李逵家在百丈村，他有个哥哥叫李达，替人做长工。"

"你店中我请侯健去接替，你即时上路！"宋江说。

朱贵领了语言，回到店里收拾一下便匆匆追赶下去。

李逵独自离了梁山泊，一路上真的是不吃酒，不惹事。这天，已来到了沂水县的西门外，看见一簇人围着看榜示。李逵也挤在人丛里，听见有人读着榜文："第一名，正贼宋江，郓城县人。第二名，从贼戴宗，系江州两院押狱。第三名，从贼李逵，沂州沂水县人……"

李逵在背后听了，正待指手画脚，只见一个人抢向前来，拦腰抱住，叫道："张大哥！你在这里做什么？"

李逵扭过头看，认得是朱贵，就说："你怎么也在这里？"

朱贵也不说话，拉着李逵一同来到了西门外近村的一个酒店内，找了间僻静的房间坐了，才说："你好大胆，那榜上明明写着要捉拿你，你却还站着看榜，倘或被眼疾手快的公差拿了送官，如之奈何？宋公明哥哥怕你出事，所以让我来打听消息。我比你迟一日下山，却早一日到。你如何今日才到这里？"

"遵从宋公明哥哥吩咐，叫我不吃酒，所以路上走得慢了。"李逵说话时装出一副可怜模样。

朱贵看了同情，就说："你今日但吃几碗无妨。这个酒店便是我兄弟朱富家。"

说罢，又叫出朱富与李逵相见。李逵一听可以吃酒，乐得眉飞色舞，端起碗只顾吃，当夜一直吃到四更时分，安排些饭食，李逵吃了，趁五更晓星残月，霞光明朗，便投村里去。朱贵吩咐说："休从小路走，只从大朴湾转弯，投东大路，一直往百丈村去，便是董店东。快接母亲来此，和你早回山寨去。"

李逵答应了一声，却心中寻思道："我就从小路走，却不近些？大路走，谁耐烦！"便出门投百丈村来，约莫行了十数里，天色渐渐微明，看见露草中跳出一只白兔来，往前路跑了，李逵就在它后面赶了一阵，不觉笑道："这畜生倒引了我一段路程！"

正走之间，只见前面有五十来株大树丛杂而生，时值新秋，叶儿正红。李逵刚到树林边，突然跳出一条大汉，喝道："黑旋风在此！留下买路钱和包裹，便饶你性命，容你过去！"

李逵一听哈哈大笑起来。说道："你是什么人？敢冒用老爷名目，在这里胡为！"

李逵挺起朴刀来奔那大汉，那大汉抢两把板斧应战，却哪里是李逵对手，早被李逵在腿股上砍了一刀，跌在地上。李逵一脚踏住那人胸脯，喝道："认得老爷么？"

"爷爷！饶你孩儿性命！"大汉趴在地下叫。

"我正是江湖上的好汉黑旋风李逵！你这家伙辱没了老爷名声！"李逵说。

"孩儿虽然姓李，单名却叫鬼，不是真的黑旋风。只是在江湖上提起爷爷大名，鬼也害怕，因此孩儿盗用爷爷名目，在此剪径①。但有孤单客人经过，只要听得'黑旋风'三字，撇了行李就走。"那大汉答。

李逵劈手夺过一把斧来，说道："你坏我名目，且叫你先吃一斧！"

说罢，举起斧来，作势要砍，吓得李鬼慌忙叫道："爷爷！杀我一人，便是杀我两个！"

李逵听了，住了手问："怎么杀你一人，便是杀你两个？"

李鬼脸上装出一副可怜模样，说："孩儿本不敢剪径，只因家中有九十岁的老母，无人赡养，因此孩儿单提爷爷大名吓唬人，夺些钱财，赡养老母。其实并不曾敢害一个人，如今爷爷杀了孩儿，家中老母必是饿死！"

李逵虽然是个杀人不眨眼的魔君，听得说了这话，感动了他恻隐之心。自肚里寻思道："我特地回来接娘，却倒杀了一个养娘的人，天地也不容我。罢！罢！我就饶了这厮性命！"于是放下板斧，李鬼爬了起来，跪在地上，低头便拜。李逵说："我便是真的黑旋风，你从此别再坏我名目！"

"孩儿今番得了性命，自回家改业，侍奉老母。"李鬼答。

"难得你有这番孝顺之心，我给你十两银子做本钱，便去改业。"李逵说着，就掏出一锭银子交给李鬼，心中觉得十分舒畅，拿了朴刀，一步步投山径小路而来。大约走到巳牌时分，觉得肚子又饥又渴，而四处都是山径小路，不见一家酒店饭馆。正在焦急之间，只见远远的山凹里露出两间草屋。李逵见了，直奔过去。只见后面走出一个妇人来，鬓鬓边插着一簇野花，搽了一脸胭脂铅粉。李逵放下朴刀说："嫂子，我是过路客人，肚中饥饿，又寻不到酒食店，可否买些酒饭吃？"

那妇人见李逵这般模样，不敢说没，只得答道："酒倒没处买，做些饭给客人吃！"

"也好！只多做些个，我肚中太饿了。"李逵答。

那妇人在厨中烧起火来，便去溪边淘了米，拿来做饭。李逵却转到屋后山边去净手。只见一个汉子，一瘸一拐地走过来。李逵急忙转过屋后，那妇人正要上山摘菜，打开后门撞见了汉子，便问道："大哥，你哪里伤了腿？"

"大嫂，我险些儿不能和你见面了……"汉子就把遇着李逵的事说了一遍。那妇人立刻用手捂住汉子的嘴说："休要高声！刚才家中来了个黑大汉，莫不正是他。如今正在门前坐，你去看一看；若是他，你便去寻些麻药来，放在菜里，叫那厮吃了，解决他性命！"

李逵躲在屋后，全都听了，心想："这家伙，我给了他银子，饶了他性命，他倒反来害我，情理难容。"转身到了后门，这李鬼恰待出门，被李逵一把揪住，那妇人慌忙自前门跑了。李逵手起刀落，早割下头来，奔到前门去寻那妇人时，已不知去向。李逵回到屋里，搜出了一些碎散银子和钗环，连同李鬼身上的那锭十两小银子，一起塞进包裹里。这时锅里的饭早熟了，只没菜蔬下饭，李逵便去李鬼的大腿上割下两块肉来，用水洗干净了，灶里抓些炭火来烧，一面烧，一面吃，吃饱了，把李鬼的尸体拖进屋里，放了把火，把屋子全烧了。

李逵到了董店东时，已是傍晚，直奔进家中，推开门，刚踏进去，就听见母亲熟悉的声音问道："进来的是谁呀？"

李逵仔细看时，见母亲双眼都盲了，坐在床上念佛。李逵喊一声："娘！铁牛回来了！"

"我儿，你去了许多时，这几年都在哪里安身？你的大哥只是在人家做长工，只赚得些饭食吃，养娘全不济事！我时常思量你，眼泪流干，因此瞎了双目。你一向正是如何？"娘站了起来，朝着李逵这边说话。

李逵心想："我若说在梁山泊落草，娘一定不肯去；我只有说假的。"于是应道："铁牛如今做了官，特别来接娘去享福！"

"这可好了！只是我怎么跟你去呢？"娘问。

"铁牛背娘到前面，再找一辆车儿载去。"李逵答。

"你不如等大哥来，再商议吧！"娘说。

"等什么！我自和娘去便了。"李逵说。

李逵背着娘，正要走，只见李达提了一罐子饭走来。进了门，李逵便对哥哥招呼说："哥哥，多年不见！"

"你这厮回来做什么？又来连累别人！"李达一见李逵就大怒地骂。

"铁牛如今做了官，特地回家接我！"娘说。

"娘呀！休信他放屁！当初他打杀了人，叫我披枷戴锁，受了万千的苦。如今又听得他和梁山泊贼人一伙劫了法场，闹了江州，已经在梁山泊做了强盗。前日江州行移公文到来，命令原籍追捕正身，结果又要捉我到官，幸亏我家财主帮忙，说：'他们兄弟已十来年不知去向，也不曾回家，莫不是同名同姓的人冒供乡贯？'又替我上下使钱，才不吃官司。现在出榜赏三千贯捉他！你这厮不死，却来家里胡说乱道！"

"哥哥不要急躁，和我一起上山去快活如何？"李逵说。

李达一听大怒，本要打李逵，但明知敌不过他，把饭罐撇在地下，一直去了。李逵心想："他一定是去报人来捉我，不如及早走了。我且留下一锭五十两的大银子放在床上，大哥回家见了，必然不再追赶。"李逵解下腰包，取一锭大银放在床上，叫道："娘，我这就背着你走！"

"你背我去哪里？"娘疑惑地问。

"你休问，一定给你快活就是了，我就背你去。"李逵说罢，就背了娘，提了朴刀，出门往小路便走。

却说李达急奔到财主家报了，领着十来个庄客，飞也似的赶到家里，看时，不见了娘，只见床上留下一锭大银子。李达见了这锭大银，心中忖思道："铁牛留下银子，背娘去哪里藏了？必是梁山泊有人和他同来，我若赶去，恐怕丢了性命。想必他背娘去山寨里快活！"于是对众人说："这铁牛背娘去，不知往哪条路上走了。这里小路甚杂，怎么去赶他呢？"

众人看李达也想不出办法，停留了半晌，也就各自回去了。

李逵这时背着娘，只奔乱山深处僻静的小路上走。看看天色晚了，李逵已背到岭下。娘双眼不明，不知早晚。李逵认得这条岭叫作沂岭，要翻过岭去，才有人家，娘儿两个趁着星明月朗，一步步挨上岭来。娘在背上说道："我儿，哪里去讨口水来我吃也好！"

"老娘，且待翻过岭去，借人家歇了，做些饭吃。"李逵只得安慰着母亲。

"我中午吃了些干饭，口渴得受不了。"娘嚷着。

"娘！我喉咙里也干得冒烟，你且等背你到岭上，寻水给你吃。"李逵也有些急躁起来。

"我儿，实在渴死我了，救我一救！"娘的语气已近乎哀求。

"娘！我也困倦得撑不住了！"李逵看看已挨到岭上松树边的一块大青石上，把娘放下，插了朴刀在侧边，吩咐娘说："娘！你只耐心坐一坐，我去寻水来给你吃！"

李逵听见溪涧里水响，就闻声寻找过去，盘过了两三处山脚，来到溪边，捧起水来吃了几口，寻思道："怎么才能够把这水盛去给娘吃？"立起身来，东张西望，见远远的山顶上有个庵儿。李逵攀藤揽葛，上到庵前，推开门看时，却是个泗洲大圣祠堂，面前只有个石香炉。李逵用手去提，原来却是和座子凿成的。李逵拔了一回，哪里拔得动？一时性起，连那座子也一起提到前面石阶上，用力一磕，把那香炉磕将下来。李逵拿了再到溪边，把香炉浸在水里，拔起乱草，把它洗得干净，挽了半香炉的水，双手捧着，再寻旧路。走上岭来，走到松树边石头上时却不见了娘，只见朴刀依旧插在那里。李逵叫娘吃水，可是杳无踪迹，叫了几声也不应。李逵突然觉得心慌，丢了香炉，定眼往四处里寻找，并不见娘。走不到三十余步，只见草地上团团血迹。李逵见了，一身肉都发抖，沿着那血迹寻去，寻到了一处大洞口，只见两只小虎儿在那里舐一条人腿。李逵胸口感觉像被铁锤重击了一般，停不住全身的发抖，说道："我从梁山泊归来，特为了来接老娘。千辛万苦，背到这里，却被你们这畜生吃了。那大虫拖着的这条人腿，不是我娘的还有谁？"

李逵心头火冒三丈，赤黄色的胡须都倒竖起来，将手中朴刀挺起，来砍那两只小虎。这大虫虽小，被砍得慌时，也会张牙舞爪，钻向前来，李逵手起，先杀死了一只；那另一只往洞里便钻了进去，李逵赶到洞里，也把它砍死了，李逵就伏在洞里，等了半晌，觉得洞外刮起一阵风，往外面看时，只见那母大虫张牙舞爪地往窝里走来。李逵恨恨地骂道："正是你这畜生吃了我娘！"

他放下朴刀，从胯边掣出腰刀。那大虫到洞口时，先用尾巴去窝里一剪，便把后半截身躯坐进来。李逵在窝里看得仔细，把刀朝母大虫尾底下，尽平生气力，舍命拦截，正刺中那母大虫粪门。李逵使得力量，把那刀把也直刺进肚子里去了。那母大虫大吼了一声，从洞口，带着刀，竟跳过涧边去了。李逵拿了朴刀，从洞里赶出来，那老虎负痛，一直抢下山岩里去了。李逵还想要追，只见树边卷起一阵狂风，吹得败叶从树上如雨一般打将下来。自古道："云生从龙，风生从虎。"那一阵风起处，猛听得大吼一声，一只吊睛白额大虫跳了出来。星月光辉之下，李逵看那猛虎做势扑过来，李逵早把生死置之度外，不慌不忙，趁着那大虫势力，手起一刀，正砍中它的额下。那大虫不曾再掀再剪：一者护着疼痛，二者伤着了它的气管。那大虫退不过五七步，只听得嘣一声，像倒了半壁山，登时死在岩下。那李逵一时间杀了子母四虎，还又到虎窝边，拿着刀查看了一遍，只怕还有大虫。然后才去泗洲大圣庙里，睡到天明。次日早晨李逵去把母亲的腿及剩的骨殖，用布衫包了起来，到泗洲大圣庙后，掘了个土坑葬了。李逵跪在地上大哭一场，声音好不凄凉。

李逵停了一会儿，觉得肚子又饥又渴，于是收拾起包裹，拿了朴刀，寻着山路慢慢地走过岭来。只见五七个猎户都在那里收窝弓弩箭，看见李逵一身血污，走下岭来，都不免惊得呆了，就问道："你这客人莫非是山神？如何敢独自过岭来？"

李逵心想："自己是个三千贯钱捉拿的要犯，如何敢说真话，不如说个谎。"于是答道："我是过路客人，只因四只大虫吃了我娘，所以我把它们都杀了。"

众猎户一听，齐声叫道："不信你一个人如何能杀四虎？就是李存孝和子路②也只打得一个。我们众多猎户，整整三五月来，连根虎毛也没猎得！敢是哄我？"

"你们不信，我和你上岭上去寻着它！"李逵说。

于是众猎户打起唿哨来，一霎时，聚集了三五十人，都拿着铙钩枪棒，跟着李逵，再上岭来。此时天已大明，都来到山顶上，远远已经望见窝边果然杀了两只小虎，还有一只母大虫死在山岩边，一只雄虎放在泗洲大圣庙前。

众猎户一时欢腾起来，用绳索把死虎捆绑起来，抬下山去，就邀李逵一同去领赏。李逵却叹口气说："赏金给我何用！都送你们吧！"

然后，他独自一人，消失在乱石丛中。

【注释】

①剪径：拦路抢劫。

②李存孝：后唐时猛将。子路：孔子弟子，姓仲名由。

第十四章　刽子手

刽子手杨雄刚在市井里行了刑回来，手上捧着挂红贺喜的花红缎子，突然拦腰撞出七八个壮汉来，为头的一个叫"踢杀羊"张保，他们欺负杨雄是外乡人，一哄而上把花红缎子等都夺了，杨雄却冷不防被张保劈胸抓住，背后又被两个拖住了手脚，施展不得。正闹中间，只见一条大汉挑着一担柴走过来，看见众人逼住杨雄动弹不得。那大汉路见不平，便放下柴担，跳进人丛，将张保劈头只一提，撇翻在路边，那几个破落户见了，正要动手，早被大汉一拳一个，都打得东倒西歪，杨雄方才脱得身，把本事施展出来，把那几个破落户都打翻在地上。张保见不是对手，爬起来跑了。

杨雄对那大汉，拱手一拜道："请教足下高姓大名？贵乡何处？"

"小人姓石，名秀。因随叔父来此贩卖羊马，不期叔父半途亡故，消折了本钱，流落在此蓟州，卖柴度日。"石秀答。

于是杨雄把石秀请到了酒楼，唤酒保取了两瓮酒，切了几盘肉，吃起来。杨雄说道："石家兄弟，你休见外，想你此间必无亲眷，我今日想和你结为义兄弟，如何？"

石秀见说大喜，便连忙问说："不敢动问节级贵庚？"

"我今年二十九岁。"杨雄答。

"小弟今年二十八岁，就请节级坐，受小弟拜为哥哥。"石秀拜了四拜。杨雄大喜，说："我和兄弟今日吃个尽醉方休！"

正饮酒之间，只见杨雄的丈人潘公，带了五七个人，直寻到酒店里来。杨雄见了，起身说："泰山来做什么？"

"我听说你和人厮打，特地寻来！"潘公答。

杨雄指着身边的石秀说："多亏这位兄弟救护了我，打得张保那厮见影也害怕。我如今已认了石家兄弟做义弟。"

"好！好！且叫这几位兄弟吃碗酒去。"潘公指着几个一起来帮忙的兄弟们说。杨雄便叫酒保拿酒来，每人吃了三碗。再请潘公中间坐了，杨雄坐上首，石秀坐下首，三人又对酌起来。潘公见石秀一表人才，英雄器宇，心中甚喜，便说道："我女婿得你做个兄弟相助，也不枉了！以后公门中出入，谁敢欺负他！"

又问石秀道："叔叔原曾做什么买卖？"

"先父原是操刀屠父。"石秀答。

"叔叔可曾省得宰牲口的工作？"潘公眼露亲切的表情。

"自小吃屠家饭，如何不会宰杀牲口！"石秀笑了起来。

"老汉原也是屠户，只因年老做不得了，只有这个女婿，他又在官府差遣，因此撇下这行衣饭。"潘公说。

三人酒至半酣，结算了酒钱。杨雄带着石秀和丈人取路回家。杨雄刚进门就大叫道："大嫂，快来见过叔叔！"

只见布帘里面应声道："大哥，你哪有什么叔叔？"

"你且休问，先出来相见了。"杨雄说。

不一会儿，布帘里走出一个妇人。原来那妇人是七月七日生的，因此小字唤作巧云，先嫁了一个吏员，是蓟州人，唤作王押司，两年前身故了，方才嫁给杨雄，结婚还不到一年。石秀见那妇人出来，慌忙向前施礼。那妇人却笑着说："奴家年轻，如何敢受礼！"

于是杨雄把结识石秀的经过都说了，且吩咐潘巧云，收拾了一间空房给石秀安歇。

第二天一早，潘公就和石秀商量要开屠宰作坊。潘公说："我家后门是一条断路小巷，有一间空房在后面，那里井水又便，可做作坊，就叫叔叔住在里面，又便于照管。"

石秀听了也十分欢喜，一口应允。于是潘公再寻了个旧时熟识的副手，便把大青大绿装点起肉案子、水盆、砧头，打磨了许多刀杖、挂钩，整顿了肉案；搭起了猪圈，赶来了十几头肥猪，选个吉日开张肉铺。众邻舍亲戚都来挂红贺喜，一连吃了两日酒。杨雄一家得石秀开了店，都欢喜。一向潘公、石秀自做买卖。不觉光阴迅速，已过了两个多月，时值秋残冬届。石秀里里外外，身上都换了新衣新着。

一日石秀五更早起，出外县买猪，三日后方回家来，却见店铺的门锁了，又到家里看时，肉店砧头也都收起来了，刀杖家伙也都藏起来了。石秀是个聪明人，看到这种情形，已经明白了，心中忖道："常言'人无千日好，花无百日红。'哥哥自出外当官，不管家事，必是嫂嫂见我做这些衣裳，一定背后有话说。又见我两日不回，必然有人搬弄口舌，便心里怀疑，不做买卖了。我也休用与他言语，自先辞了回乡。自古道：'哪有长远心的人。'"石秀把猪赶在圈里，就到房中换了衣服，收拾了包裹、行李，细细写了一本清账，从后面走到前宅。只见潘公安排下些素酒食，请石秀坐下吃酒。潘公说："叔叔，远出劳心，自己赶猪回来辛苦。"

"丈丈[①]！请收过这本明细账目。上面若有半点私心，天诛地灭！"石秀说。

潘公不觉笑了起来说："叔叔！老汉已知你的意了，叔叔两日不曾回家，今日回来见收拾了家伙什物，叔叔心里一定以为是不开店了，因此要去。别说如此买卖甚好，便是不开店了，我也要养叔叔在家。不瞒叔叔说，我这小女先嫁得本府一个王押司，不幸没了，今是两周年，做些功德与他，因此才歇了两日买卖。明日请报恩寺僧人来做功德，就要请叔叔照顾。老汉年纪大了，不能熬夜，因此今日一起跟叔叔先说了。"

"若是丈丈这么说，是小人一时疑心了。"石秀面有一丝羞愧，当时吃了几杯酒和素食，也就回房里安歇。

次早，果见道人挑了经担到来，铺设坛场，摆放佛像供器，鼓钹钟磬，香花灯烛。厨下一面安排斋食。杨雄到申牌时分，回家走了一遭，吩咐石秀说："贤弟，我今夜正好当牢，不能前来，凡事请你多照顾。"

"哥哥放心，晚间兄弟替你料理。"石秀答。

杨雄走后，石秀自在门前照顾。此时天刚亮，只见一个年纪小的和尚，揭起帘子进来，深深地和石秀打个佛号。石秀慌忙答礼道："师父少坐！"

随后又见一个和尚挑着两个盒子进来。石秀便叫道："丈丈！有个师父在这里？"

潘公听了，就从里面走出来。那和尚便说："干爷。如何一向不到敝寺？"

"因为开了这个店面，没工夫出去。"潘公答。

"押司周年，无甚罕物相送；一些挂面，几包京枣。"那和尚说。

"啊！还叫师父坏钞？"潘公就叫石秀收过了，搬到里面去，又端出茶点，请和尚吃。这时妇人正从楼上下来，不敢十分穿重孝，只是淡妆轻抹，就问说："叔叔，是谁送东西来？"

"一个和尚，叫丈丈做干爷的。"石秀答。

那妇人脸上顿露桃花色的笑容说："是师兄海阇黎②裴如海，一个老实的和尚。他是裴家绒线铺里小官人，出家在报恩寺中。因他师父是家里门徒，结拜我父做干爷，长奴两岁，因此叫他师兄。他法名叫海公。叔叔，晚间只来听他讲佛念经，真是一副好声音。"

"原来如此！"石秀答得冷淡，心中已瞧出一分了。

那妇人便匆匆地下楼来见和尚，石秀背叉着手，随后跟出来，站在布帘里张看。只见那妇人出到外面，那和尚便起来向前，合掌深深打个问讯。那妇人便说："什么道理教师兄坏钞？"

"贤妹，些少微物，不足挂齿！"和尚答。

"师兄，怎么如此说呢？出家人的物事，怎生消受？"那妇人微笑着说。

"敝寺新造了水陆堂场③，若要请贤妹来瞻谒，只恐节级见怪！"和尚说。

"拙夫从不计较这些。我娘死时，亦曾许下血盆愿心④，早晚也要到寺里还了。"那妇人说。

"但有吩咐如海的事，小僧便去办来。"和尚说。

"师兄多与我娘念几卷经便好。"那妇人说。

这时丫鬟正从里面捧出茶来。那妇人拿起一盏茶，用手帕去茶盅口边抹一抹，双手递给和尚。那和尚连忙接茶，两只眼涎瞪瞪地只顾睃那妇人的眼。这妇人一双眼也笑眯眯地只顾睃这和尚的眼。人道"色胆包天"，却不防石秀在布帘里一眼张见，心里早明白了二分，心中寻思道："我几番见那婆娘常常地只顾对我说些风话，我只以亲嫂嫂一般相待。原来这婆娘倒不是个良人！莫叫撞在我石秀手里，说不定替杨雄出这一口气！"石秀一想，一发明白了三分，便揭起布帘，撞将出来。那和尚连忙放下茶盏，吓白着脸说："大郎请坐！"

那妇人也插口说："这个叔叔便是拙夫新结义的兄弟。"

"大郎贵乡何处？高姓大名？"和尚说话时有些心虚。

"我么？姓石，名秀！金陵人氏。专爱管闲事，替人出力，所以又叫拼命三郎！我是个粗鲁汉子，礼教不到，和尚休怪！"石秀故意板着脸色说。

"不敢，不敢！小僧去接众僧来赴道场！"连忙出门溜了。那妇人却还叫道："师兄，早些回来！"

那和尚头也不敢回，更不敢答应，一直奔去。妇人送了和尚出门，就走了进去。石秀却在门前低着头只顾寻思，其实心中早明白了四分。

多时，才见行者⑤走来点了香烛。少刻，海阇黎引领着众僧都来赴道场。潘公请石秀招呼，相待茶水已罢，打动鼓钹，歌咏赞扬。只见海阇黎同一个一般年纪小的和尚做阇黎，摇动铃杵，发牒请佛，献斋赞供诸天护法、监坛主盟，追荐亡夫王押司早生天界。只见那妇人乔素梳妆，来到法坛上，执着手炉，拈香礼佛。那海阇黎见了那妇人就越显得有精神，摇着铃杵，唱动真言。那一堂和尚见他们两个并肩摩倚的模样，也都七颠八倒起来。替死者证盟⑥已毕，把众和尚都请到里面吃斋。海阇黎故意让在众僧背后，转过头来看着这妇人笑，那妇人也掩着口笑。两人处处眉来眼去，以目送情。石秀都瞧在眼里，已经明白了五分。众僧都坐了吃斋，先饮了几杯素酒，搬出斋来，都给了众僧衬钱⑦。潘公先来赔个不是，自去睡了。

不多时，众僧斋罢，都起身散步去了，转过一遭，才再到道场。石秀看了不高兴，心里已经有了六分猜透了，只推说肚子疼，自去睡在板壁后面。那妇人一时情动，哪里顾得被人看见，便自己去招呼。众僧又打了一会儿鼓钹，吃了些茶食果品煎点。海阇黎叫众僧用心看经，请天王拜忏，设浴召亡，参礼三宝。追荐到三更时分，众僧都困倦了，这海阇黎却越逞精神，高声念诵。那妇人在布帘下久立，欲火炽盛，不觉情动，便叫丫鬟请海师兄说话。

那贼秃慌忙来到妇人面前。这婆娘扯住和尚袖子说："师兄，明日来取功德钱时，就对爹爹说血盆愿心一事，不要忘了！"

"做哥哥的记得。"和尚说罢又像想起什么似的又说："你家这个叔叔好生厉害。"

"这个理他做啥，并不是亲骨肉。"妇人摇头说。

"如此，小僧就放心了。"海阇黎说。

说时，就袖子中伸手去捏妇人的手。妇人假意用布帘来隔。那秃贼笑了一声，自去做判斛⑧送死人。没想到石秀却是在板壁后假睡，正瞧得清楚，心里已明白了七分。

当夜五更道场满散，送佛化纸已了，众人都谢了回去。那妇人才上楼去睡了。石秀独自寻思了一阵，十分生气，暗想："哥哥如此豪杰，却恨碰到这个淫妇！"忍着一肚皮气，也自去作坊里睡了。

次日，杨雄回家只吃个饭就又走了。只见海阇黎又换了一套整整齐齐的僧衣，直到潘公家来。那妇人听得是和尚来了，慌忙下楼，出来迎接，邀入里面坐定，便叫茶点来。那妇人说："夜来多叫师兄劳神，功德钱未曾拜纳。"

"不足挂齿！小僧夜来所说血盆忏愿心一事，特来禀知贤妹，若要还时现在正是时候。"和尚说。

"好，好。"妇人忙叫丫鬟请父亲出来商量。

潘公说："也好，明日只怕买卖紧，柜上没人照料！"

"放着石叔叔在家照管，却怕怎的？"那妇人说。

"我儿出口为愿，我看明日只得去了。"潘公说。

妇人就去拿了些银子交给和尚说："有劳师兄，不要嫌薄。明日准去上刹讨碗素面吃。"妇人说。

"谨候拈香。"海阇黎收了银子，说声盼望的话，便起身要走，那妇人直送和尚到门外去了。

石秀自在作坊里安歇，起来宰猪赶早。

是日，杨雄到晚上才回来。妇人等他吃了晚饭，洗了脚手，去催促父亲来对杨雄说了还愿的事。杨雄听了马上应允，就说："大嫂，你便自说也何妨？何必劳动泰山！"

次日五更，杨雄起来，自去画卯，承应官府。石秀也起来忙着做买卖。只见那妇人浓妆艳抹，打扮得十分清楚，包了香盒，买了纸烛，雇了一乘轿子，把丫鬟也打扮了。到了巳牌时分，潘公换了一身衣裳，来对石秀说："相烦叔叔照管门户，老汉和拙女同去还了心愿便回。"

"小人自当照顾。丈丈要多照顾嫂嫂，多烧些香，早早回来。"石秀笑着说，而心中已瞧得八分了。

这时潘公丫鬟跟着轿子，一直往报恩寺奔来。那秃贼也已在山门外等候，看见轿子到来，喜不自胜，立刻迎了上去。把这妇人和老丈引到水陆堂上，已经安排下香花灯烛，有十数僧人在看经，那妇人都一一道了万福，参礼了三宝，秃贼引那妇人到地藏菩萨面前，证盟忏悔，便化了纸，请众僧自去吃斋，只留着徒弟陪侍。那和尚却说："请干爷和贤妹去小僧房里拜茶。"

海阇黎便以回报干爷、贤妹的斋食为由，硬留下干爷贤妹吃了几瓶素酒，把潘公灌醉，再勾搭贤妹成奸。两人还约定，以后只要杨雄不在时，就在后门摆出一个香桌儿，烧夜香为号，海阇黎便进去幽会。只怕五更睡着了，却买通了一个知心的头陀，到后门敲打木鱼，高声叫佛为号。如此暗中往来，不觉已经将近一个多月。

石秀依然每日收拾了店面，自在作坊里歇息。每日五更便起身料理店务，只听得报晓头陀，来这里敲木鱼高声叫佛。石秀是个聪明人，早明白了九分，暗自思量道："这条巷是条死巷。如何有这头陀，连日来这里敲木鱼叫佛？事有可疑！"石秀仔细一听，叫的是："普渡众生救苦救难诸佛菩萨！"

石秀听得蹊跷，便跳将起来，去门缝里张看，只见一个人，戴顶头巾，从黑影里闪将出来，和头陀一起走了，随后便是丫鬟迎儿来关门。石秀瞧时，已然明白十分，心中恨道："哥哥如此豪杰，却娶了这个淫妇！倒被这淫妇瞒过了，做成这种勾当！"

巴望着天亮，把猪肉抬出去门前挂了，卖个早市，饭罢，去外面要了一趟欠账，日中前后，直走到州衙前来寻杨雄。刚走到州桥边，正迎见杨雄，杨雄就问说："兄弟，哪里去？"

"因为去讨赊账，就来寻哥。"石秀答。

"我常为官事，从不曾和兄弟尽兴吃三杯，找个地方坐坐？"杨雄说着，就引了石秀到州桥下的一个酒楼上，拣一处僻静的阁儿里，相对坐下，叫酒保拿来了好酒，安排些海鲜下酒。二人饮过三杯，杨雄见石秀只低着头寻思。杨雄是个性急的人，便问道："兄弟心中似有些不乐，莫不是家里有甚言语伤触了你？"

"家中无甚言语。哥哥也待我如同亲骨肉一般，只是有句话不知该不该说？"石秀做十分为难状。

"兄弟何故今日见外？但说不妨！"杨雄说。

"哥哥每日出去，只顾承担官府，却不知背后的事。这嫂嫂不是良人，兄弟已看在眼多遍了，只是不敢说。今日见得仔细，忍不住来寻哥哥，我直说了，哥哥休怪！"石秀终于把话说了出来。

"我背后不长眼，你说这人是谁？"杨雄沉住了气说。

"前回，家里做道场，请那个秃贼海阇黎来，嫂嫂便和他眉来眼去。第三日又去寺里还血盆忏愿心，丈丈和嫂嫂两个都带着酒味回来。我近日只听得一个头陀直到巷内敲木鱼叫佛，那家伙敲得作怪。今日五更被我起来看时，看见果然是贼秃，戴顶头巾从家里出去，像这种淫妇，要她何用？"石秀说得仔细。

杨雄听了大怒，拍着桌案说："这贱人怎敢如此？"

"哥哥休怒。今晚都不要提，只和每日一般；明日只推说外宿，三更后再来敲门。那贼秃必然从后门先走，兄弟一把拿来，由哥哥发落。"石秀说。

"兄弟说的是！"杨雄说。

"哥哥今晚且休胡言乱语！"石秀再次嘱咐。

"我明日约你就是！"杨雄答。

两人又饮了几杯，杨雄一语不发，算了酒钱，一同下楼，刚出了酒肆，只见四五个虞候正在找杨雄，说是知府在后花园里等候，叫杨雄去耍一趟枪棒。杨雄只好吩咐石秀先回家去。

杨雄到了后花园，见知府和宾客都已坐在园中。杨雄使了好几回棒，知府看了大喜，叫人取酒来，连赏了十大盏，杨雄都吃了。众虞候又请杨雄去吃酒，到了晚上，吃得大醉，被人扶着回家。那妇人见丈夫醉了，就叫丫鬟迎儿帮着扶上楼去，点着一盏明晃晃的灯，杨雄坐在床上，迎儿去脱鞋，妇人替他解除头巾。杨雄见解了头巾，一时气愤涌了上来，指着那妇人骂道："你这贱人！好歹要结果了你！"

那妇人大吃一惊，不敢回话，且服侍杨雄睡了。杨雄一头上床睡，一头还骂着："你这贱人！肮脏泼妇，那厮敢在大虫口里沾涎！你这……你这……我不会轻放过你！"

那妇人哪里敢喘气，直待杨雄睡着。看看五更，杨雄睡醒了，讨水吃。那妇人起身舀碗水递给杨雄吃了。桌上残灯尚明，杨雄吃了水，便问："大嫂，你夜来不曾脱衣裳睡？"

"你吃得烂醉了，只在脚后倒了一夜。"潘巧云说话时装得十分可怜。

"我不曾说了什么话吧！"杨雄问。

"你往常酒性好，但吃醉便睡。我夜来只是有些放心不下。"潘巧云说。

"石秀兄弟已有几日不曾和他快活吃三杯，你在家里也安排些请他。"杨雄说。

却见那妇人什么也不应，自坐在床边，眼泪汪汪地哭，口里叹气。杨雄惊异地问："大嫂，我夜来醉了，又不曾恼你，做什么哭泣？"

那妇人仍是掩着泪眼只是不答应。杨雄连问了几声，那妇人反倒越哭越厉害。杨雄已有些急躁，把她从床上扯得站起来，务要问她烦恼。那妇人才一边哭，一边说："我爹娘当初把我嫁给王押司，是望我白头偕老，谁想半路相抛！今日只为你十分豪杰，终身有个依托，谁想你不替我做主？"

"又作怪了，谁欺负你，我不做主？"杨雄问。

"我本待不说，又怕你着了他道儿；欲待说来，又怕你忍不住！"那妇人说。

"你且说了是怎么回事？"杨雄有些不耐。

"我说了，你别生气。自从你认了义弟石秀来家中住，初时还好，后来看看你不归时，就来对我说：'哥哥今日又不回来了，嫂嫂自睡，也好冷落。'我只是不睬他，这已不止一日了，这个且不说。昨日晚间，我在厨房洗脸，这厮从背后走来，看见没人，从背后伸只手来摸我胸前说：'嫂嫂，你有孕也无？'被我打脱了手。本待要声张起来，又怕邻舍得知笑话，巴望你早早回来，却又烂醉如泥，又不敢说。我真恨不得杀了他。你还亲切地问'石秀兄弟'呢？"那妇人编造了谎言。

杨雄听了，一时火起，心中骂道："'画虎画皮难画骨，知人知面不知心。'这厮倒来我面前说了许多海阇黎的闲话，说得没缘没故，分明是慌了便先来说破！"口中恨恨地说：

"他又不是我亲兄弟！赶出去便罢！"

到了天明，杨雄下来对潘公说："宰了的牲口都腌了罢，从今日起便休要做买卖！"一霎时，把柜子和肉案都拆了。

石秀天明时正拿了肉出来门前开店，只见肉案和柜子都拆了。石秀是个聪明的人，如何不明白，心中笑道："是了，必是杨雄醉后出言，走漏了消息，倒吃这婆娘先反说了我无礼。她叫丈夫收了肉店。我若和她分辩，叫杨雄出丑，我且退一步，别作计较。"主意既定，石秀便去作坊里收拾了行李。杨雄怕他羞耻，也自先走了。石秀提了包裹，挎了解腕尖刀，来向潘公告辞说："小人在宅上打搅了许多时，今日哥哥既是收了铺面，小人告回，账目已自明明白白，如有毫厘昧心，天诛地灭。"

潘公被女婿吩咐了，也不敢留他，由他自去了。

石秀只在靠近巷内寻个客店安歇，租了一间房子住下。自寻思道："杨雄和我结义，他虽一时听了妇人之言，心中怪我，我也务要使他明白真相。"在店里住了两日，就去杨雄门前探听，当时只见小牢子拿了铺盖出来。石秀心里明白，今晚必是杨雄当牢。回到店里。睡到四更便起来，挎了这口防身解腕尖刀，悄悄地开了店门，转到杨雄后门口巷内，伏在黑影里张望，正好是五更时候，只见那头陀挟着木鱼，来到巷口探头探脑。石秀一闪闪在头陀背后，一只手扯住头陀，一只手拿刀往他脖子上一搁，低声喝道："你不要挣扎！若高作声，便杀了你！你老实说，海阇黎那贼秃是否在里面？"

"好汉饶命，我说。"那头陀答。

"你说，我便饶你！"石秀把刀稍用力一勒。

"海阇黎和潘公女儿有染，他如今正在里面睡着。我如今敲得木鱼响，他便出来。"头陀答。

石秀向头陀手里先夺了木鱼，又脱了衣服，将尖刀就头陀脖子上一勒，便勒死在地上。石秀穿上了直裰护膝，一边往腰上插了尖刀，把木鱼直敲入巷子里。海阇黎在床上听见木鱼敲得咯咯地响，连忙起来披衣下楼。迎儿先来开门，和尚随后从门里闪将出来。石秀还是把木鱼敲个不停。那和尚悄悄喝道："只顾敲做什么？"

石秀也不应，让他走到巷口，一跤翻倒，按住喝道："不要作声！作声就杀了你，只要剥了你衣服便罢！"

海阇黎看出是石秀，哪里敢动，让石秀剥得精光。石秀悄悄地去腰边摸出刀来，三四刀就把和尚搠死了，再把刀放在头陀身边。自己回到店里，轻轻地开了门进去，悄悄地上床睡了。

这日清早，一个挑着担卖糕粥的老者王公，点着一个灯笼，出来赶早市。走到死尸边，不小心却被绊了一跤，把一担糕粥全倾泼在地下。王公摸了半天，才撑起来，却看两手腥血，大叫起来。一时左邻右舍听得，都开了门出来，用火照时，只见遍地都是"血粥"，两具尸首躺在地上。众邻舍抓住王公，直到蓟州府里。知府升厅，听了王公的供词，命令仵作行人会同里正去验尸，回来禀复知府说："被杀和尚是报恩寺海阇黎裴如海，旁边头陀系寺后胡道。和尚一丝不挂，身上被搠了三四刀致命。胡道身边见有凶刀一把，只是项上有勒死伤痕。系是胡道擎刀搠死和尚，惧罪自行勒死。"

知府把报恩寺的住持找来，也问不出来由，正感难以决断，当案孔目禀道："眼见这和尚裸形赤体，必是和那头陀干不公不法勾当，互相杀死，不干王公的事。不如放了王公，就此结案。"

知府也就如此判了。

不久，前头巷里的一些好事子弟，作成了一支曲儿。唱道：

堪笑报恩和尚，撞着前生冤障，将善男瞒了，信女勾来，要她喜舍肉身，慈悲欢畅。怎极乐观音方才接引，早血盆地狱塑来出相？想"色空空色，空色色空"，他全不记多心经上。到如今，徒弟度生回，连长老涅槃街巷。若容得头陀，头陀容得，和合多僧，同房共住，未到得无常勾账。只道目连救母上西天，从不见这贼秃为娘身丧！

后头巷子里的好事子弟，也作了首《临江仙》，唱道：

淫戒破时招杀报，因缘不爽分毫。本来面目忒蹊跷，一丝真不挂，立地吃屠刀！大和尚今朝圆寂了，小和尚昨夜狂骚。头陀刎颈见相交，为争同穴死，誓愿不相饶。

于是两支曲儿，条条巷都唱起来了。那妇人听得目瞪口呆，却不敢说，只是肚里暗暗地叫苦。

杨雄在蓟州府里，有人告诉他有个和尚、头陀被杀之事，心里已有些明白，寻思道："此事准是石秀做出来的。我日前一时错怪了他。我今日闲些，只去寻他，问个真实。"正走过州桥时，只听得背后有人叫道："哥哥，哪里去？"

杨雄回过头来，见正是石秀。就说："兄弟，我正没处寻你！"

"且来我住处，和你说话。"石秀说着，就把杨雄拉到客店里的小房内，说道："哥哥，你现在知道兄弟没有说谎吧！"

"兄弟，你休怪。我是一时愚蠢，酒后失言，反被那婆娘瞒过了，说兄弟许多不是，今特来负荆请罪。"杨雄说。

"哥哥，兄弟虽是个不才小人，却是个顶天立地的汉子，只是怕哥哥日后中了奸计，因此来寻哥哥，我有证据给你哥哥看。"石秀说罢，拿出了和尚、头陀的衣裳。

杨雄看了，心头火起。大叫道："兄弟休怪。我今夜碎割了这贱人，出这口恶气！"

"你又来了！你既是公门中人，如何不知法度？你又不曾拿得证据，如何杀得人？若是小弟胡说，岂不杀错人了？"石秀笑着说。

"怎能就此罢休？"杨雄说。

"哥哥，只要依兄弟的计划行事即可。"石秀挨近杨雄耳边把计划说了。杨雄就离了客店，且去府里办事，至晚回家，和平常一般，也不说什么。

次日，天明起来，杨雄对那妇人说道："我昨夜梦见神人怪我，说有旧愿不曾还得。今日我闲些，须和你同去东门外岳庙里还了那炷香愿。"

"既是如此，我们早吃些素饭，烧汤洗浴了去。"那妇人答。

"我去买香纸，雇轿子。你便洗浴了，梳头插带了等我。就叫迎儿也去走一遭。"杨雄吩咐了，就又到客店里约好石秀。石秀说："哥哥，你若来时，只叫在半山里下了轿，三人步行上来，我自在一个僻静处等你。"

杨雄约了石秀，再去买了香纸回来。那妇人和迎儿都已经打扮得整齐。轿夫也早已扛了轿子到门前侍候。杨雄就对潘公说：

"请泰山看家，我和大嫂烧了香便回。"

"多烧香，早去早回。"潘公答。

那妇人上了轿，迎儿跟着，杨雄也随在后面，离开了东门，杨雄低声吩咐轿夫说："替我抬上翠屏山去，我多给你些轿钱。"

不到两个时辰，已来到翠屏山上。山上都是乱坟荒冢，青草白杨，并无庵舍寺院。当时杨雄把那妇人抬到半山，叫轿夫歇下轿子，拔去葱管，搭起轿帘，叫那妇人出轿来。妇人问道："怎么来到这山里？"

杨雄叫轿夫在山下等着，也没讲话，只引着那妇人并迎儿往上爬，约莫上了四五层山坡，只见石秀坐在上面。妇人先是一惊，随即说："香纸如何不带上来？"

"我已先叫人带上来了。"杨雄说。

杨雄把那妇人引到一座古墓前。此时石秀把包裹、腰刀、杆棒都放在树根边，走上前来，说："拜揖嫂嫂！"

那妇人故作刚才发觉的模样，说："不想叔叔也在这里！"

杨雄此时突然变了脸色，说："你前日对我说，叔叔多遍用言语调戏你，又用手摸你胸前，问你有孕了么？今日这里无人，你两个对个明白！"

"哎呀！过了的事，提它做什么？"那妇人摇着手说。

石秀两眼圆睁，便打开包裹，拿出海阇黎和头陀的衣服，撒在地上，说："你认得么？"

那妇人看了，飞红了脸，无言可对，石秀"嗖"地掣出腰刀，便与杨雄说："此事只须问迎儿！"

杨雄一把揪过迎儿，跪在面前，喝道："小贱人，快说实话！"

吓得丫鬟迎儿把潘巧云和裴如海的奸情全都说了。杨雄转过身来对那妇人说："贼贱人！丫鬟已招了，你若说出实情，饶你一死。"

"这都是我的不是了，你看旧日夫妻情面，就饶恕了我这一遍吧！"那妇人跪在地上哀求。

石秀看杨雄似有些心软，赶紧说："哥哥，含糊不得！须要嫂嫂说得仔细。"

"贱人！你快说！"杨雄催说。

于是那妇人只得把偷和尚的事，统统说了。石秀才说："今日三人已对质清楚，任从哥哥处置！"

"兄弟，你替我拔了这贱人的首饰，剥了衣服，我自服侍她。"杨雄说。

石秀就把那妇人的首饰衣服都剥了。杨雄割两条裙带把妇人绑在树上。石秀就把迎儿的首饰也去了，递过刀来说道："哥哥，这小贱人留她做什么？一起斩草除根。"

杨雄接过刀，迎儿见势不妙，欲待要叫，被杨雄手起一刀，挥作两段。那妇人早已吓得呆了，只叫着："叔叔，劝一劝……"

杨雄把刀先挖出了舌，一刀便割了，再一刀从心窝里直割到小腹下，喷出一股鲜血，把杨雄、石秀溅得如同血人一般。

白杨树上的鸟儿都惊得飞了起来。

【注释】

　　①丈丈：宋朝时对老者的尊称。

　　②阇黎：高僧可为众僧的规范者。

　　③水陆堂场：佛教设斋超度水中、陆地上的死者，名水陆斋（也就是前文说的水陆道场）。水陆堂场是做水陆斋、水陆道场用的屋子。

　　④血盆愿心：《血盆经》是佛经名，又名《女人血盆经》。血盆愿心是指女人许下的心愿。

　　⑤行者：修行佛道的人。

　　⑥证盟：把死者的姓名写在纸上烧给神的一种迷信仪式。

　　⑦衬钱：做佛事时散给和尚的钱。

　　⑧判斛：做给鬼吃的一种面食叫作斛食，判斛，是说把斛食散给鬼。

第十五章　尾声

这日，天和气朗，月白风清。宋江、卢俊义为首，吴用和众头领为次拈香，公孙胜作高功，主行斋事，关发一应文书符命，与那四十八员道众，每日三朝，至第七日满散。宋江要求上天显圣，特叫公孙胜把祈词书上青纸，焚化奏闻天帝。每日三朝，却好到第七日三更时分，公孙胜在虚皇坛最上层，众道士在第二层，宋江等众头领在最下层，众小头目和将校等都在坛下，一齐恳求上苍，务要显灵。只听得天上一声巨响，如裂帛相似，正是西北乾方天门上。众人看时，像直竖金盘，两头尖，中间阔，唤作"天门开"，又唤作"天眼开"。里面发出的亮光，射人眼目，霞彩缭绕，从中间卷出一块火来，形如栲栳①，一直滚下虚皇坛来。那团火绕坛滚了一遭，竟钻入正南地下去了。此时天眼已合，众道士走下坛来。宋江立刻叫人用铁锹、铁锄头，掘开泥土，掘不到三尺深浅，只见一个石碣，看时，上面都是龙章凤篆蝌蚪之书，人皆不识。众道士中有一人姓何，法讳玄通。对宋江说道："小道家间祖上留下一册文书，专能辨验天书。贫道可以把它译出。"

宋江听了大喜，连忙捧过石碣，叫何道士看了，良久才说：

"此石上都镌刻着义士一百零八员。两侧的一边是'替天行道'四字，一边是'忠义双全'四字。顶上皆有星辰南北二斗、下面却是尊号。"

众人看了无不惊讶。宋江与众头领说："原来我们都是一伙的人，上天显应，合当聚众。"

当日"忠义堂"上大设宴席，狂欢达旦。

【注释】

①栲栳：竹制和柳条制的盛器，像竹笼之类。

总结

　　《水浒传》是中国第一部用白话文写成的长篇章回小说。它在中国古典小说中的地位和代表性，当不亚于《红楼梦》。但无可否认，近年来研究《红楼梦》的狂热，已在国际间引起了一股澎湃的浪潮，《红楼梦》的研究已被公认为一门有系统的学科，谓之"红学"。而梁山水浒泽畔一百零八位草莽英雄的感人事迹，似已注定难与大观园里贾宝玉、林黛玉的爱情缠绻故事相提并论，而跃登"水学"之殊荣了。究其原因，是《水浒传》中的一些容易引起争议的问题，在前人的努力探索与追寻之下，都似已有了定局，纵然仍有些疑虑，恐怕在没有新资料的发现或出土之前，已很难引起新的发展与突破。

　　此次参加时报出版公司《中国历代经典宝库》改写的行列，正好得以实现了我二十年来的心愿。犹清晰记得，当我在淡江中文系大三时，选修了叶庆炳先生所开"明清小说研究"的课程，叶师就以《水浒传》作为研究分析的对象，我们在听得惊喜耳热之际，还要忙着翻查刑法替武松、潘金莲、西门庆和王婆判刑定罪，真是既有趣又热闹。当时我就萌生了改写《水浒传》的念头，没想到直到今天，才在时报出版公司的敦促下得偿夙愿。为此，我又把搁置多年的《水浒传》各种版本找来，并参酌了若干今人改写的本子以及日人驹田信二译的《水浒传》，重新且仔细地读了几遍。同时也翻检了一些身边就近可得的前人在《水浒传》研究方面的论文。得知前人在《水浒传》的研究上，已经有了相当丰硕的成绩。

前人的研究成果

大概前人在《水浒传》方面的研究，多拘囿于传统的方法与范畴。总而言之，他们的成就有三方面：

（一）《水浒传》故事的历史渊源与演变：他们都一致公认《水浒传》不是一时一地一人的创作，它的成书是经过长时期的孕育发展的。书中主要人物，如宋江等三十六人的事迹，在《宋史》中都略有记载。而宋元之际编定的话本《大宋宣和遗事》则又是后来《水浒传》成书的最初蓝本。而元代写水浒人物的杂剧，更丰润了《水浒传》的枝叶。

（二）《水浒传》的作者与版本：把许多零星的水浒故事编集成长篇章回小说的人究竟是谁？在明朝人的意见中已多数偏重相信是由施耐庵与罗贯中先后撰修。然施、罗二人的生平资料，却不甚可考。除非有新的资料出现，否则纵持怀疑态度，也很难找到实证。至于版本上大致分简本、繁本与残本三类。以回目分，则简本中有百十五回本、百十回本及百二十回本三种，而繁本则有百回本、百二十回本及七十回本等三种。残本则又有《新刻京本全像插增田虎王庆忠义水浒全传》、《李卓吾原评忠义水浒全传》、《京本增补校正全像忠义水浒传评林》等三种。他们似皆公认自从金圣叹改编七十回本流行之后，其余各本已都难与匹敌。

（三）《水浒传》文字表面上的一些问题：他们多就《水浒传》的文字上发现的一些疑难或加诠释，或加考证。例如：《水浒传》中的地名、官名、衣食住行、风俗习惯以及土话谚语、宁波方言和诨号等的研究考证。然皆仅及于《水浒传》一书的文字表面的问题。

以上的研究成绩，大概可从粹文堂的《中国文学研究新编》及河洛出版社的《水浒研究》诸书中得知。

近年的研究方向

至于近年来研究《水浒传》的学者，除了传统研究的承袭外，却有了某些新的突破与转变，他们已能从《水浒传》故事的外在而进入内在，以探讨《水浒传》本身或作者的思想意识以及它与社会形态的关系。例如：《〈水浒传〉与中国社会》（三民）、《〈水浒传〉的天命观念》（鹅湖）、《〈水浒传〉思想性略述》（今日中国）、《〈水浒传〉对历代流寇影响之研究》（大陆杂志），等等。这种新的见解，无形中把《水浒传》带入了一个新的价值判断。再者，也有几篇直探《水浒传》写作技巧研究的文章出现，我想能摆脱版本上的细节，而去研究小说的文学价值，这应该是一件十分可喜的现象吧！

是否有新的途径

由于我改写了金圣叹七十回本《水浒传》的经验，对研究《水浒传》这部小说，产生了两种不甚成熟的见解，不知是否能另辟一条蹊径。

第一，改写《水浒传》，赋予新的主题，新的价值判断。使它更契合当今的社会需要。诸如我在本书前言中所提及的，"缘"、"心魔"、"祸根"、"宝刀、市虎、功名"、"天性"、"刽子手"诸章的写法。它完全利用《水浒传》中原有的素材与人物，而只在情节中做极轻微的变动。例如我在"缘"一章中，为了使鲁智深成为一位"与我佛有缘"、"他日必得正果"的僧人，就不得不狠下心来，让鲁智深在佛殿上跪了一整夜，以觉悟自己所犯的罪孽。当鲁智深离开文殊院时，我又增加了一场"文殊院的宝殿背面，正升起了一轮旭日，万道霞光四射"的特写镜头，以象征佛的庄严与智深的顿悟。结尾上我更把原著中瓦官寺的被烧而改成重建，以完成智深与我佛的因缘。又如我在改写本"逼上梁山"一章中，写林冲投奔梁山时的结尾是"只见船尾一道波浪，久久不能散去，一只小船已驶进迷茫的黑暗之中"。有意留给读者一个林冲上梁山，是否即为沉沦于黑暗的暗示。又如"人头祭"与"天性"两章中，我为了要强化武松与兄弟的手足情深和李逵的孝顺天性，不得不让两人在祭奠亡兄及亡母时，发出凄厉的哭声。而在"刽子手"一章中为增加戏剧效果，不得不借血腥味，以"惊得白杨树上的鸟都飞了起来"。

我之所以敢这么做，是基于今本《水浒传》原已非本来面目，再做一次"整容"又何妨！

第二，是否能借《水浒传》故事的模拟与对比技巧中，去肯定该书或该书作者的思想观念和艺术手法。例如：《水浒传》中有三则精彩的杀淫妇故事；分别是宋江杀阎婆惜、武松杀潘金莲、杨雄杀潘巧云。而在模拟的检讨下发现阎婆惜十八岁、潘金莲二十余、潘巧云也二十余，这是三人的第一个类同。再就出身看：阎婆惜常去妓院唱曲儿，潘金莲是大户人家的丫鬟，潘巧云是王押司的遗孀，似乎在当时社会上的地位都不高，这是第二个类同。而三人所以被杀的"罪行"，都是一个"淫"字。这种有意的安排，恐怕不能以巧合来解释。这或许是作者（我不敢说一定是施耐庵）道德观的暗示或无意间的流露吧！

再如《水浒传》中有四则杀"虎"的故事：分别是武松景阳

冈打虎、李逵沂岭杀四虎、解珍解宝兄弟猎虎和杨志汴京杀市虎牛二。它们使用的工具是武松用手用脚、李逵用朴刀、解氏兄弟用毒箭、铁钩。唯独杨志用的是一把杀人不见血，得个"快"字的家传宝刀。这种安排是否作者有意暗示了杀虎容易，除市虎（人害）难的叹喟？我们再细玩味之，武松打虎是表现了他醉后的勇猛，李逵杀四虎是基于他失去母亲后的孝思，解氏兄弟杀虎是迫于衙门法令的催促。而杨志杀市虎牛二是基于无赖百般欺凌下的义愤。四则杀虎的方式与表现的主题完全不同。这是否又是作者有意在卖弄他的艺术技巧呢？

从模拟的整理后，当会发现《水浒传》中还用了强烈的对比技巧，以增强小说的冲突性而达成了暗示性的讽喻效果。例如《水浒传》中杀人的多是官差：武松是都头、林冲是八十万禁军教头、宋江是押司、鲁达和杨志是提辖、杨雄是节级……而且杀人犯可以借出家以为掩饰，所以鲁达成了鲁智深，武松化为武行者，这真是"放下屠刀立地成佛"的莫大讽刺。再如作者偏安排了一场鲁智深烂醉后带着狗肉大闹文殊院这佛门净地的高潮，而和潘巧云苟合私通的竟是海阇黎。

以上所及《水浒传》的种种，都是我在改写过程中的肤浅心得与体会。它正代表了我过去对《水浒传》了解的总结，也表明了我未来研究《水浒传》可能去依循、尝试的新途径。

《中国历代经典宝库》总目